The Ear, the Eye and the Arm

耳朵，眼睛和手臂

Nancy Farmer
[美] 南希·法默 著
陈念怡 译

Winner of the Newbery Medal　纽伯瑞儿童文学奖作品

山东文艺出版社

图书在版编目(CIP)数据

耳朵、眼睛和手臂/(美)法默著;陈念怡译.
—济南:山东文艺出版社,2013.12
ISBN 978-7-5329-4216-9

Ⅰ.①耳… Ⅱ.①法… ②陈… Ⅲ.①儿童文学-长篇小说-美国-现代 Ⅳ.①I712.84

中国版本图书馆CIP数据核字(2013)第141192号

图字:15-2013-40

THE EAR, THE EYE AND THE ARM
Copyright © 1994 by Nancy Farmer
Simplified Chinese translation copyright © 2013
by Shanghai 99 Culture Consulting Co., Ltd.
Published by arrangement with Curtis Brown Ltd.
through Bardon-Chinese Media Agency
ALL RIGHTS RESERVED

耳朵、眼睛和手臂

[美]南希·法默 著 陈念怡 译

主管部门	山东出版传媒股份有限公司
集团网址	www.sdpress.com.cn
出版发行	山东文艺出版社
社　　址	山东省济南市英雄山路189号
邮　　编	250002
网　　址	www.sdwypress.com

读者服务	0531-82098776(总编室)
	0531-82098775(发行部)
电子邮箱	sdwy@sdpress.com.cn

印　　刷	山东德州新华印务有限责任公司
开　　本	890mm×1240mm 1/32
印　　张	8 插页/2
字　　数	162千字
版　　次	2013年12月第1版
印　　次	2013年12月第1次印刷
书　　号	ISBN 978-7-5329-4216-9
定　　价	20.00元

版权专有,侵权必究。如有图书质量问题,请与出版社联系调换。

认识津巴布韦

津巴布韦（Zimbabwe）全名为津巴布韦共和国，位于非洲东南部内陆，面积约有三十九点零八万平方公里。居民大多信奉原始宗教。官方语言为英语、修纳语和恩德贝莱语。

维多利亚瀑布、赞比河、赞比西河上游的卡里巴水坝与大坝拦阻河水积蓄而成的卡里巴湖，围成津巴布韦北边的疆界，与赞比亚相邻。东边与莫桑比克相邻，西南为博茨瓦纳，南境则有部分与南非相连，以林波波河为界。

"津巴布韦"绍纳语的意思是"石头城"或"石屋"。津巴布韦有阳光城、花园城、花树城、南部非洲的粮仓之称。又因河中常有鳄鱼出没，因此出产优质鳄鱼皮而闻名全球，也被称为鳄鱼之乡。

津巴布韦是世界上二十个贫穷国家之一，主要以农、渔业维生，出口也以渔获为主，近年来漆树的种植有成长的趋势。观光资源则以野生动物保护区和世界三大瀑布之一的维多利亚瀑布而享誉全球。

津巴布韦首都是哈拉雷（Harare），原名索尔兹伯里，是英国殖民者在一八九〇年时建立的贸易集散城市。

津巴布韦是南部非洲重要的文明发源地，有着非洲历史强烈的烙印。在中世纪时代，该地曾有绍纳人（Shona）建立的文明，并且遗留不少文化遗迹，其中最重要的莫过于大津巴布韦古城（也是津巴布韦的命名由来），以此城为首都的穆胡姆塔巴帝国（Munhumutapa Empire）透过与来自印度洋岸的回教商队贸易，公元一一〇〇年前后开始形成中央集权国家。利用当地生产的黄金、象牙与铜矿等重要物资，交换来自波斯湾地区的布料与玻璃等产品，十三世纪卡伦加人建立莫诺莫塔帕王国，十五世纪初王国达到鼎盛时期，成为非洲南部最大的邦国。

绍纳文明的强盛在十九世纪时迈入尾声，一八三七年时，绍纳人被属于祖鲁族的恩德贝莱人（Ndebele）征服，而来自英国与南边的波尔人（荷裔南非人）开始蚕食这个地区。一八九〇年，津巴布韦沦英国殖民地，一八八八年，英国帝国主义者罗德从恩德贝莱国王手上取得领土内的采矿权，一八九五年英国以殖民主义者赛希尔·约翰·罗德（Cecil John Rhode）将津巴布韦命名南罗德西亚。一九二三年英国政府接管该地，给予"自治领地"地位。一九六四年，南罗德西亚的史密斯白人政权把国名改称罗德西亚，并于一九六五年单方面宣布独立，一九七〇年改名"罗德西亚共和国"。一九七九年，津巴布韦各派代表在英国主持下召开了伦敦制宪会议，并签署协定。一九八〇年举行议会选举，穆加贝领导的民盟获胜，同年独立，定国名津巴布韦共和国。

一

有人站在天泰床边,他从未见过那个人。黎明前,天色未亮,天泰看不清楚他的脸孔。在天空的衬托下,只见一个隐约的深蓝色轮廓。那人身上混杂着木烟味、新叶以及远处花朵的花蜜味。他指着天泰,说:"你!"

男孩随即醒过来。黎明的第一道曙光照在花园墙上,而窗边空无一人。"好怪的梦!"天泰心想。他用被子盖住头,努力想记清梦境。但那影像已消失不见,天泰隐隐感觉似乎有大事要发生。他的祖先在猎到大猎物之前,一定也有相同的感受吧。

天泰想像先人躺卧在简陋棚屋里的暖土上,身体因处于险境而颤抖。盾器和标枪搁置在门边,以便随时派上用场。天泰心想,相较之下,他的生活真是全然不同。这时,他舒适地窝在软床上,而且是在津巴布韦最好的一栋房子里。四周是大花园以及装设了探照灯和警报器的外墙。而机械杜宾犬,在回狗窝之前,都会在最后一次巡视草坪时发出吠声。

如果发生任何危险,它得先突破这屋子的坚固地基,穿越木头地板及厚地毯,接着再从富丽堂皇的楼梯匍匐而上二楼。事实上,天泰竖起耳朵,只听到一点点声响。

没错,他听见了。

他听见机器人园丁正沿着步道修剪草坪。另外,蓝花楹树① 上也传来戴胜鸟②的叫声,但室内微晶片处理器则跟着播出更动听的鸟鸣精选,声音十分美妙,天泰却有点难过,因为那不是真正的鸟叫声。此时,米勒人③偷渡进来的八哥鸟④在笼里骚动不安。"早安,"它说,

---

① 蓝花楹树(Jacaranda),一种会开满茂盛的淡紫色花的巴西树。
② 戴胜鸟(Hoopoe),戴胜科,产于欧洲,羽毛鲜艳,冠呈扇形,叫声婉转悦耳。
③ 米勒人(Mellower),扮演了传统歌颂者和精神治疗师两种角色。
④ 八哥鸟(mynah),北印度语,一种蓝黑相闲的鸟,鸟喙黄色,可训练模仿人说话。

"你们睡得好吗?"

天泰的弟弟库达坐起来,"如果你睡得好,我当然也一样。"

八哥鸟不理会这出于礼貌的回答。"马哇尼①!马哇尼!"它发出尖锐的叫声,并且用力撞笼门。

库达跳下床,放出鸟儿。它拍拍翅膀,飞到桌前,啄了一口昨晚剩下的面包。天泰听到面包屑四处洒落在书上的声音。他拉紧被单,沉浸在轻松愉悦的兴奋感受当中。

机器人管家发出低沉的咕隆声,端着茶,在门里门外穿梭。它进了房间,在桌上放了两杯冒着热气的茶。八哥鸟在被挤到一旁时,发出嘎嘎声。

"早安!"机器人说,"现在是二一九四年九月二日,早上六点十五分。七点要吃早餐。你们最好准时。"

库达吹着热茶,小声嘟哝:"走开!"

机器人临走前回话:"睡过头的人是大猪头!"

天泰把被单扔回床上说:"这句话一定是丽塔设定的。"

"我知道。对了,你要问他吗?"库达的双脚靠着椅子的一端晃动。

"我什么也没答应。"

"胆小鬼!"

天泰不想争辩。库达完全不明白要求父亲有多困难,于是任务就落在哥哥头上。更何况,库达一旦有新点子,根本不可能要他放弃。

"我早上做了一个好笑到不行的梦。"天泰说。

"八哥把你的茶弄翻了!"库达说。天泰抓起毛巾,擦净桌面。之后迅速洗了澡,穿上童子军服。早餐会在七点整开动,分秒不差。

兄弟俩站在饭厅外,这时丽塔来了,她也是一身童子军服。在一百年前,男女童子军分属不同团体,现在已合而为一。这是父亲核准的,因为童子军负责传授多数津巴布韦人尊崇的品德:忠诚、勇敢、勇气,并且崇拜马渥伊神②。

---

① 马哇尼(Mangwanani),绍纳语,指早安。
② 马渥伊神(Mwari),绍纳语,指超自然的神。

一

　　库达才四岁,所以还没有童子军服。他穿的是灰色T恤和短裤。
　　"早餐!"门打开时发出声音。三个孩子排成一列走进房间。十三岁的天泰在最前面,再来是十一岁的丽塔,天泰心里觉得有点尴尬,因为丽塔和他一样高。库达排在最后。
　　母亲坐着对他们微笑。她一身长白洋装,冷静而优雅。她玩着盘子上的香瓜。
　　"该到的都到了。"父亲说,"丽塔,别无精打采的!"当他从上位走过来,这些孩子都死命地站得笔直。父亲身着将军服,厚实的臂膀上滚着金饰带,胸膛别满勋章。现在是早餐时间,加上天气暖和,因此帽子留在托架上。
　　"库达,衣服下摆没塞进去,罚你做五下俯卧撑。丽塔,肚子缩进去,你又不是西瓜。天泰……"父亲停了下来,天泰觉得前额冒汗,焦急不安。他爱父亲,但有时希望他不要那么军事化。他怀疑父亲会命令高挑、精心打扮的母亲也一起入列,排在队伍后面。不过就算发现母亲的衣服有一丝脱线,父亲也不敢罚她做俯卧撑吧。
　　"天泰通过检查。"父亲说着走回座位。天泰松了口气,但不敢表现出来。通过检查几乎是父亲唯一的赞美。也许这时他可以问那个问题。
　　他们坐下来,但事情马上开始接连出错。机器人女仆把粥倒在桌巾上,随即送回厨房重新调整。接下来,机器人管家接管用餐事宜,他不肯多给一些糖,因此丽塔生气了。声音全息记录器①在父亲椅旁嘈杂不休,直到父亲接起来为止。
　　各地报告——传来:屏幕上闪动着救火车和救护车的照片。因为没事做,天泰懒洋洋地盯着屏幕。假面人是在父亲执行打击犯罪行动后唯一存留的帮派组织,他们在购物中心放置炸弹,烟雾弥漫的现场里抬出一具具罹难者遗体,统计数字在屏幕下方跳动不已。天泰别过头去,这些事发生在遥远的地方,跟他一点关系也没有。
　　"该死的假面人!"父亲对着声音全息记录器大声怒骂,"帮我转接

---

　　① 声音全息记录器(holophone),备有三方视讯屏幕的电话。

警察总长!"电话响起嘟嘟声,拨通后,父亲和警察总长研拟着计划,盘子上的煎蛋卷冷了。

除非父亲开动,否则大家都别想吃,因为他是大家长。

"这是蜥蜴蛋。"丽塔喃喃自语,拨弄着煎蛋卷。

"别说了。"天泰小声说。

"鸡是从爬虫类演化而来的,我在书上读过。"

"安静!"

"又老又冷的恶心蜥蜴蛋。"

"有什么问题?"父亲从桌子另一头大声问。

"没有!"天泰、丽塔和库达齐声回答。

"食物都很美味,"丽塔补充说,"特别是蛋。"

"我要求太高了吗?"父亲大声说,"当我努力保护几千万人民安全,以免坏人毁灭文明时,我不过是希望早餐桌上保持一点和平与安静,这样的要求太高了吗?"他砰地放下话筒。声音全息记录器哀怨地缩回墙角。

大家安静地吃早餐。天泰脑海中浮现出一幅景象,他父亲命令所有城里的人排好队伍。"你,十下俯卧撑。你,二十下。"他一定会咆哮着检查这排成一行的几千万人民。天泰咬紧下巴,以免笑出来。

"这是什么?"机器人管家在父亲的盘子上放了一片干土司。

"医生说在血压降下来之前,你不能吃奶油。"它说。

"我讨厌干土司。"但父亲还是抹上黑莓酱吃下去。

天泰听着花园里的鸟叫声。现在还不能问童子军旅行的事。他们得锁在屋子里头,渡过另一个漫长而无聊的一天,只因为父亲怕他们被人绑架。

"米勒人该到了。"母亲柔声地说。每个人都往上看,连父亲也假装在看现在几点钟。机器人管家清了盘子,他们满怀期待坐在原位,往门边瞧。

"他迟到了。"母亲说。

"他老是这样。"父亲说。

天泰感到一丝背叛的喜悦。米勒人是父亲唯一无法驾驭的人。米勒人的鞋子很脏，衣服上的扣子掉了也从来不补。他花三小时吃午餐，而且把他该监督的功课折成纸飞机。天泰、丽塔和库达还得掩护他。

"我再派管家去看看。"母亲叹息说。

"如果他是我的部下，我会要他做五十下俯卧撑。"父亲说，"不，一百下。"

花园的洒水器启动了，湿泥土的味道从窗户飘了进来。天泰不禁想到印度洋上的暴风。他想起先祖们望向空中，朝着降下的甘霖微笑的脸孔。他们歌颂马渥伊神，打雷是他的声音。他们也赞美象征大地之母的摩多罗神①。

丽塔在桌下踢天泰，低声说："醒醒！"

当父亲望向这一端，天泰赶紧坐直身子。

"怎么可能？已经七点半了！"米勒人的声音从走廊那端传了过来，"我真的设了闹钟。喔，亲爱的大家，我真坏。"他迅速进门，轻拨苍白额上一撮金发。

"啊，你们这么有耐性，真是太棒了！"他大叫，"我何其有幸遇到你们！我告诉其他的歌颂者说我为伟大的阿玛迪斯·马兹卡将军工作，他们都嫉妒得发狂。"在父亲回应之前，米勒人开始歌颂。

天泰听过他用不同的方式歌颂。那是古老的习俗，为了唤醒可见与不可见世界里的各种力量。那是音乐也是诗歌，但大多数时候，是用来医治灵魂的药。有些米勒人有办公室，为民众服务。更多人在医院里做事，还有一些则是在像马兹卡这样尊贵的家庭里工作。

他站在桌前，列举每个家庭成员的光荣事迹与优点。

> 今天这地方充满了嘈杂与欢乐。
> 引领将军的神灵，像一棵树，站在我们面前。
> 所有惧怕的人，在他巨大的阴影下得到庇护！

天泰发现这次米勒人用传统诗歌作为开头。他把父亲比喻为草原

---

① 摩多罗神（mhondoro），绍纳语，指狮神或大地之神。

上胜利的雄兽,而狮子是父亲的象征图腾。

之后他改成演说,描述父亲的英勇事迹。他列举冈瓦纳①恐怖组织攻击总统住家时,父亲如何救出总统,并受任为统帅。他又用不同的景象形容父亲打击帮派那段漫长而艰辛的过程。当米勒人滔滔不绝时,父亲脸上的线条慢慢放松下来,他的眼神如梦,遥远而涣散。

天泰心想,这可真有趣。当父亲放下牵绊和急躁,马兹卡将军就成了他最想要的父亲。

接着,米勒人提到母亲伟大的化学发现以及在大学里担任教授。母亲眼中闪着光芒。他接着称赞丽塔赢得了国家科学奖。他形容她胖乎乎的快乐模样,说那是代表着极致的美丽。丽塔脸上的不耐也消失了。

歌颂者说库达比同年龄的小孩聪明两倍,也没有一般孩子胆小。库达很勇敢,就像一头小象跃跃欲试,随时准备应战,如同他父亲。库达畏怯地皱起眉,仿佛敌人就在面前。

当米勒人转向天泰,他挣扎好一阵子。米勒人老是把他留到最后,天泰猜想,也许是因为感受到抗拒吧。天泰不喜欢歌颂者的力量压过他。当然他信任米勒人,也相信没有人比米勒人更关心他。事实上,他喜欢米勒人不下于自己的父亲,但问题是,他总是没办法记清米勒人到底说了什么。在米勒人的歌颂之后,他会有一阵子感到犯困及呆滞,因此必须要努力避免自己神志不清。

大多数时候,他赢了。

天泰冷静地听米勒人描述他游泳的得奖纪录,以及赢得了童子军勋章。当听到他在一场划船意外中救了丽塔,天泰的身体轻轻晃动着。接着,米勒人恢复到传统的歌颂方式:

> 他往前探险,就像先祖顺河而下,发现了新大陆;
> 和他们一样站在山冈上。
> 当闪电降临,他们勇气大增。

---

① 冈瓦纳(Gondwanna),靠血腥战争赢得非洲北部的大国。

一

　　天泰陷入迷惘。或许是因为早上做的那个梦。好像又闻到混杂了远处花蜜的木烟味。他走在一条小径上，看到前方狮子足迹如花朵一般，印在尘土上。那狮子在不远的山坡上等着，抖动着狮鬣，低语着："跟我来。"

　　天泰醒来，他不知道白日梦做了多久。大家带着满足的微笑坐在桌前，花园里有只微晶片处理器做成的鸟悦耳地叫着。

　　"嗯。"母亲轻叹气，伸长臂膀。丽塔打个哈欠，戳了库达一下。

　　父亲低沉地说："你不用做伏地挺身。"米勒人恭敬地鞠躬退下。房间慢慢恢复到原本的状态。对天泰来说，就像是在水中走路一样。

　　父亲躺在摇椅上，两腿往前伸直。他仁慈地对家人微笑。现在是问旅行的好时机，但天泰和父亲一样都有点呆滞。他知道应该要问，要是能回到歌颂时那样舒适就好了。

　　声音全息记录器响了。"图书馆！"父亲从椅子上起身，下令说。声音全息记录器跟在他面前滑动，一起穿越走廊。图书馆门关了，而天泰也失去良机。

　　"什么时候走？"当挂在大厅的老钟报出八点三十分时，母亲收齐了上课用的笔记，有点漫不经心地把孩子们叫来面前说，"你们的课是不是……记住武术老师九点钟会来。告诉米勒人我已经将储藏室设定好了，它会准备营养午餐。而且这次要看你们确实把午餐吃掉。"她严厉地看着丽塔。她又说，"库达，你不要再玩杜宾犬。它的链子快断了，坏小子！天泰，我希望你看好他们两个。"由于长型高级轿车在反作用力板①上待命，她温柔地拍拍他们，然后夺门而出。

　　三个孩子向开往大学的大礼车挥手。丽塔说："哎，真无聊。武术老师已经来了。"

---

　　① 反作用力板（Antigrav pad），一种反重力物件，用来让疾驶的公车、计程车或轿车减速的工具。

二

  由于年龄差距,孩子们的学习内容自然不尽相同,但暖身运动都一样。除了太极,也有些基本动作,像是原地跑步和弯腰触地等。丽塔从来都碰不到脚趾头。最后,他们一起喊军事口令,这是库达的最爱。

  库达用力吼,老师说:"很好!"

  他个子小却十分结实。丽塔说他像煮到只剩骨头的牛。

  暖身之后,丽塔和天泰学习战略,库达在旁边玩耍。天泰读《孙子兵法》,丽塔读着朱利斯·恺撒的《谁在乎罗马人如何筑路?》,并埋怨说:"他们应该待在家里狂欢。"

  "知识就像盖房子,万丈高楼平地起。"老师说,"即使知道如何盖屋顶,但如果不会打地基,还是不行。"

  老师完全没有幽默感。不过,天泰还是觉得读兵法比武器练习有趣得多。他们学会如何使用弓、箭、矛和双节棍①。每个月父亲还会让他们飞去警察步枪队练习区一次,认识更多的现代武器。

  天泰喜欢学这些技能,不过他的想象力有些太过丰富。当他把矛插入花园的沙袋时,他会想:不知道拿矛射人会是什么感觉?接着,他开始想象这事发生在自己身上。

  "别发呆!"老师大叫,"如果不集中心志,敌人就会乘虚而入!"

  天泰面红耳赤。老师一定会向父亲报告的。课程结束之后有半小时的休息时间。当老师去报告进度时,孩子们坐在草坪上喝牛奶、吃饼干。

  "幸好,这种课一星期只上一次。"丽塔说。

---

  ① 双节棍(nunchucks),原文为 nunchaku,日本冲绳方言,一种由绳子或链子把两节木棍连接在一起的武器;变种的少年忍者龟身上会带着双节棍。

二

"我也这么想。"天泰说。

"我讨厌运动!"

"你们两个真没用。"库达说着拿了一颗石头,朝着机器犬的狗窝丢过去。

大多数的上午,丽塔和天泰透过视讯屏幕① 上课,库达偶尔会加入他们。他们学习生物、非洲历史、数学、物理还有一种外国语。天泰学的是中文,丽塔学法文。三个人都要学绍纳② 语,那是津巴布韦的官方语言。下午大多数时间都花在写功课上,并通过电脑把作业传给老师。晚餐之后,就会收到老师传回的改完的作业。

自有记忆以来,天泰都是用这种方式学习。他从来没去过嘈杂的学校操场,也从未参加过球队,或在拥挤的桌上和其他孩子一起吃午餐。这全是因为父亲太担心他的敌人。孩子们会跟父母亲一同出门拜访友人,有些人家里也有小孩。但那样的聚会令人别扭。天泰觉得很难跟好久才见一次面的人交朋友。

"你要不要问他童子军旅行的事?"丽塔说着,用饼干碎屑喂着排成一列的蚂蚁。

"有机会我会问。"天泰抬头看着墙上的防御设施,包括导电铁丝、警铃还有机关枪。大门要有通行卡才能打开。父亲偶尔会给米勒人通行卡以便补给品运进来。但限用一次。

"真是胆小鬼。"库达边说边把另一颗石子丢向狗屋。杜宾犬起身防备,一开始先竖起颈毛,但由于吠得过于激烈,以至于栽了跟斗。它背部着地,歇斯底里地吠着。库达大笑。

"总有一天狗链会断掉,到时你一定会后悔。"丽塔说。

"才不会,它认得我的味道。"杜宾犬退回狗屋,但在里面吠了好一阵才停下来。

连童子军会议也是通过投影屏幕进行,天泰郁闷地想着。荣誉勋章都是邮递寄来的,这些都是在花园或是父亲信得过的场合中赢到的。

---

① 视讯屏幕(holoscreen),可供三方通讯的影像屏幕。
② 绍纳(Shona),津巴布韦主要种族,是由许多同类的部族所组成的。

但他需要一枚探险勋章，这样才能变成老鹰童子军的一员。

但是，在自家花园能有什么探险呢？

"我要问问父亲打算怎么做。"天泰站起来。

"他一定会打退堂鼓。"库达跟丽塔说。

天泰穿过走廊，走向图书馆。那是父亲最喜欢的地方，里面布满投影屏幕，通过这些设备，他可以和外界保持联系。图书馆很漂亮，存有古书的书架延伸到天花板，空气中有股皮革和尘埃的味道。地板上铺了波斯地毯。台灯的染色玻璃散发出温暖的光辉，和屋内其他角落的光线大不相同。天泰对父亲能自在地置身于这样的艺术气息中感到惊奇。因为他通常只对机器有兴趣。

只有少数人能进入图书馆。也许，这也是少数能够让父亲感觉安全的地方。天泰现在明白原因了：它位于房子的正中心。

现在门开着，表示老师还在里面。天泰停下脚步。"他老是心不在焉。"老师在里面说，"我跟他一起努力了这几年，但老实说，我不认为他会改变。他老是恍惚失神。"

"用力敲他的头，应该可以把他打醒。"父亲低声咆哮。

"相信我，我试过。他想得太多了！但是战斗时不允许思考，这对战斗并无助益。"

"你想说什么？"

"他不适合从军。"老师说，"对不起，我知道你很难接受这件事。而你另一个儿子就没问题。他是头小狮子。"

"你——"天泰听得到父亲猛然起身，"你说我儿子是个懦夫？"

老师沉默。天泰屏息。

"也不是。但他对其他人的痛苦有感觉。这是军人的致命伤。"

天泰往墙上靠。他觉得老师才不会聪明到发现他在偷听。

父亲往后坐下，大声叹气，他说："我得认真考虑这件事。"

"希望如此。接下来，我有另一件事想说。"

"换个话题也好。"

"很多人担心和冈瓦纳的贸易协定。"老师说，"这提供了太多进入我国的入口。"

二

　　天泰不再往下听。没有人喜欢冈瓦纳人,从蝗虫入侵到头痛,每件事都是他们的错。几年前,津巴布韦和冈瓦纳签订了和平协议,但事情仍没完没了。天泰对冈瓦纳人完全没兴趣,他们住在几千里远的北方,大概也和津巴布韦人过着一样无聊的生活。

　　他该如何面对父亲?他握紧拳头,觉得这不公平。他讨厌这个老师。如果老师想要他交一篇好报告,那他就会把矛插在老师身上。光是产生这样的念头,他脑海中就能清楚地描绘出刀锋射向老师胸膛的画面。这感觉让他恶心。"难道这就表示我是懦夫吗?"他心想。

　　"我无法接受冈瓦纳人献祭的做法。"老师的声音从图书馆里传出来。

　　"我们也牺牲动物。"父亲说,"而且不是素食者。"

　　"问题出在做法。我们以人道方式宰杀。但他们的重点却是痛苦。他们相信自己的神沉睡着,唯有通过使者——也就是献祭,才能唤醒他。使者经历的痛苦愈多,到达灵界,就能因怒气而放出更明亮的光芒。也由于神对使者习以为常,所以要花更大的力气才能引起注意。"

　　"好奇怪。"父亲说。

　　"不但奇怪,而且恐怖。问题在于他们在津巴布韦也这么做。"

　　"我要禁止这种行为。"父亲气冲冲地说。

　　"有个现成的例子。在布拉瓦约,有个冈瓦纳人买了一头羊……"老师解释买家将这头羊带到庭院去,许多冈瓦纳人在那里等着。他们磨刀的时候,那头羊正吃着准备好的草粮。天泰不想听,但同时他却深受故事吸引,那头羊对人类信任的景象深印入脑海。

　　老师开始描述它的下场,结果是尸骨无存,就像外科手术一样。但在天泰脑海中却感应到其他细节,像是闻到血腥味、听见羊的咩咩叫声。

　　"那是什么声音?"父亲说。他们迅速地走到门口。天泰趴在地板上看着他们。他跪在地上,膝盖滑了一下,因而发出声音。"你坐在这里干吗?"父亲大声咆哮。

　　"我……不想打扰你们。"天泰爬了起来。

　　"你在偷听?"

　　"我……是。我不是故意的。"

耳朵、眼睛和手臂

"我倒想知道他什么时候来的。"老师冷冰冰地说。

"在我的房子里不准有人监视我!"父亲大骂,"你们都知道:只有懦夫才会躲在门边偷听。你如果觉得好奇,就问出来。不要鬼鬼祟祟的!麦维①!"他粗鲁地转过身,跟老师一起走回图书馆。砰的一声摔上门。

天泰浑身发热。父亲强而有力的声音在他耳际盘旋不去。他足足有一分钟的时间手足无措。接着他回到房间坐下来,闭上眼睛,眼泪跟着掉下来。但他没出声,不想让丽塔和库达知道他在哭。没多久,眼泪干了,留下的是一道深深的悔恨。如果不当军人,他擅长什么呢?还有,懦弱是不是跟耳朵一样,与生俱来,并且甩也甩不掉呢?

大礼车在反作用力板上停下,嗡嗡作响。天泰望着明亮的天空。他看到轿车司机、老师和父亲。他们大概要去跟母亲会合一块吃午餐吧。库达和丽塔在花园里向轿车挥手。

天泰发觉笼内一阵骚动。八哥鸟正猛力撞着强化隔板②,想飞出窗外。"你也被困住了。"天泰说。轻轻地把它移到桌上,他从口袋里拿出饼干碎屑喂它。但八哥鸟一直望着窗户。天泰检查它的翅膀,主要的羽毛已经长出来了。他记得当初米勒人故意扯下八哥鸟右侧的羽毛。因为重心不平衡,八哥鸟就不会飞走。

但是米勒人经常忘东忘西,这件事他也忘了。现在它飞得很好。天泰打开窗,等着。这只鸟迅速朝他的方向看了看,再次飞向窗户。而这次没有阻碍。它飞出窗外,发出响亮且讶异的嘎嘎声。它知道好运来了,于是越飞越高,跟在车子后方。

八哥鸟飞过花园墙壁时,扬起一阵温暖的气息,越过了导电网、碎玻璃和机关枪。最后它变成晴朗蓝天上的一个小黑点,有些摇摇晃晃,最后消失了。

天泰有些后悔。他关上鸟笼,收进衣柜。这下子,八哥鸟自由了,头也不回地飞走了。

---

① 麦维(Maiwee),绍纳语。指我的天啊!表惊奇、不相信、嫌恶之意。
② 强化隔板(force screen),半渗透性强化板,可使空气流通,但是蚊子飞不进去。

三

天泰走到花园,他看到丽塔和库达正在摇醒睡在蓝花楹树下的米勒人,他躺在躺椅上,从他身上成堆的紫色花瓣看来,就知道他躺在那里很久了。

"快点嘛,米勒人!"丽塔嚷着,"打开储藏室,这样我才可以重新设定。"

"我们把躺椅翻过来。"库达提议。这小男孩试着提起椅子脚,但躺椅太重了。

"父亲走了。"天泰说。他知道怎么刺激米勒人。于是这人张开了一只眼睛。"还有母亲也是。"天泰又说。

歌颂者坐了起来,伸伸懒腰。他大声说:"这真是美好的一天!看看这蓝天!蓝花楹树的花朵落在绿色草地上,岂不就像一张棒极了的地毯吗?"

"来嘛!我得在储藏室开始烹煮之前,重新完成设定。"丽塔拉住米勒人的手,库达则抓住他的另一只。他们一起把米勒人拉向厨房。控制面板在锁住的玻璃门后面,米勒人把拇指放上去,嗡的一声,他的指纹核准了。又一声响后,门向墙壁的一侧滑开。

丽塔进入储藏室,库达大声欢呼:"耶!"天泰知道身为大哥应该阻止这一切,但他还在为图书馆的对话闷闷不乐。他们并不常独自在家。父亲或母亲其中一人在家,即便他们忙着自己的事,米勒人都不敢干涉孩子们的日常活动。但这个米勒人却常这么做。

库达问:"午餐吃什么?"

丽塔叫出原本的菜单:"大豆汉堡、炖萝卜和糙米。"

"恶!"

"你们想吃什么?"

"腊肠和洋芋片!"库达大声说,"烤饼、果酱和鲜奶油!"

"冰淇淋和巧克力酱!"米勒人大叫。

"有脆皮烤鸡和炸虾!还有法拉婶婶的起士蛋糕。"丽塔起劲地打字。

"我们不吃蔬菜吗?"天泰问。

"那就帮你点一颗番茄。"丽塔打完了。"好了!"她往后退,看着储藏室嗡嗡作响,并且发出喀嚓声。几分钟过后,当盘子上堆满食物的时候,香味也一阵阵传出来。

米勒人把厨房窗户打开,冷气机随即发出嘎嘎的抗议声。丽塔把它关掉。微风吹进屋内,闻起来有刚修剪过的青草香气,取代了房里的空气——虽然那没什么不好。所有的花粉、尘土和污浊都被滤掉,人工香气盖过了平淡无味的空气。屋内的空气其实还好,但外面的空气明显有趣得多。每次父母亲不在家,孩子们就会打开窗户。

库达把鸡骨头扔到地板上,机器人忙着收拾。米勒人只顾着说话,汤匙上的冰淇淋融化在他的衣服上。他说起关于南方古迹的大津巴布韦城以及建立绍纳帝国的摩洛曼塔巴王。

当米勒人描述当时的情景时,天泰想象着摩洛曼塔巴王出巡的样子。他忠实的侍卫带着战斧和锐利的猎矛走在前面。后面跟着两个人,他们用竿子抬着仪式用的鼓。行进时,鼓也持续咚咚作响。国王坐在轿上,旁边围绕着歌颂者、乐者和舞者。"日与月的主宰之王来了!夜里潜行的狮子来了!"他们随着拇指琴①、铁铃和舞者脚上的贝壳脚环吟唱。四周的红土飞扬,昭示着王者即将到来。

再后面是女人背着摩洛曼塔巴王的日常用品,朝臣扛着家具,最后是一大群士兵。

不管走到哪里,只要听到王者之鼓,人们就会丢下手边工作,跑上前向他致敬。用餐时,仪式用的椅子会被摆在空旷之处,女仆跪着呈上食物。其他人围成一圈,等着听他口中说出来的美言,并且跟着重复,以便让后头的人听得到。

"希望我就是那个国王。"库达赞叹说。

---

① 拇指琴 (hand piano),非洲的拇指琴 (Mbira)。

三

"哎哟,我才不想过那种生活。"丽塔不高兴地说,"想想看要跪着用膝盖爬耶。"

"你怎么能把故事说得这么精彩?像身历其境似的。"有一瞬间,天泰觉得真的听到女人发出了欢迎的尖叫声。

"我有一个说故事的雪夫①。"米勒人解释着。天泰点点头。雪夫是游荡的幽灵,他会进入人体,带来特殊技能。即便米勒人来自英国部落,而雪夫十分明显来自绍纳族,但这与种族无关。一旦幽灵想要跟着这个人,也只能任凭幽灵为所欲为,别无选择。若是心生反抗,精灵则会让人生病。

现在举例来说,丽塔就证明了有数学天赋的曾祖母决定把技能传授给她。曾祖母是一个玛祖穆②,也就是家族精灵。离开人世的长辈把祝福转移给后代子孙是很常见的事。雪夫就少见得多,但也不足为奇。人死之后,子孙若没有妥善埋葬,就会变成到处游荡的雪夫,直到找到合适的躯壳为止。

库达太小,所以不会被附身。天泰知道弟弟再大一些,某些好战的祖先神灵会对他很有兴趣。那他呢?天泰心想。他没有特殊技能。很多迟钝平凡的人不曾被任何精灵附身过,因为他们不值得神灵这么做。天泰轻叹。

"你忘了吃番茄。"丽塔说。

"我不想吃。"

"那我要!"库达大声说,并拿起番茄,往机器人扔过去。番茄在它深蓝的制服上裂开。

"库达!"丽塔大喊。

"食物大战!食物大战!"库达大叫。他抓了一把洋芋片朝她丢过去,丽塔立刻在他头发上倒冰淇淋。库达用他手上仅存的鸡骨头挡住攻击。

"不公平!我没有武器。"丽塔大叫。米勒人把糖碗递给她,那堆糖黏在冰淇淋上,效果非常好。接着是野莓果酱、一杯茶和牛奶壶。

---

① 雪夫(Shave),绍纳语,到处游荡的鬼魂,死后没有得到适当的埋葬所致的。
② 玛祖穆(mudzimu),绍纳语,复数 vadzimu,泛指家族或宗族祖灵。

米勒人加入了战局,他一边喷巧克力酱,一边闪避鸡骨头。厨房的墙壁和地板满目疮痍。丽塔、库达和米勒人到处横冲直撞,椅子也被推倒了,在湿地板上滑来滑去,他们甚至还攻击收拾残局而忙得不可开交的机器人。

"来嘛!"库达大声叫,要天泰一起加入。

"不,谢了。"

"你真是胆小鬼!"

天泰退到一角。当所有人都闹得天翻地覆时,他在一旁生闷气。最后大家筋疲力尽,纷纷倒下。"喔!"丽塔气喘吁吁地说,"真好玩!"

自动拖把从隐蔽处出现,开始收拾混乱。

"只打破一个盘子,不太糟嘛。"库达说。

"我会跟母亲说盘子太烫,我手滑了。"自动拖把要清掉牛奶摊,丽塔却躺在上面。

"你们该去换衣服。"天泰说。

"谁在乎?反正有洗衣机。"

"食物不该浪费。你们想想看哈拉雷①的穷困人民。"

"喔!真服了你。"丽塔大叫,"我们从来没有玩得这么开心,而你却坐在那里像只老秃鹰一样教训个没完。要唠叨去别地方唠叨!"

"啰唆!啰唆!"库达跟着说。

"天泰说得对。"米勒人悲伤地说,"我应该做榜样才对。如果你们父亲发现的话,我会被轰到街上,最后饥饿而死!喔,我真可怜!"

"这下子可好,你害他哭了。"丽塔拿纸巾给米勒人擤鼻涕,"别担心。我们会保护你。我会重设食物处理机,说我们把可怕的炖萝卜吃掉了。这些机器人不会告你的状,因为他们根本不会。"

米勒人擤着鼻子说"谢谢",马上又开心了。他们全去换上干净的衣服,但天泰除外,因为他不需要。之后他们玩大富翁、爬树、游泳,还轮流折磨机器看门狗。

"我好无聊啊!"丽塔躺在墙边的阴凉处。天泰、库达和米勒人也

---

① 哈拉雷(Harare),津巴布韦首都。

三

躺在旁边。午后热气逼人,炎热的空气把头上的通电铁丝烤得火烫。

"你有没有问父亲童子军旅行的事?"

"没有。"天泰说。

"我就知道。"库达说。

"好,那你去问,你就不会这样挖苦人了。"天泰大吼,突然生气了,"你根本不知道每次开口就换一顿骂是什么滋味。他对你好,是因为你是婴儿!我等着看你自己去试!"

"我不是婴儿!"库达大叫。

"你就是!你还睡午觉!"

"我不是!我不是!我不是!"库达跳到天泰身上,用小拳头用力捶打天泰。

"拜托,别闹了。"丽塔不耐烦。天泰把库达举得高高的——那并不难,库达两只手在空中用力挥舞,他沮丧地号啕大哭。

"我了解。"米勒人轻声说。

"什么?"天泰转身看着他。库达坐在地上,脏脏的脸上涕泪纵横。

"我知道每次开口都换来一顿骂是什么感觉。那真糟透了。"

天泰觉得不太自在。大人很少会说起他们自己的问题。

"你们说的旅行到底是什么事?"米勒人问。

"我需要探险勋章才能成为老鹰童子军的一员。"天泰跟他解释,"有些人会去主题公园——那最好不过,但父亲不会让我这么做。不然跨越这个城市,也可以得到勋章啦。"

"我也是。"丽塔说。

"他们说我也可以去。"库达连忙加上一句。

"等等!你们是说步行穿越哈拉雷吗?那超过五十英里呢!"米勒人坐起来,拨去头上的草屑。但那些草屑又黏在衣服上,他索性视而不见。

"我们可以搭巴士。先到玛巴·姆兹卡终点站,搭车到哩高·玛卡温饭店①,再去城市另一边的碧翠斯。之后就回家。"天泰解释说。

---

① 哩高·玛卡温饭店(Mile-High MacIlwaine Hotel),公元二一五〇年,建于玛卡温湖旁,这高度相当于一英里的建筑是南非具代表性的大楼,里面包括一个城市里应该具备的所有要素。

"我们得先存好几个月的零用钱。"丽塔说。

"天泰有一把折刀,可以用来杀敌人。"库达说。

"安静!"丽塔打他一下。

"让我想想。"米勒人漫不经心地嚼着草梗,眼神望向远方。孩子们急切地看着他,"你们可以早上出发,晚餐前回来吗?"

"可以!可以!"丽塔说。

"你们不会跟陌生人说话,也不会一去不回吧?"

"当然不会。"天泰说。

"那么……"他往后躺,头靠在剪下的草堆上。自动锄草机被丽塔绑在树上,在那里闷闷地转着。"我刚好知道你们父母亲明天要早点出门,而且天黑前不会回来。"

"真的吗?"丽塔说。

"但是我们必须先得到允许才行。"天泰插了话,"我不要偷偷跟在父亲后头出门。"

丽塔正要开始跟他争辩,但米勒人举手说:"如果我问他,他会同意的。"

"我不懂。"天泰说,歌颂者在父亲面前总是畏畏缩缩的,没见过他做其他事。

"如果我在歌颂时问他。"米勒人加了一句。

这样天泰明白了。他记得父亲在歌颂之后昏昏欲睡的呆滞神情。原来米勒人想要催眠父亲。"这不是光明正大的方法。"

"不,不会!"丽塔大叫,"他允许就好了,谁在乎是怎么办到的?噢,你不认为这是我们可以出门的唯一方法吗?还是你想等到长出胡须才知道怎么搭巴士吗?"

"拜托!拜托嘛!"库达说,抬头看着他的大哥。

这一次换成天泰遥望远方思考。不知道没有保镖、警察或父亲陪同,跟其他人一样,自己出门,去到谁也没去过的神秘地方会是什么感觉?当他这么想时,早上那种温暖而兴奋的感觉又回来了。他的祖先在花园墙的阴影下等着。其中一人拿起空心的羚羊角,凑近嘴边吹响它,为猎人带来勇气。

三

"醒醒。你又在发呆①了。"丽塔说。

天泰抖抖身子说:"我们就这么办吧。"

接下来的时间过得很快。丽塔想设定电脑说他们做完了所有的功课,但天泰坚持不同意。她满腹牢骚,逼自己去记青蛙的解剖图。天泰在做代数,这是让他平静的科目,因为数学永远有正确的答案。

隔天清晨,天泰、丽塔和库达努力做好每件事。在父亲检查的时候,丽塔甚至还缩紧小腹。早餐也平安无事地吃完了。

"我想今天你们得独自在家了。"母亲在收拾碗盘时对他们说,"我答应去款待中国使节,而你们父亲和总统有约,今晚我们要和她共进晚餐。我很抱歉你们不能一起去。"

"没关系。"丽塔高兴地说。

"让我想想。我设好储藏室了。对了,门边的地板黏黏的,你们知道是怎么回事吗?"

"一定是自动拖把的清洁剂没了。我会去检查。"丽塔张大眼睛,一脸无辜。

"也好,我没时间看了。阿玛迪斯,今天是不是略过米勒人的歌颂呢?"

父亲瞥了老钟一眼。天泰、丽塔和库达的手在桌布下紧握。"还有四十五分钟。"他低声说。父亲点个头,机器人便滑到走廊去看歌颂者是否来了。

这不是和往常一样吗?天泰心想。这么重要的早晨,他还是迟到。老钟报了一刻钟。通常在这之后——大约过了五分钟,米勒人在门口出现,边鞠躬道歉边骂自己是坏男孩。

如果连时间都忘了,大概也忘了他的任务吧,天泰心想。事实上,第一部分的歌颂跟平日没有不同。但是当他们陷入魔咒之后就不一样了。天泰觉得有罪恶感。可是如果父亲和母亲听得进他的话,也不必这么做了。

---

① 发呆 (dwaaling),南非语,指出神入定的状态;做白日梦。

· 019 ·

耳朵、眼睛和手臂

慢慢地，米勒人巧妙地把父亲的注意力转移到他有义务把勇气传给孩子们。有什么比自我独立更适合呢？父亲眼睛半开地点点头。天泰看到米勒人准备了一份文件，允许他们参加童子军旅行。父亲签了名。另外米勒人还要了两张大门通行卡，一张用以离开，另一张则是回来时用。他甚至说服父亲给他们坐巴士的车钱。这一切都在一首诗歌中完成。诗歌继续下去，歌颂者在他父母亲周围抛出一道闪亮的光环。天泰看傻了。

最后那光环慢慢褪去，回到它原属的神奇之地。母亲伸伸懒腰"嗯"了一声。

老钟整点钟响。

"麦维！我们迟了！"父亲大叫。加长型轿车在反作用力板上待命。不知道它等了多久？天泰想。他们连忙夺门而出，母亲在慌乱中停了下来，很快地对他们微笑了一下。轿车随即开走。现在家里只剩他们了——桌上摆着通行卡、许可证明和钱！米勒人坐在父亲的椅子上，双脚抬高放在桌巾上。天泰恍惚中有些震惊。

"你们不用做俯卧撑！"库达大声嚷嚷，到处跳来跳去。

"我很高兴你站在我们这边。"丽塔边说边折餐巾纸，把它端正地放在桌上，"天泰别发呆了。我们逃出去吧。"

"要不要我帮你们把钱钉在口袋里？"米勒人问。

"不必！"天泰说。

"我真笨！你们长大了，大到不用这样做了，库达也一样。"

天泰看着弟弟穿上最好的上衣和短裤。还在皮带处插上一把牛排刀，但被丽塔没收。

"我觉得库达不应该跟去。"天泰慢吞吞地说。

"你答应我的！"库达大叫。

"我知道，但城里有些地方不安全。"

"童子军要信守诺言！你答应我了。"

"你还没加入童子军，就不能参加童子军旅行。"天泰说。

"我明年就会成为幼童军了。我跟你一样勇敢。米勒人，你告诉他。"

"你是小狮子！"米勒人把库达抱起来，来回摇晃。库达大声呐喊。在丽塔尖声助阵之下，他们四处乱跑。米勒人倒在地毯上，丽塔和库达趴在他身上。

"我还要玩！我还要玩！"小男孩吼着。天泰心一沉，米勒人是不可能成为后援的，他总是说别人想听的话。

"你要乖乖听话。"天泰跟弟弟说。

"是的，长官！"库达说，他假装是父亲的士兵，学得很像。米勒人把库达从地毯上抱起来的时候，气喘个没完。

"报告长官，全员到齐！"丽塔大喊，并立正站好，"检查背包！把地图、指南针和食物按照顺序放好！"她在房间里来回踏步，双手飞舞。

天泰知道情况已经不是他能掌控的了。"好吧。"他轻叹，"地图上标了路线。我们先到玛巴·姆兹卡。丽塔看好库达。虽然我还是觉得他应该待在家里，不过只有几小时，跟着去也还好。"他背起背包。

阳光洒在修剪得井然有序的花园走道和篱笆上。在他们离去前，天泰仔细地检查每一个细节。希望父亲记不得歌颂时做了什么，他心想。米勒人说他想不起来——但谁知道呢？

歌颂者把通行卡放进大门，并且按住武器检查钮，这样，天泰才能把童子军刀带出去。那是一把很棒的刀，刀锋是金色的，刀柄上有红龙饰图。这是父亲去中国时买给他的。

"你们好好玩吧！"米勒人大叫。

天泰回头看他在门里。有一瞬间，他突然想回到有筑墙的安全的花园，但米勒人关上了门，留下他们三人站在那里。人行道上，风吹得树影摇曳。

"我们要靠自己了。"天泰说，然后带着丽塔和库达走向巴士站。

四

母亲打开车上的窗灯,望着底下的城市。她看到汉普登山脉在右手边,吸纳用的太阳能板在上面闪闪发光。这真是个适合居住的好地方,她心想。此外,她几乎找不到马佐城的缺点,犯罪率也很低,因为聪明人都知道这里有个马兹卡将军。她对丈夫温柔地微笑。

刚刚米勒人说了什么?将军就像大树一样,用枝叶保护着家人——诸如此类的话。米勒人能言善道,她很高兴能请来这个歌颂者。起初,阿玛迪斯不太赞成。他认为胆小鬼才需要奉承,但经过几回之后,他的想法改变了。

轿车转弯朝向大学驶去。中国使节深受时差之苦,大概一小时后才会出现。她还有时间喝杯茶。母亲满足地叹气。

现在车子刚经过灰暗破败的死人沼泽①。她惋惜地看着古山中的废地。在市中心有一块这样的地方真丢脸,但又能拿它怎么办?一个世纪之前,有毒化学物质污染了这块地。

他们说住在死人沼泽的都不是好人。不是她在马佐城会邀来喝茶的对象。母亲慵懒地想着孩子们现在想做什么。夏天一到,他们没一刻静得下来。天泰老是念着童子军旅行的事。

等等,母亲想着今天早晨米勒人歌颂里头有些不对劲。真怪,她想不起米勒人说了些什么。当然,那气氛相当愉悦,听一整天都可以,但她常搞不清楚是什么让她这么快乐。

旅行。好像是跟童子军旅行有关。她看向阿玛迪斯,发现他皱着眉,仿佛也在努力回想。好像桌上有两张卡片。那是阿玛迪斯摆的。它们是——喔,天啊!通行卡。

---

① 死人沼泽(Dead Man's Vlei),位于哈拉雷正中央的一大片地区,二十一世纪初被用来存放有毒的废弃物。

四

母亲和父亲同时看向彼此。"该死的米勒人!"父亲大叫,"马上把车子掉头!"

听到父亲怒吼,司机飞快地以八字形路线行驶。之后开得笔直,抄捷径开回城里。将军利用车上的电脑送出指令,关闭家中所有大门。

天泰、丽塔和库达努力地一步步往巴士站前进。天泰大喊的声音压过人群:"抓好了!"

库达紧巴住丽塔,而丽塔也死命地抓紧天泰的手,他痛得缩回手。"我从来没看过这么多人!"丽塔大叫,"啊!那女人踩到了我的脚!"

天泰坚定地带着弟妹穿越人群。这些人头上顶着日用品奋力地从他们身边挤过去。有一只被捆绑着装入袋中的鸡,头露在袋子外面,在擦肩而过时,悲惨地看着他们。"这就像从牙膏管里硬挤出来一样。"丽塔惊呼。

他们终于走到尽头,来到平台下方空空的地方。这地方很阴凉,但因为靠近肉摊,所以满是菜屑和碎肉的腐臭味。有只大老鼠在弯下腰啃咬骨头之前,还用黑眼珠打量三兄妹。

"老鼠!"丽塔惊叫,"我只有在书上看过老鼠。你觉得它是有人养的吗?"

"别碰!"天泰大喊,一边用手制止她。

"霸道鬼!你敢打我?"

"它不是那种乖巧的动物,你看骨头上的齿痕就知道了。"

老鼠继续一口口地啃咬筋肉,并朝他们龇牙咧嘴吱吱叫。

"它以为你要抢它的晚餐。"天泰说。

"真好笑。"丽塔从背包里拿出面包屑丢过去。它一口吞下,等她再给。"看吧,谁说它不乖?"她又丢了一块,它吃光了又等。当它等不到食物就朝丽塔扑过去。天泰想拉她,但丽塔坚持站在原地。突然间,老鼠跳到她的鞋上,用爪子在她腿上乱抓,并且发怒狂叫。

"救命!"丽塔尖叫,发狂乱踢。天泰拿起背包乱甩,趁机捉住它。但它跳到水泥地,接着爬上柱子,接着它往丽塔扑过去,但天泰又一次挡住它。老鼠抓着背包,于是天泰把背包往墙上一甩,它也跟着被撞昏,倒在白菜叶上。

天泰不知道它是死了还是昏过去而已,他也不在乎。他把丽塔和库达拉回嘈杂的人群,以免事情更糟。他们在辣味摊贩后方慢慢镇静下来。丽塔吓得还在发抖。

"动物应该不会这样才对。"她哀怨地说,"我喂它吃东西,它应该变乖啊。"

"我们对野生动物并不熟。"天泰说。

"丽塔是胆小鬼。"库达说。

"你不要烦我。如果有老鼠在你腿上,你一定会吓得尿裤子。"

"我会用童军刀把它杀死。"

天泰不理他。虽然库达嘴上说得勇敢,但他紧抓丽塔的手,仿佛两人黏在一块似的。"对了,你可以得到观察野生动物的勋章了。"天泰跟妹妹说。

丽塔抬起脸,她哭得泪流满面。

"我们才出门几分钟,你就已经得到勋章了。想想接下来这一天,你还会得到多少?要不要吃辣点心?"

她擦擦眼睛。摊子附近弥漫着一股浓浓的炸面团香味。"嗯。"她喃喃地小声说。

"恶!你看你的背包。"库达说。

天泰惊恐地发现他的背包被老鼠咬破了。而且还被它尿湿了一块。"我会找个公厕把它洗干净。"他叹气,"来吧,振作一点。"他们走到摊子前面,那人正在倒一锅热油。他把油腻的辣点心①铺在报纸上,让它变凉。

"我们可以看你做吗?"天泰问。

"没问题。"那人问,"你们要多少?"

"很多。"丽塔说。

---

① 辣点心(chili-bites),美味的炸面包,形状有点像饺子,是用小扁豆和稻米粉末,加上捣碎的辣椒制成的。

四

  天泰点了二十四个。小贩把面团放进油锅，面团在锅里发出激昂的嗞嗞声。他用勺子把小面团翻过来。辣面团里包了洋葱和辣椒。味道令人疯狂。那人把炸好的点心倒在铺了报纸的盘子上。"树下的桌子是我的。"他边说边收钱，"吃完把盘子拿回来给我。"

  他们坐在树荫下，狼吞虎咽地吃下热腾腾的炸面团，脸上手上都弄得油油的，辣椒害他们逼出了眼泪。"这才像活着！"丽塔说，"我们喝点什么吧。"

  天泰买了几杯现榨的凤梨汁。他们躺在树下，觉得有一点恶心，但却很满足。天泰借了摊贩的水龙头洗背包。玛巴·姆兹卡的大市集不再让他们心生恐惧。四周都是笑声和叫嚷，像是在聚会似的。从中央车站发车的巴士行经城市各个地方，也开往更远的莫桑比克和肯尼亚，甚至到北方的冈瓦纳。

  市集里到处都立着大遮阳伞。每条街都只卖一种东西，譬如水果、蔬菜、衣服、陶瓷餐具或是肥皂。肉贩拍打牛肉的两侧来驱赶苍蝇，同时展示他们的货品。纳格拉①蹲坐在一堆萝卜之类的蔬菜和香草前面，头上戴着用猫毛装饰的帽子，叼着长烟斗，在炎炎夏日里打盹。这里还有些为一般人服务的米勒人。

  每个歌颂者都有自己的摊位，里面有舒适的躺椅。一旦有人心情沮丧，需要即时的颂扬，就可以请米勒人为他简单地清点优点。他可以躺在躺椅上，聆听歌颂者为他做的诗。

  天泰、丽塔和库达尽可能地凑近观看。诗的开头跟一般的没有两样，但一下子，米勒人开始渐入佳境，他加入了需要的赞美词。赞美是真是假其实不重要，天泰心想。这位聆听者马上受到影响，毫无迟疑地接受了这股魔力。挺着啤酒肚的男人被称赞说"他们拥有瘦而坚硬的肌肉"。瘦巴巴、一脸冷漠的妇人则被称赞"丰满且和蔼可亲"。

  奇特的是，这些人的模样仅仅在几分钟之内，就慢慢变得跟米勒人描述的一样。

  "好无聊喔。"丽塔说，"我们可不可以做点别的？"

---

① 纳格拉（Ngangas），绍纳语，指传统的治疗师。

耳朵、眼睛和手臂

"他没有我们的米勒人厉害。"库达说。

天泰带着他们走过一排排蔬果摊。太阳慢慢往上升,他们在玛巴·姆兹卡市集至少待了一小时。如果要去碧翠斯,并且在太阳下山前回家,就得赶紧离开这里。但天泰不想离开,因为玛巴·姆兹卡市集是如此充满活力。

他发觉一直以来,他都是快乐的,不记得有什么时候会伤心难过。他喜欢嘈杂的声音和味道,不管好闻与否,还有人们的脸孔,不管是一脸无辜或阴险狡猾。他喜欢置身于人群当中。他喜欢各色人种的不同的外形和性格,只因为他们是活生生的人,不是机器。

"你们看!"库达大叫。他们经过兽栏,小贩为了山羊和鸡在讨价还价。华丽的表演猫儿不屑地对着眼前推挤的人群打哈欠。但是在最后面有张桌子,上面只坐了一只叫人惊异不已的动物。

它全身都是蓝的,脖子的软毛直立在脸上,而尾巴却垂着,几乎快碰到地了。它戴着皮革项圈,跟链子系在一起。至于它的主人,身上满是数不清的绷带。他闷坐在椅子上抽烟。

"那是遗传基因改良的猴子。"天泰惊奇地说。

"它们不是非法的吗?"丽塔说。

"是啊。"

蓝猴子伸出长臂,从主人嘴边把烟抢走。那人想把烟拿回来,但是猴子龇着牙向他示威,然后沉着地抽着烟。"瞪什么瞪,大圆脸?"

"它会说话耶!"丽塔大叫。

"那当然,不过我只跟值得聊天的人说话,不像他。"蓝猴子朝主人的方向吐口水。有两个人在桌旁制止它的行为,其中一人弹了颗花生给它吃。

"如果我想吃花生,我自己会去市场买!"猴子气得大叫,"给我汉堡,你这个小气鬼!"那两个人笑了起来。

天泰用眼角偷看这两个人,其中一个肌肉结实,像是拳击手,另一个则瘦弱得多,看起来不太愉快。但他没有想太多,因为他的注意力都在猴子身上。"我以为遗传基因改良的猴子是违法的。"他说。

"现在还是一样。"猴子主人说,"但是现有的很难杀掉。"

四

"好像你没试过一样。"猴子讽刺地说,"看到他拿沺脚给我吃了吗?那是卖不出去的黑香蕉!"

"再说啊!你吃得比我还好。"

"你说谎!你说谎!"猴子大声尖叫,"钱都是我赚来的,却都被他拿去喝掉了!他每晚都醉倒在水沟旁边,我还得帮他赶老鼠!"

"你好可怜。"丽塔大声说。

"没错,亲爱的。我是最不快乐的猴子了。我没办法像亲戚一样在丛林里生活,那太耀眼了。继续跟着这个笨驴蛋也糟蹋了我。你干脆把我买走吧,甜心?你一看就是个好孩子。"

"喔,天泰,我们可以吗?"丽塔问。

天泰心想:当父亲看到这只满口胡言的动物时不知会有何反应。而且母亲常会举办优雅的品茶聚会。家里似乎可以养一只这样的猴子。

"拜托!"库达好兴奋,"它可以待在花园里。"

"对啊,就在花园。"这猴子跟着说,明亮灵活的眼睛盯着天泰。

如果买下猴子,势必得直接回家。天泰觉得他们没办法带着这只猴子在城里到处跑。

"我已经习惯和人类生活了。我会吹口琴,而且是个开心果。到后面来,我们来谈生意。"猴子拉着天泰的袖子。

天泰依着它,被拉到墙后面,猴子的主人尾随在后,脸上一副卑鄙的神情。丽塔和库达围着蓝猴子跳来跳去。后来他们发觉来到光线阴暗的地方,就像丽塔遇到老鼠的角落。

"等等,为什么不到外面去说?"天泰问,但那只猴子突然用牙齿咬他的手。那两个男人偷偷地跟在后头,一下子扑了过来,丽塔和库达对他们尖叫,但随即被破布盖住头脸。天泰跟猴子缠斗,但猴子主人用手臂勒紧天泰的脖子,还在他的脸上贴破布。天泰胸口一阵灼热,双脚无力。

是麻醉剂,他想着,痛感逐渐退去,接着他倒在垃圾堆上。

五

蓝猴子坐在桌子上抓痒。它的主人颓丧地坐在旁边的椅子上。那个拳击手扛了两袋麻布袋，而另一个瘦弱得看起来像是黄鼠狼的人只扛了一袋。

"我要一成。"猴子说。

"等到母象卖了他们之后再说。"小个子的男人说。

"不要让我等太久。我去告密的话，可是不用坐牢的。我不过是只笨动物。"

"你会被送到实验室。"小个子男人愉快地说。

"哈，哈，真好笑。先让我预支一点，这样我才能让他喝点酒。"猴子用脚趾头戳戳主人。小个子男人从口袋捞出五十元的钞票。

"趁麻醉剂退掉之前，我们出去玩玩。"拳击手催促大家。猴子快手快脚地把钞票塞进项圈，它的主人想抢过来，它就露出一副龇牙咧嘴的模样。那两个男人扛起麻袋，往最近的巴士站走去。趁警察包围玛巴·姆兹卡之前，他们坐上最后一班出城的巴士。

母亲手里拧了一条湿透的手帕坐在那儿，餐桌清得空空的，上面放了电脑。警察署长输入资讯的时候忍不住皱眉。

"我不能让我的人离开岗位太久。"他对父亲说。

"我的小孩失踪了！"父亲大发雷霆。

"将军，请相信我。有几百万人每天都在使用大众运输系统，他们也没出事。我知道你很担心，我们也正在清查所有的巴士，你不觉得现在惊慌太早了吗？"

"你不了解！他们不是一般的小孩。假面人竭尽全力要抓他们！更何况——"父亲的表情有点难为情，"他们从来没有搭过巴士。"

警察署长好笑地瞪着他说："最大的都已经十三岁了！"

五

"我知道,我知道。我也想要让他们自由,但你应该知道那是怎么回事。一开始他们都是小婴儿,然后开始学走路,你怕他们跌进游泳池什么的。所以让他们待在家,请家庭教师来上课还单纯一些——别那样看我!我的敌人太多了。"

"我没有批评你的意思。"警察署长温和地说。

"当我还小的时候,到处都有帮派。我看到我的兄弟们在庭院被射杀。我发誓不让我的孩子遇到那种危险。"

"那是当然的,但你也知道帮派几乎都绝迹了。"

父亲在房间里来回踱步。母亲知道他想起当他是个年轻警察时,努力打击犯罪的长期战争。她知道阿玛迪斯一定会设法找到孩子。要他坐在这里干等着孩子们回家根本不可能。

"是我让天泰变得这么懦弱。"父亲说。

"也许他比你想像的坚强。"警察署长说。

母亲看向窗外。警察聚集在石榴树下,枝叶晃动。警察们叫到声音沙哑,耐心也没了。他们围成一圈包围树干,然后用力猛摇,成熟的石榴果实纷纷掉在草坪上。

"这一切都是该死的米勒人的错。"父亲说,"他让孩子们为所欲为,他耍我!"

警察摇晃树干的力道之大,连母亲都听得到它裂开了。突然她听到尖叫声,米勒人此时从树枝上掉了下来。

"在歌颂者爬上树之前,你们没跟他好好谈过吗?"警察署长问。

父亲默然。母亲瞥向地毯上的玻璃碎片,以及墙边摔得粉碎的椅子。阿玛迪斯根本不善于处理这种事,她心想。花了一个小时,米勒人也不过惨叫一声。

"你们打算怎么处置他?"警察署长问。

"把他丢到狮子狩猎区,我相信它们会喜欢诗歌的。"

警察把蓬头垢面的米勒人拖进来,她惊讶地看到他上衣被扯破了,双手满是伤痕,下嘴唇也肿起来,看起来一脸愠怒。

"阿玛迪斯,他们该不会——"她开始说。

"不准同情他!"父亲对她吼道,"这不是茶会!难道你要我喂他吃饼干？可怜的米勒人。"他用甜软的语调，"他不舒服吗？心情不好吗？还是他想当鳄鱼的大餐？如果你还想看到明天的太阳，就把我的孩子找回来！"父亲把米勒人抓离地面，对他大吼。歌颂者开始啜泣。

"啊！"父亲把他放下来，"我受不了，这简直像是欺负小狗。"

也确实是如此，米勒人看起来就像是把地毯弄得乱七八糟而被责骂的小狗。"他如果害怕就想不起任何事。"她和缓地说，"让我和他谈谈。单独谈。"

"你老是帮别人说话。"父亲说得像那是罪恶一样。但他还是把警察署长和部下带离前院草坪。

母亲耐心地等米勒人擤完鼻涕，吩咐机器人准备一杯放了牛奶和糖的茶。但歌颂者喝茶时，杯碟发出一连串的碰撞声。

"别这样。"母亲说，"深呼吸。没有人会伤害你。我们谈完之后，你就回房间休息吧。我知道你和我们一样难过。"

"你人真好。"米勒人说，"你是我见过的最仁慈的人了。就像是炎热的天气里，从窗外吹进的一阵清爽凉风，或是花园里的喷泉——"

"拜托！别再歌颂！时机不对。我要你仔细说清楚孩子们离家之前发生的所有事情。"

"我——我试过。"

"我知道。"母亲鼓励他，"刚才大家都太激动了。现在放轻松，这样比较容易回想。把所有的事情告诉我，即便是你认为不重要的小地方。"

于是米勒人开始描述他如何抱着库达晃来晃去，以及丽塔快乐地跳舞。母亲几乎无法咽口水。她不相信孩子们现在有危险，只是不知道他们身在何处，叫人万般担忧。

"他们争论是否带库达一起去。"米勒人说，"天泰觉得他太小，但其他两个大叫着否决他的意见。然后——然后他说他们要去玛巴·姆兹卡！然后再去碧翠斯。"

"好极了！"母亲叫起来，"还有呢？"

但是歌颂者想不起来。"我有个建议。"当母亲打算离开时，米勒人不好意思地说。

他看起来像是一只捡回球的小狗，只差没摇尾巴。

"在小说里，如果有人失踪，大家会请侦探帮忙。"

"请什么？"母亲问。

"侦查、密探、私家侦探。"

"我从没听过这些字眼。"

"这些都是童书常出现的字眼，我读了很多。"

是啊，母亲心想，你当然读了。

"有一天我没事做，查了声音全息记录器里的侦探名单。在哈拉雷只有一间'耳眼手侦探社'，在乳牛胃区。"米勒人像是把球给主人的小狗，满怀期待地坐回位子。

"谢谢。你真聪明。"母亲说，"这真是好主意。"米勒人骄傲地坐直，咧嘴而笑。真的，他像个小孩子，而且和其他人一样需要赞美。不知为何，她从没想过米勒人也有需要。

母亲告诉阿玛迪斯孩子们去了玛巴·姆兹卡，调查之后，她联络了"耳眼手侦探社"。

天泰做了个噩梦。他觉得恶心、头昏目眩，而且被塞在狭小的空间里。他身边是一些又热又扎人的东西，他快吐了，而更令人惊讶的是他已经吐过了。

从外头某个地方传来的声音说："巴士开到这里为止，不会再往前开了。"

"收下这五十元，然后说你愿意继续开。"另外一个人说。

"当然。要我开到死人沼泽，到时连巴士都得给你。滚下车！不然我要按紧急按钮了。"

天泰感觉被抛向空中。这让他又一次不舒服了。好不容易等这感觉过去之后，却是一阵阵快速的上下跳动。

"我刚刚应该把他的喉咙割破。"外头传来第三个人的声音。

"够了。"扛着天泰的人说，"一堆警察要抓我们，就像苍蝇黏着你奶奶不放一样。"

"不要污辱我奶奶！"刀子大叫，"她是世界上最好的女人。"

"那为何她老是要向警察告发我们?"

"那正好证明她是好人,拳头。她不喜欢卑鄙的恶棍。"

"我真搞不懂你。"拳头说。

天泰回想起那时他们在玛巴·姆兹卡。这几个一定是当时丢花生给蓝猴子的那些人。烂猴子!天泰终于了解丽塔被老鼠攻击,被背叛的心情了。他想到丽塔。她在哪里?库达呢?

他轻轻地沿着袋子四处摸。他感觉到有一团跟丽塔一样大小的东西压着布。天泰的童子军刀还在,他小心翼翼地划出一个小洞,然后往外看。他看向右边,在拳头的背上有个麻布袋左右震动着。更远的地方,刀子扛着第三个袋子。

所以他们都还在一起。天泰可以扯破袋子,然后大叫救命——只是从洞口望出去,并没看到其他人或建筑物。他们一行往废墟走去。左右两边有泥泞灰暗的起伏山丘。拳头笨重地踩着步伐,脚下的地面发出嘎吱嘎吱的声音,他的脚印是一堆稀泥。外头的景象看起来是那么破败,陈旧得了无人气。

这一定是死人沼泽,天泰心想。他对那里一无所知,只知道巴士司机从不愿意开往那里。现在该怎么做?他心想。绝不能丢下丽塔和库达不管。天泰这才想到原来父亲一直都是对的:他们才踏出门,就被绑架。再想到父亲知道他们擅自离家必定会大发雷霆,他觉得喉咙里哽住了什么东西似的。父亲一定会责怪他,但是拳头和刀子掳走他们,是为了什么呢?

到目前为止,这两个人都没有提到要去哪里。要拿他们去换赎金吗?天泰猜想。也许他们会变成奴隶!米勒人曾在睡前故事里说过这样的事。

歌颂者说过,奴隶买卖曾经在非洲盛行,现在冈瓦纳依然还有这种交易。牧羊童被恶商带走,用骆驼载到远方城市,在那里,他们过得十分悲惨。米勒人的故事里,那些孩子总是成功逃脱,最后过着富裕快乐的日子。听故事的时候令人热血沸腾,可现在是故事第一段——受苦篇!天泰这时宁愿自己在家里闷得发慌。

不过,这真实的冒险激起了他的斗志。天泰把袋子割出另一个洞,

五

靠近拳头的腰带。那腰带是用麻绳编成的。天泰用刀子割着，只剩下几缕没断。

"我没有看到母象。"刀子说。天泰吓了一大跳，差点把腰带切断。

"她去无照酒吧①了，你闻到菠萝的香味没有？"拳头说。连在麻袋里的天泰都闻得到那股强烈的熟透水果味道。

"过来，美人儿！"拳头大喊，"你的目光射进我的心，就像花生酱黏在牙床上！"

刀子大叫："喔，看我们带礼物来！高贵的窈窕美人，脖子滑得连虱子都爬不上——"

"别吵！"一个生气的声音仿佛从地底冒出来，"唠叨个没完！我才刚坐下还没有片刻安宁！你们这些索提司②，等我一下。"

刀子和拳头大笑，抖开手里的袋子。天泰、丽塔和库达滚到地上。天泰假装不省人事。但是丽塔双脚乱踢，并大声尖叫："你们这些大猪头！等我父亲逮到你们，除非你们有艘大船，否则别想逃过他的手掌心！"

"吱吱叫得真大声，你说是不是？"拳头说。

"如果我是老鼠，你就是烂肉堆里又脏又老的臭老鼠！马上送我们回家！"丽塔尖叫。

天泰半眯着眼睛看到库达坐直了身子，抱着头。他似乎因为头昏而说不出话。

"看你对他做了什么！"丽塔大叫，并且把库达拉到身边，"你们会被关一辈子！"

"听起来像是老奶奶的口气。"拳头说。

"没错，确实很像。"连刀子也不甘不愿地赞叹着。

天泰翻了个身子，以便靠近丽塔和库达，但是他假装虚弱得站不起来。"你又对他做了什么？"丽塔质问，"他最好没事。如果你敢动我们一根汗毛，我父亲会像狮子一样，把你们生吞活剥！"

---

① 无照酒吧（shebeen），源自爱尔兰语，指没有执照的酒吧。
② 索提司（tsotsis），南非科萨族语，指流氓。

"你一直念的父亲到底是何方神圣?"刀子的声音带着厌烦。

"不,别告诉他。"天泰低声说,抓住丽塔的脚踝。

她生气地跺脚把他甩开:"就是马兹卡将军。你们现在有没有觉得自己很聪明啊?"

这消息似乎把那两人吓到了。

"喔,妈啊。"拳头说。

"喔,我的奶奶。"刀子喃喃着。

天泰冲向拳头,用力拉他的裤管。麻绳断了,裤子滑落下来。拳头急着要抓他们,但天泰拉住他的脚。"快跑!"他对丽塔和库达大吼。丽塔一听拔腿就跑。虽然胖嘟嘟的,但她以极快的速度跨过水滩。刀子在她后面追。

库达想逃,但因为腿太短,速度总是不够快。天泰经过他身边,一把抱起弟弟。但重量一增加,速度就变慢了。

拳头再次被裤管绊倒,摔到地上。他的头撞到石头就倒地不动了。刀子个子矮,但动作敏捷,他追赶丽塔,以Z字形跟着她跑过一个个的小丘和矮木丛。他大声叫她别跑,而丽塔也不甘示弱,用力骂回去。天泰抱着库达逃命,忍不住想,丽塔从来不知道如何全身而退。每次她转身大骂时,她和刀子之间的距离就越拉越近。

天泰躲到小土丘后面,在土丘上跑上跑下。他的肋骨感到一阵刺痛,肺部也没有足够的氧气,腿更是几乎站不住,但他绕过另一个小土丘,然后躲进地洞。库达吓得目瞪口呆,忍不住要尖叫。

"不可以!"天泰喘着说,一边用手捂住弟弟的嘴,"躲起来。"

库达似乎懂了,他紧闭嘴唇直瞪着天泰。他们听着风把垃圾堆吹得沙沙作响——天泰好不容易停下来喘口气,他发现这一个个小土丘、地面上和四周全是压扁的垃圾堆。地面走起来软软的有弹性,这是因为底下埋了成千上万的塑胶袋。天泰心生畏惧。

打从二十一世纪能源危机开始,已经一百多年没使用塑胶袋了。他在博物馆看过塑胶碗和塑胶杯,但那些东西现在却真实地在眼前呈现。虽然这些东西都已破了、脏兮兮的,上面也都是烂泥巴,但那还是塑胶。

五

他歇了一会儿后站直身子，拉起库达。"我们走吧。"他轻声说，但立即静止不动。因为山丘上方，风把那女人的声音传了过来。

"抓住那些孩子。"那声音轰隆隆响，仿佛从地底深处传出来，"抓住他们，带来给我我我——"之后风又把声音吹散了。天泰背起库达，他双手绕住哥哥的颈子。

"把他们带来给我我我我——"那又深又远的声音再次传来。天泰跌跌撞撞地走着，努力忘记腿上的疼痛。

库达大叫："地在动！"

天泰看到也感觉得到，他吓坏了——以为地上那一堆堆的东西是垃圾，但它们竟然站起来，从四面八方包围他。甚至连刚才躲的地洞里，也有一团东西，从边缘爬上来。

"妈妈！妈妈！"库达尖叫。天泰绝望地转身，想找缝隙逃出，但这些怪物到处都是。他们用蹒跚的步伐走近他。他们有眼睛——

原来他们是人。天泰望着他们，慢慢地从莫名的恐惧中恢复冷静。"库达，没关系。"他轻声说，"他们跟我们一样。"

"他们是托科洛希①！是大恶魔！"库达呜咽着。

"不，没关系。"天泰低声说，把弟弟放下来，"看，他们只是一身脏泥巴。"库达紧抓哥哥，但神情不再那么慌张。天泰拿出刀子，用它指着最靠近他的人，那人戴了一顶如同地面色质的帽子。

"不要碰我们。"他静静地说，"我们跟你们回去，但不要碰我们。"

---

① 托科洛希（tokoloahes），科萨族语，指小恶魔或恶灵。

六

"耳眼手侦探社"里的声音全息记录器响起,三个人都跳起来抢着接。手臂赢了,如同往常一样。因为他又黑又长的蜿蜒手臂比别人伸长很多,而且指尖有黏性。

"你好!这里是侦探社。你丢我找。揪住偷偷摸摸的丈夫更是我们的专长。"他大声说。耳朵掩住他敏感的耳朵,脸上闪过一丝痛苦的表情。

"对不起,我没听清楚。"手臂说,他降低音量。

"我、我需要你的帮忙。"母亲在另一端说。

"那你找对地方了。"手臂说,"我们能做的事,其他人都办不到。我们听得到地下室蝙蝠打嗝的声音。我们在雾茫茫的夜里,看得见蚊子的肚脐。第六感跟我们黏得可紧了,就像黏在你鞋底的口香糖。你的丈夫在外头偷偷摸摸吗?"

"当然不是。"母亲惊叫,"我的丈夫是阿玛迪斯·马兹卡将军。"

"哎哟!"耳朵低呼一声,他的耳朵像是看见早晨阳光的植物一般折起来。眼睛也眨了眼,速度比一般人慢很多。

"我没办法在电话里解释。"母亲说,"如果你们不忙,我派大礼车去接你们好吗?希望你们不忙。"她补上这句,手臂马上反应过来。

"随时听候您的吩咐。我们会挪开其他的行程。"这名侦探有礼貌地回答。

"喔,谢谢你。"母亲喊出来,挂上电话。

他们三人相视而笑。在声音全息记录器前有张桌子,上面整齐地放了一叠纸,旁边是旋转椅,墙上挂着像是证书之类的东西。但凑近看就会发现,那像是证书的东西是啤酒馆的礼券。屋内的其他区域则堆满了脏盘子、一团糟的罐头食品,以及塌陷的沙发。墙上挂的东西是整个屋子里唯一值钱的东西,那是开业时买的三把昂贵

六

的涅瓦纳枪①。他们只在警察训练课程中用过一次。

"你要我重新安排行程吗?"眼睛问。

手臂点点头,因此眼睛拿出行事历,把衣服送洗删除,补上马兹卡将军的大案子。

"她没有问我们怎么收费,这是好兆头。"耳朵说。

"有什么东西是马兹卡将军想要却又无法如愿的呢?"手臂说,"他可以动员警察、军队或者是秘密组织。他只要大喝一声,在城市另一端抢劫的歹徒就会乖乖地丢下皮包。"

"也许是因为他太有权势。"眼睛戴上深色眼镜,准备出门。

"这话是什么意思?"耳朵戴上耳罩,以阻绝街上的噪音。

"如果蚂蚁咬了狮子的脚趾会怎么样?"眼睛说,"狮子怒吼,但蚂蚁可以躲进洞里,狮子便找不到它。他太大了。"

"你是说有个马兹卡将军碰不到的世界在他脚下运作?"耳朵说着,对脏盘子上的碎镜子照了照。他的耳罩上满是污点。

"我们都知道那是事实。"眼睛认真地说,"只要看看乳牛胃区就明白了。"

"走吧。我们可不想错过高级轿车。"手臂说。

这三人佩上涅瓦纳枪,各检查一遍办公室的门锁。手臂抱住自己,以缓和街道上带来的感官刺激。他是唯一无法保护自己的人,虽然办公室的厚砖墙让他觉得舒适一些。其他两人走在他的两侧,仿佛是为他挡去一些什么,但事实上没有任何作用。门一打开,手臂几乎大叫起来,纠结的复杂心情蜂拥而至。

耳朵将他的耳朵安全地藏在破烂的耳罩下面,聆听外面的声音。眼睛充满自信地环顾四周:事实上,眼镜隔绝了百分之九十五的视力。手臂则必须忍受这个充斥了仇恨、贪婪和愤怒的城市近郊,这里是乳牛胃区。仁慈在此地有如昙花一现,仿佛街头一朵苍白枯萎的花朵,稍减他的痛苦。耳朵和眼睛半搀扶着他。手臂慢慢调适,就像慢慢习

---

① 涅瓦纳枪(nirvana gun),一种会发出震动,刺激大脑睡眠区的武器,效力可持续二十五分钟。

惯电钻的声音一样,但他从来不曾真正感到舒适自得。

他们站在轿车起降垫上,望向乳牛胃区。街道上有暴动,到处可见因混乱而扭曲变形的景象。初到此地的人会感到莫名其妙,因为他们看到抢劫的人脸上露出的喜悦。赃物在这里公开贩售。买毒品跟买香蕉一样容易。酒馆播放的音乐让人脊背发凉。即使是扒手和毒品贩到处流窜的地带,还是有家庭要生存。这些人都是从农村出来的,他们没有能力找到更好的居住环境。孩子们在臭水沟里划船,在酒馆的招牌之间放风筝。

在这里,也有乞丐在富有的郊区乞讨一整天。缺腿的男人把自己塞在小推车里。眼睛混浊的女人带着孩子,那小手像是从肩膀分支出来的翅膀似的。入夜之后,这些人在小巷间歇息,他们升起炊火唱歌跳舞。

耳朵、眼睛和手臂经常从办公室往下望着这些炊火,思绪一下子回到他们在遥远村庄的童年生活。

忽然间,在轿车起降垫一带的街道清空了。人们以神奇的速度走进家门消失不见。眼睛笑指马兹卡将军的专属轿车,车子缓缓驶进反作用力板。车子两旁清楚地标示着政府标志,那是一只黑色的津巴布韦鸟,衬着红和绿的底色。

"他们以为是空袭警报,真是美好的静谧。"耳朵说。

"你们是侦探?是,你们一定是。"当门弹开时,司机说,"你们有枪械许可证吗?"

手臂取出许可证,但还是把枪交给司机。"马兹卡家不允许携带任何武器。"司机解释,"这样好了,你们介意坐后座吗?我无意冒犯,但你们让我汗毛直竖。"

耳朵、眼睛和手臂不觉得被冒犯——或者说并没有被大大的侵犯。他们早已习惯人们惊讶的表情——乳牛胃区除外。在那里,就算有绿翅膀和紫色的角,都不会有人大惊小怪。

母亲在声音全息记录器见过这些侦探,但是当他们走近时,她还是忍不住跳起来。"我——我很抱歉。"她结巴地说,"我从没有看过像

六

你们这样的人。"

"没有人跟我们一样。"手臂说。他伸出手,而母亲,轻颤着回握。当她握紧那手指时,有种奇怪的感觉——不是因为那手指有点黏的缘故。那像是碰到发电机,在它底下的深处,有某种能量嗡嗡运作,随时都可能会窜出来。当手臂把手缩回去时,她松了一口气。

眼睛摘下深色眼镜,而耳朵也拿掉耳罩。这三人站在母亲面前,让她仔细看个清楚。耳朵的皮肤雪白,耳朵外显,就像两朵大花一样,粉红色,且近乎透明。眼睛的皮肤是褐色的,那双巨大的眼睛眨了一下,里面只有瞳孔,完全没有眼白。手臂的手跟腿一样长,他那又长又黑的四肢,让母亲想到了墙蜘蛛①。

"你们怎么会是这个样子?"她问。

手臂回答:"我们都来自靠近核电厂,一个叫万基的村落。"

"喔,没错。"母亲说,"钚②流入了那里的饮用水。"

"我们的母亲喝了污染的水。"

母亲直视着他们。她知道那起意外,只不过是以局外人的角度。有人死掉,也有些人因此生病了,不过那是很久以前的事。生出这样的婴儿,他们的父母会是什么样的心情?这三人还是婴儿的时候,一定也是漂亮的孩子。

"当父母发现我们的特异功能时,他们很开心。"眼睛慢慢地眨了一下,"我可以看见老鹰羽毛上的跳蚤。我的母亲从来没有弄丢任何东西。"

"我听得见蚂蚁爬上糖碗的声音。"耳朵自夸。

"但是,你们能做什么呢?"母亲问,她疑惑地看着这几个长相奇怪的生物。

"我的直觉很准。我知道狒狒何时会侵袭田地。因此我们很适合当侦探。"

"这些人是谁?"父亲气冲冲地从门口走进来。耳朵马上阖上耳朵。

---

① 墙蜘蛛(wall spider)体型出奇的巨大,但实际上是无毒的蜘蛛。
② 钚(plutonium),一种放射性元素,是原子能工业的重要原料。

眼睛闭上他的眼睛。手臂蹒跚着往后退,仿佛遭到突袭似的。

"侦探。"母亲说,"他们会把孩子们找回来。"

"哼。"父亲在三人之间仔细地来回审视,"他们没办法进入军队。"他下了结论。

"他们有特殊能力。"母亲急忙解释。

"哼。"父亲说。只有母亲晓得这两个哼有什么不同。第二个哼是表示他对这三人有兴趣,并且考虑雇用他们。"你们被录用了。"他突然说。之后他拿出孩子们的照片、信用卡、城市地图,上面还注明了各个警察局的电话号码,还有可日夜联络他的私人电话号码,以及一大堆建议。

耳朵、眼睛和手臂还没意会过来,就拿回了涅瓦纳枪,接着被赶进高级轿车里。"调查时请搭巴士。"父亲说,"这加长型轿车会把目击证人给吓跑。每天跟我报告六次。祝你们好运。"他跟三个侦探握手,但碰到手臂时,他顿了一下扬扬眉毛。

轿车开走了。他转过身,对母亲说:"我要跟你说坏消息。我们追踪到一间辣味小吃摊,他们付了比一般人贵三倍的钱。其他人都不记得看过他们。他们在外头跟婴儿没有两样!为什么,为什么我不让他们长大呢?"父亲揉了揉眼睛,随即往四周巡了一圈,确认没有部下看到他脆弱的一面。

"他们应该没事的。"母亲说,但她被丈夫的忧虑影响了。太阳西沉,花园也暗了下来。如果孩子们再不回来……

"手臂的握手方式最有趣。"父亲说,看着影子覆上草坪,"也比外表看起来有力。"

七

天泰跟库达被带回去见那个母象的时候,他们紧挨在一起。他们身边的男人和女人都一脸悲惨,纷纷从地上站起来或者从洞里现身。死人沼泽根本不是无人之地。

他们像蛾子,天泰想。他们伪装自己,融入周遭环境的色调。他们为什么不说话呢?天泰觉得好奇。这些人不说话也不笑。甚至拖着脚走路也没有声音。难怪这里用"死"来称呼,他不禁害怕得发抖。

他们来到一片广大的平地,附近有山丘环绕。中心是烹煮东西的地方,有火炉和炖锅。另外还有几张桌子和好几张椅子。有个老女人坐在石椅上,啜着茶。刀子站在那女人旁边,箍住丽塔的手臂。天泰经过拳头的面前,刀子怒视他。

"小老鼠。"老女人坐在椅子里摇着晃着,发出嘶嘶的声音。

"天泰!"丽塔大叫,"告诉这些烂香蕉,叫他们放我们走!"她挥动手臂,但刀子压住她。天泰突然发觉有人坐在扶手椅上。她体型庞大到让他误以为她是一张椅子。她站起身,火腿似的手放在屁股上头。

"所以,这是另外两只嘈杂的小鸟。"她说话深沉有力,"带上来,让我看看他们是不是大到可以吃!"

缄默的沼泽居民将天泰和库达赶向前。"不要伤害我弟弟,他是个孩子。"天泰说。

"我不是!"库达说。

"我父亲会把你们抓起来关一千年!"丽塔尖叫说。

母象放声大笑:"好啊,这几个马兹卡的小家伙。好,听着,嘈杂的小鸟。这里是我的领土。如果你父亲来这里的话,我就叫人开车碾他。照我的话做就相安无事,现在到洞里去把衣服换掉。"

她抓起用力拍打她背部的丽塔,走进洞窟。拳头和刀子带天泰和库达进另一个洞。他们被扔到一个幽暗房间的地上,衣服被剥掉,要他们穿上破烂的衣服。刀子举起天泰的童军刀,欣赏上面的龙图案,之后塞进腰带里。

天泰气得发抖,为了库达他故作冷静。"我帮你穿。"他说,"啊!衣服还真脏!"

库达在破烂衣服堆里翻着,找到一件男人的上衣,袖子都磨破了。"很好。"他笑着看天泰帮他扣扣子,并且在腰际绑上一条破布当腰带。

"就像米勒人说的故事一样。"天泰也对他笑。但随即他就后悔提到歌颂者。

"我想要见米勒人。"库达说,脸上表情僵硬,"我不喜欢这些人。"

"记住,这像是一个故事。我们会经历很多冒险,最后再回家。"

"我们会回家,对不对?"

"当然。我们会玩得很愉快。"天泰希望自己脸上没有表现出担心。库达似乎相信哥说的话,因为他马上开始探索这个房间。房间底部中空,四面都有通道连接到外头。点燃的蜡烛在风中微微晃动。墙上和地面都是塑胶袋和泥土、青草根以及石头的大杂烩。

"到外面来!"拳头在通道外朝底下大喊。天泰拉着库达爬陡坡。天泰对身上这件脏衣服有一种无法表达出来的嫌恶。那股潮湿味让他想到旧冰箱。

丽塔坐在母象旁边的地上抽泣。她穿着丑丑的灰棕色洋装,上面有很多补丁。她的脸半边肿肿的,头发和双手都沾满泥土。

当然丽塔也不会让对方好过,母象的手臂上有好几道深深的抓痕。

"拿去。把这些拿去乳牛胃区卖了。"母象把孩子们的衣服丢给拳头。接着她用热水帮天泰清洗被猴子咬过的伤口,涂上消毒剂。"有人该帮这些野兽戴上牙环。"她摇头说,"小鬼们,坐下。工作之前先来吃点东西。"

天泰和库达分别爬上栈板台架长椅的两侧。擤鼻子的丽塔坐在他们对面。母象在锅子堆里忙来忙去,用钳子从装满热水的锅里捞出三个金属餐盘,放到桌上。午后的太阳把盘子上的水汽蒸干。她在盘子上盛上一勺玉米粥,再从第三锅里舀出酱汁,浇在盘子上。

天泰原本打算抵死不吃,因为故事里的英雄,落入敌人手中都是

七

这么做的。但那酱汁闻起来实在可口。酱汁加了番茄,所以呈鲜红色,还带有洋葱、蒜头的香味,撒上大量的红辣椒粉,因此闻起来有点刺鼻。虚弱的体力是没用的。另外,如果他不吃,库达也不吃,让小孩挨饿不好。因此在没有汤匙或叉子的情形下,天泰用手指挖了一点玉米粥送入嘴里。库达马上跟着他做。

"真好吃。"小男孩满嘴塞得鼓鼓的,"我还要!"他吃光之后,母象又帮他盛满。

天泰发现自己狼吞虎咽,仿佛好几天都没有进食似的。番茄的味道比以前浓,大蒜味道也重了许多,甚至连盐也比以前更有味道。而且食物中还混杂了一些从母象烹煮炉火中冒出的炊烟。也许是因为我们在户外吃饭的缘故,天泰想。无论如何,他发现自己跟库达一样举高盘子,要再来一盘。

直到吃完第二盘他才抬头,发现丽塔都没碰食物。

"快吃。"他低声说。"很好吃。"

"我不用手吃饭。"丽塔讥笑说,"而且吃饭前一定要先洗手,我又不是动物。"

"我们不是在家里。拜托,丽塔,吃嘛,你会觉得舒服点。"

"我不会因为跟垃圾在一起就降低我的标准。"

"垃圾,哼?"母象说,直呼有趣,"你该照照镜子,看看自己。"

"我无法改变我的外表,但内在,我知道我的价值。不像某人。"

"丽塔,别说了。"天泰低声说。天泰看着她们针锋相对,你来我往,心往下一沉。丽塔是无可救药的挑衅者①。挑衅者总是会说一些让人从朋友变成敌人的话。当大家都吵累了,打算和平共处时,挑衅者会故意放话,继续吵下去。

"臭到骨子里。"丽塔说。

"你是说我吗,嘈杂的小鸟?"母象咆哮地说。

"我可不知道。我看不到从眼前经过的肥肿鲸鱼的全部。"

母象收走丽塔的盘子,把东西倒回那锅玉米粥里。"你可以去吃老

---

① 挑衅者(shooperer),绍纳语,蓄意说出一些言语,好让双方针锋相对。

鼠!"她大声吼,"现在给我从椅子下来。这里的人要工作才有得吃。"她把丽塔拉下来,塞到自己巨大的臂膀底下。天泰用臂膀护住库达。他不知道现在会怎么样。

突然间,他注意到当他们吃东西的时候,一群沼泽①居民纷纷向他们涌过来。他们挤成一堆,简直就像地面上的潮浪。

"好孩子。"他们其中一人轻声说。

"可怜的孩子。"老妇人叹息,胆怯地伸手去碰库达。

"后退!后退!"库达尖叫,母象用力大喊,"午班还没结束。快回去工作,不然晚餐就没得吃!"沼泽居民个个一脸遗憾,他们悄悄聚集,又安静散去。他们从四面八方,融入了周遭的景色。很快地,沼泽荒地又看似杳无人迹,像是月色笼罩下的山谷。风悲鸣着,吹拂着一座座垃圾山丘。

---

① 沼泽(vlei),南非荷兰语,指湿软的沼泽荒地。

八

母象把他们赶进通道。他们一直走，走到比他们换衣服的房间还要远的地方。地面满是泥泞，小径没了便涉水。母象放下丽塔，打开手电筒，说："继续走。"

天泰背起库达往前走。经过让人头昏眼花的树枝状通道。水滴从天花板渗下来。他们继续往前走，一丛丛草根往下垂，和他们擦身而过。

"雨季的时候我们不到这地方来。"母象说，"除非有鳍，才能到处走动。上来吧。"她用手电筒的光指向一个往上连的通道。能够再度踏上干爽的地面，天泰十分高兴。他把库达放下，他的腿还因为之前那场打斗而疼痛。

他们来到一个大圆形房间。母象从墙架上拿了三盏灯。天泰很好奇。他曾在史书上看到过一模一样的东西。它叫做煤油灯。她把油灌入，调整燃油量，直到它发出嘶嘶声。灯点燃了，她小心地拿着，以免通风口的隔板着火。这盏灯带来了令人惊奇的光亮。

母象发觉天泰很有兴趣的样子，便说："这样吧，来学学怎么使用它。你过来帮我。"她用另一盏煤油灯做示范，然后把它关掉，让天泰自己试试。"煤油烧完之后，先让它冷却一下，把煤油壶装满，然后再打开。"她指着墙上的煤油桶和火柴。

天泰隐隐地觉得——也许母象不像外表那么坏，但是她的下一个动作让他改变了主意。她带他们往下走，通道的尽头是一面垃圾墙。"开始干活吧。"她说，把凿子和铁锹递给他们，"把上好的泥土装到手推车里，然后拉回刚才的房间。那里有人把土卸下来。"

"你要我们挖土？"天泰问。

"是采矿，笨蛋。这是塑胶矿藏。把垃圾抽出来然后筛选。任何有趣的东西——像是碗或杯子，就把它放在一旁。老旧的玻璃器皿也可以。其他的东西装到推车上。喔,对了,不要自以为采挖多好玩。这些洞口会塌陷,而且要确定油灯明亮。如果煤火转红,就表示空气变差。"

她在天泰脚踝套上脚链,并用扣锁系牢。脚链上还附了一块水泥。丽塔也被上了脚链。"我不认为你们逃得出去,但这可以减缓你们的速度。特别是在水中。"

"我们不会做任何事的!"丽塔尖声说。

"到处游荡也没关系。"这个女人耸耸肩,"我不满意的工人就没饭吃,只能抓老鼠来填肚子。听说有些草根味道也不错,这我就不清楚了。"她蹒跚地走回圆形房间。

天泰想要跟上,但水泥块让他举步维艰。他使劲地拔,结果只往前移动了几公分。他坐在地上,试着想办法。

"这里又脏又恐怖!"丽塔大叫,"我们要怎样才能离开这里?"

"我要妈妈。"库达抽噎着说。

"没关系。这是个游戏。"天泰跟弟弟说。

"我们再也看不到爸爸或妈妈了。我们会死在这里,身边只有老鼠和烂泥巴。"丽塔突然大哭。库达也跟着放声哀号。

"丽塔!"天泰大叫,摇着她,"如果他们要伤害我们,早就这样做了。这只不过是个游戏!你吓到库达了。"

她抱住自己,来回摇晃。现在她已经从呜咽变成抽噎。"你说的没错。我真笨。库达,这是寻宝游戏。我们会从地底挖出玩具。"

"你可以有铁锹。"天泰弯了弯他的手指,让库达握住柄。

库达睁大眼睛说:"好大喔!"

"你的跟我的一样大。听好,我们先从那块地开始。"

丽塔擦干眼泪说:"也许我们会找到宝物。我常常羡慕别人客厅里摆置的塑胶盘。我从来不知道那些东西是哪儿来的。"

"就是这样!毕竟我们是童子军,随时准备迎接各种挑战。"

"我们会因为这样而得到勋章。"丽塔说。

"当然。这跟地质学和大自然学习有关。"

"还有探险。"丽塔一脸悲苦,"就连童子军团长都不知道有这么个

八

地方。"

天泰整理起一大堆远古的购物袋。从墙上拉出来的时候，那整块跟着解体了。他发现古时候的玻璃碎片，上面有彩虹螺旋的斑点，以及陶片。他突然有种怪异的感觉。他的先祖曾经在这里，也许现在也还在这里，看着他把以前生活的遗迹挖出来，不知道他们会不会介意？

"我找到一个没破的瓶子。"丽塔说。那是个三英寸高的酒瓶。

"表面很粗糙。"天泰说，他举起瓶子映着煤油灯，"上面有字，是英文！"他思索着该如何翻译才对。他的英文不太好，"白人的粉红色药丸。"

丽塔笑了起来："那一定很久了。现在这里的白人不多。那一定是殖民时期，当——那个种族叫什么名字？"

"英国人。"

"对，英国人统治津巴布韦的时候。真刺激！一定值不少钱——对了，你们看！这里有一只塑胶鸭。"丽塔把红色塑胶鸭给库达，他四处乱跑，呱呱叫着。

"我找到旧棉被的一部分。"天泰试着把它从土里挖出来，但因为潮湿和腐朽，拉出来的都是碎屑。他凿出一块泥土，上面黏了鲜艳的布块。他凑近灯下仔细看，发现它的制工精巧。有人花时间用针把像珠宝的材料镶在一起。天泰想把布从土里拉出来，但这样反而把布弄碎了，混在泥土里。

天泰又一次感到不自在。"对不起。"他向耐心缝制这块布的不知名祖先道歉。他在通道旁挖了小洞，把布埋在那里，借此尊崇他或她的过往回忆。

"这底下埋了很多有价值的东西。我们会变成百万富翁。"丽塔高兴地说。她对于打扰到先祖的安宁没有任何疑惧。天泰没说即便他们找到任何有价值的东西，母象也一定会拿走。

推车上装满了废物，丽塔和天泰把车子拉到通往主房间的通道。他们拖着脚链上的水泥块。库达没有被上脚链，因此他尽可能地帮忙。每次回到主房间，都会看到空的手推车，他们慢慢地把车子推回来。

有一次，天泰看到有一个沼泽居民刻意远离那面墙，踉跄地往推车的方向走来。不过他没有告诉别人。

他们埋头工作不知多久,唯一确定的是,母象来的时候,他们累坏了。"被宠坏的小鬼表现还不赖。"她说,看着成堆的宝物。母象拿走红色鸭子,库达大声哭喊。

"那是玩具!他需要它!"丽塔大叫。

"他可以用泥土做一个。"她甩开库达,弯下腰帮他们打开脚链。

"坏心眼的老猪猡。"丽塔嘟囔着。母象掐她一下,她痛得尖叫起来。

他们跟着母象穿过一大堆通道,一直往下走到由泉水汇集成的地下水池。

"公主,请在这里洗手。"她跟丽塔说。

三个小孩都跪着洗脸和洗手。水很冰凉,但里头含有植物成分,颜色几近黑色,看起来像是茶。天泰尝了一下,冰冷的液体似乎渗进舌头。母象看到说:"这可以喝。但出口那边的比较好喝。"于是,天泰坐到深色水流从石头洒落的地方,他用手捧起水,大口地喝。

"你会生病的。"丽塔抖了一下,"所有的池水都要煮沸五分钟才能把细菌杀死。童军手册有写。"

但天泰不在乎。这冰冷深色的水将能量输入他体内。这跟在马佐城唤醒他的耳语来自同样的地方。它们都来自祖先。

"别在那里睡着了!"母象拉他站起来。她带他们回到地面上。天泰很高兴看到夜空里星星闪闪发亮。烹煮的锅子在劈啪作响的红火上沸腾着。每张桌子上都点了油灯。灯火映照出一张张鬼魅一般沼泽居民的脸孔。

母象分发晚餐。只要有人想多吃,她便再舀,毫不吝啬。刀子坐在老奶奶的摇椅旁。他裹起一球的玉米粥,送入老人无牙的嘴。

"你们全是坏蛋。"她喃喃念着。"监狱老鼠。"

"说的对,老奶奶。"母象说,"我们比蛇肚还不如。要不要来点茶?"老奶奶握着马克杯,敲得扶手嘎嘎作响。母象把她的杯子倒满。

拳头跟几个看起来较机敏的沼泽居民坐在一起,专心地吃着堆得如山高的食物。其他大多数的人则喜欢躲在阴暗处。从嘴巴发出的咂咂声可知他们十分享受晚餐。

食物很棒。甚至连丽塔也投降,要求再来一些。也许是工作太辛苦。也许是因为微风吹着火苗晃动或者是满天的明亮星星。但无论如何,天泰心想:这是他吃过的最棒的一餐了。

之后,他蹒跚地走进一个矿坑的入口,扑倒在地。母象带着丽塔和库达到地下房间,她还是帮天泰上了连着水泥块的脚链。他马上睡着了。之后,他醒来一次,发现身上盖了一件粗糙的被子。他往上望向天空。他从未看过这么令人振奋的景象。在家的时候,刺眼的防护灯让他们看不见星星,但是在这里,一堆星星正往下凝视着他,那感受强烈得令他有点惊恐。

他听见刀子和拳头正敲着煤炭上的泥土。

"这让我们忙得不可开交。"刀子小声说。

"我不喜欢跟帮派交涉,尤其是假面人。我听过那些故事……"拳头说。

"谁没听说过?帮我换一下瓶子。"天泰听到水泼洒、滴落在煤炭上的声音。但随后他的心思又转到别处。

他试着回想马佐城,但是他想不起来。跟现在他所经历的相比,过去的生活似乎显得黯淡而遥远。天泰对于自己失去记忆感到害怕,但筋疲力尽的他无力多想。他做了个深沉的梦,醒来时却什么也想不起来。

九

在乳牛胃区,眼睛把马兹卡将军的信用卡插入电脑,看到账户的超大额度,差点昏倒。

耳朵站在他后头,看了便说:"棒极了!这钱棒极了。"

"我们得努力工作才能得到它。万一惹火将军,我可不想被他追着跑。"手臂说,这话马上让其他两人冷静下来。

眼睛从支出账户中提出一百元。电脑嗡嗡响,之后发出喀嚓声。一百元慢慢地从旁边的钞票匣吐了出来。这机器久未使用,钞票匣塞满灰尘。"我们来点逻辑思考。"眼睛说,闻了一下钞票上面的绿色墨水味,"孩子们去了玛巴·姆兹卡,接着要去南方的碧翠斯。"

"也许他们搭了地铁。"耳朵说。

"他们才不会那么笨。"

"他们对外面的世界不太了解。"手臂说,"不过警方已经确认过各种可能性。我们要做的是想想有没有特别的。如果你是个孩子,刚从无聊压抑的房子逃了出来——"

"那是栋漂亮的房子。"眼睛抗议说。

"它看起来是很漂亮。对不起,我的朋友。我知道看是你的专长,但我可以察觉到不快乐的气息。那个家里到处都是机器,人气淡薄。父母老是在外头忙,而父亲要求凡事完美。没有人可以在里面放松。"

"这些你全知道?"眼睛问。

"那是我的专长。"手臂打开哈拉雷的地图,认真地研究,"如果我是他们其中一个,我会想先玩一下。我会吃在家里不能吃的食物——像是辣味点心。我也不会直接去碧翠斯。我会去参观鸟园或狮子保护区,或到哩高·玛卡温搭电梯。"

这几个侦探整个下午都在调查什么地方好玩,但没有结果。入夜了,显然将军的担心是对的。他打来电话说孩子们没有回家。

"他们也许在玛巴·姆兹卡被绑架了。那是很适合的地点。"手臂说，把他的长手臂挂在破旧的沙发上。他看着耳朵把污水食物①放在微波炉中。过了一会，油腻的味道弥漫整间办公室。"我讨厌充满细菌的汉堡。"

"幸好你的专长不包括味觉。"耳朵用大耳朵把烫手的盘子扇凉。他们围坐在一张摇摇欲坠的小方桌边进食，还有一大堆番茄酱和芥末酱。

"我们该去一趟玛巴·姆兹卡。"手臂说着把盘子塞到堆满碟子的水槽，"我们不知道我们要找的是什么，但也许已经有答案在那里等着。"

几分钟后，侦探们坐上巴士。所有的乘客都挤到最前头，但是他们三人已习以为常，没留意到其他人的反应。眼睛坐在两人中间，因为惧高而双眼紧闭。

巴士绕了好大一圈，终于来到哩高·玛卡温饭店。先是停在第二百层楼，后来又到了比星光餐厅低两楼的楼层。两个洗碗工人下车，巴士紧急转向，避开一大堆外交礼车，那些车上挂着冈瓦纳的国旗，还发出警报声。窗玻璃上了颜色，因此看不到里面。

现在是晚上十点。偌大的哈拉雷像宝石海似的蔓延开来。红绿灯在建筑物上方闪耀。高速公路上聚集了巴士、计程车和轿车，沿路都有漆黑不见光的警车巡逻。它们像是在喧闹车阵中一块块会移动的黑布。

巴士终于停在玛巴·姆兹卡。耳朵、眼睛和手臂到处晃晃，等待着什么发生。"有些孩子会被不能生育的女人偷走。"耳朵说，他听到有个女人抱怨她生了太多小孩。

"他们不会偷已经大到记得父母的小孩。"眼睛说。

"也许他们会被训练成乞丐或扒手。"手臂往下看市集街道。那里没什么人，只有少数有毅力的售货员在等待顾客上门。某个东西——他不知道那是什么，但它发出了不安的讯息，这是他以前从未有过的感受。那不是动物。羊儿在围栏里打瞌睡，懒洋洋地做着梦。一只名种猫正在沉思。店员则又困又饿。不，是别的东西，是让人不安的警

---

① 污水食物（synth-food），用污水桶里孳生出来的细菌制成的食物；把细菌上层凝结的部分捞掉，再做成仿制汉堡或热狗等。

耳朵、眼睛和手臂

觉和恶意。

手臂受到吸引，便开始走向那街道。在尽头，他看到男人坐在椅子上睡觉，手腕绕着一条皮带。旁边的桌子上，蹲了一只蓝猴子。它用明亮、不友善的眼睛看着这几个侦探。其他两人也许会觉得它很可爱。但是手臂有种不一样的预感。

"不要。"他才开口，但已经太迟了。耳朵想要轻拍猴子。但它跳了起来，把牙齿张向这侦探的耳朵里。

"救命啊！"耳朵大叫。眼睛试着要撬开这猴子的下巴，但它紧咬不放，它比看起来要壮得多。手臂用他的长手指掐住它的脖子，用力挤压。猴子这才松口，并发出尖锐叫声，原本握住它的两个侦探便赶紧放开手。它跳到桌子的另一端，跳来跳去，猴毛直竖。那主人在椅子上弓起背，假装没有注意到。

"它应该关在笼子里！"手臂大声嚷嚷，并用手帕紧压耳朵的耳朵以止住血。

"你！走开，绳子手臂！"猴子尖叫。

"它会说话！"侦探惊讶地说。

"我当然会说话，你这个猪脑，嘿，大象耳！你是在哪个粪坑游泳？你可不可以用那双耳朵打拍子？"

"住嘴！你伤了他！"

"看我在不在乎。"猴子说，它转过身，故意用屁股对着他们。

"我要不要把它抓起来？"眼睛问。

"它会咬你。"现在手臂抱起昏倒的耳朵。

"我尝过更棒的东西。"蓝猴子嘲笑说，"我今天早上咬了一个小孩，跟他比起来，那孩子的味道像是草莓一样！"

"孩子？什么孩子？"

"住嘴。"主人发出嘘声，并扯了这动物的尾巴。

"别再那样做，不然我就把你的嘴巴翻过来。"猴子咆哮地说，"他们是三个人。很丑，跟所有人类一样。母象抓了他们。啊哟！"蓝猴子跟主人在地上打成一团。

手臂很担心已经昏倒、身体变冰的耳朵。"打电话呼叫救护人员。"

他轻声跟眼睛说,"然后联络马兹卡将军。"

他以为声音很小不会被听到。但蓝猴子在打斗中突然抬起头尖叫:"马兹卡!警察!快跑!"突然间,整条街都空了。贩卖动物的卖家都消失。猴子跟它的主人也赶紧和好,飞快地躲进黑夜之中。

"我这个大嘴巴。"手臂叹声说。他把耳朵拉到一张桌子上,让他平躺下来。伤口不太严重,但是耳朵比一般人来得敏感。他陷入了休克状态。眼睛带来了一个医护人员和一群警察。后者横扫整个市集,寻找蓝猴子的踪迹。医护人员替耳朵的伤口消毒,在他手臂打进一些乳清,以终止休克。

当耳朵被手臂和眼睛抬到办公室的沙发上时,他说:"我把事情搞砸了。我不应该去碰触野生动物的。那是我的幻觉,还是它真的会说话?"

"它会说话。"手臂说,他收到一份马兹卡将军送来的报告,"蓝猴子原本是精心设计出来的动物——那是某人的博士计划。它们的身体组织像猴子,但基因是取自人类和斗牛犬。它们原本应该很适合当做看门狗,但你也知道为什么后来没有成功。"

"告诉我,这会留下永久性的伤害吗?"

"一两天之内,你就会完全复原了。"

耳朵松了一口气。

"他们找不到跟母象有关的具体东西。"眼睛说,他看着将军送来的警方资料,"哈拉雷有一千万居民,而母象是一个极为普遍的昵称。"

"那是古代斯威士芝女王的封号之一。"手臂说,"她应该是个没有名气的坏蛋,因为他们找不到任何关于她的纪录。"

手臂从办公室的窗子往外头看。现在是凌晨三点,却是乳牛胃区最热闹的工作时间。在舞厅前方大玻璃窗的后面,人们随着撼动的音乐回旋,就好像得了什么严重的怪病。办公室的双层玻璃挡掉了大部分的噪音。对街那家口渴先生店里的保镖拖了一个顾客出来,把他塞到垃圾桶中。在巷弄间,少数的乞讨者围着火坐在一起,听一个没手或没脚的人说故事。

"母象抓马兹卡将军的小孩做什么?"手臂大声惊叹。

十

  天泰也觉得好奇,但是日子一天天过去,他越来越少去想这个问题。刚来没多久的时候,他试图逃跑过一次。可是,母象跟她的同伙似乎无意伤害他。夜里,他看到最近的地铁站只有五英里远,他心想:跑到灯光下,就可以打电话给警察。他们会把丽塔和库达救出来。

  早晨,脚铐一松开,他便飞奔和拳头擦肩而过,而他竟然一点也没有追来的样子。天泰觉得奇怪,很快地他就明白了。母象低沉的声音从山丘底下冒出来,原来沼泽居民全都出动了,他跑不到半英里路就被制伏了。

  之后,他被带去位于所有通道网络中心枢纽的大圆形房间。正中央的扩音器接了一条充电的电缆线。

  "瞧,我在这儿坐镇指挥。"母象说,"从这传出去的声音整个沼泽都听得见,你还是打消逃跑的念头,把力气省下来挖东西吧。"

  在更大的通道里,天泰看见有一套轨道系统向暗处延伸。靠着古老的手动车,拳头和刀子可快速地跑来跑去。显然早在久远之前,死人沼泽就有人住了。他想过利用这辆车逃跑,但他知道自己并不了解这套系统,想到底下的通道一定有几英里长,恐惧不禁油然而生。

  一旦他成功脱逃——假设有奇迹,母象也可以把丽塔和库达藏起来,让人找不到他们。

  慢慢地在不知不觉当中,他习惯了沼泽地带的生活。黎明之前,他便会被浸透被子的冰冷露珠给唤醒。他长时间地在矿坑里工作,偶尔在户外喝杯茶,小憩一下。天暗了他就狼吞虎咽地吃饭,然后像吃了药一样沉沉睡去。

  有时半夜,他会因为一股强烈的渴望醒来,那感觉像刀子般锐利。他想念母亲和父亲,还有米勒人。但随着时间的流逝,马佐城的记忆越来越模糊。更令他害怕的是，库达比他严重。

于是丽塔会进行记忆训练。"你一定要记得家。"她跟小男孩说，"妈妈常穿手染的袍子，是棕色和蓝色的。她会用橡皮筋扎头发。爸爸穿的是挂满勋章的制服，走路会发出叮叮当当的声响。"

"我知道。"库达说。天泰觉得他这样说只是为了要丽塔闭嘴。他自己都很难把父母的脸和长袍、制服连在一块。但是丽塔不放弃，也继续用话刺激母象。

她很会挑衅。有时候母象被丽塔气到对拳头和刀子发脾气还搞不清自己为什么发火。唯一和丽塔平相处的是老奶奶。

老奶奶坐在摇椅上，日复一日不断地埋怨："如果我的家人现在看到我，一定会杀了我。是的，他们会这么做。他们有高尚的人品，除了我的孙子。上帝让他的骨头腐烂了。"

天泰心想，她的生活其实没那么糟。刀子卑屈地侍候她。他服侍她吃饭、念故事给她听，还要听她千篇一律的埋怨。

"她习惯了优渥的生活，她是夫人。"刀子向天泰解释。

天泰不这么认为。她让他联想到向上盘绕、没东西可咬的蛇。她和刀子都是葡萄牙人，这个种族曾经统治过莫桑比克和安哥拉。老奶奶总是这样提醒刀子："他们是贵族出身，他们宁愿被割断喉咙，也不愿跟罪犯混在一起。"

"她说得对，我是坏蛋。"刀子说。他一点自尊都没有，这让天泰很反感。

但是丽塔喜欢她，而老奶奶也不太情愿地接受了她。一部分是因为丽塔是葡萄牙文的名字，另一个原因是她们两个凑在一起，骂起人更具有攻击性。

"看看母象。"老奶奶讥讽说，"她醉得像只果子狸。"

"她嘴巴张开。她在流口水。"丽塔指着摊在安乐椅上的粗壮女人。

"她跟山羊一样臭！"

"她吃东西跟猪一样！"

"她笑起来像土狼！"

这都不是真的，除了喝醉酒的部分。母象有个很大的地下酿酒厂，她酿了凤梨酒、黍子啤酒和一种叫卡恰苏①的烈酒。这些酒被卖到乳牛胃区的啤酒馆,有些则给了沼泽居民,其中很多都是无药可救的酒鬼。

每天下午三点,母象跟其他人会睡午觉。他们懒洋洋地躺在太阳下,放眼望去像是一堆蜥蜴。老奶奶在椅子上打盹,丽塔则蜷缩坐在奶奶旁边的地上。天泰看着丽塔,觉得她已经适应了这里的环境。

午睡时间,天泰和库达在垃圾堆中间的蔬菜园工作。天泰没有上脚镣,但拳头跟着他们。这个人始终记着天泰割断皮带的耻辱,片刻也不放松。

他们把番茄、玉蜀黍、瓠瓜和南瓜上抓起的虫子,拿去喂养在通道口的矮脚鸡。天泰喜欢一天当中的这个时候。如果有人能说服拳头去睡一下,他会更开心。

有天早上,发生了一件怪事。天泰、丽塔和库达坐在山丘上,喝着甜奶茶。那是第一次休息时间,四周闹哄哄的。沼泽居民在搬着一桶桶的水,刀子和拳头在刨马铃薯皮,老奶奶用牙龈撕咬烟草,母象在砍鸡头,把鸡丢进滚水,烫松鸡毛。

玩到后来,孩子们站在山顶上,面向另一边。享受早晨的微风时,听到怪声音。

刚开始是哼唱声,后来变成低低的对话,仿佛有好几个人同时在说话。接着是一阵笑声和歌声。有个人沿着山脚下的小径走来。

他大约二十几岁,穿着老旧的麻袋,光着脚,看起来像是沼泽居民,但没有颓废丧气的神情。他边走边和人聊天,只是天泰看不到跟他说话的是谁。

听起来像是说话,但其实并不是。天泰想起之前养过的鹦鹉。没人的时候,鹦鹉会模仿它听过的话。它会发出男人、女人,甚至小孩的声音,但根本无法让人明白它想说什么。那个人说话的感觉就是这样。

他爬向山丘坐下来,指指丽塔的杯子,她毫不犹豫地递过去。这

---

① 卡恰苏(kachasu),利用手边各种材料私酿而成的白兰地。

样的丽塔让人十分讶异,因为她一直都讨厌别人用她的杯子。那人咕噜咕噜把茶喝光,然后对他们胡言乱语。

"他说他要去吃午餐。"库达帮忙翻译。

"你不会了解他在说什么。"天泰说。

"我可以了解。"库达伸出手臂,那人便抱起他。他与小男孩相视而笑。"他说阳光很亮。"库达又接着那人的话之后说。

"你自己捏造的。"丽塔不屑地说。

"我没有。再见。"那人把库达放下来,然后头也不回地走开。他往下走向桌子。母象嘟哝了几句,便移走鸡头堆,挪位置给他。拳头给他一个生的马铃薯,他直接用有力的大白牙啃起来。甚至连咬烟草的老奶奶都停了下来,好奇地看着他。

"垃圾工人。"母象说,"他壮得像头牛,不过心理上跟四岁孩子一样大。他的记忆力不超过一分钟。"她舀了一碗炖菜给垃圾工人,天泰知道那本来是明天上午的点心。垃圾工人吃的时候声音很大,吃完拍拍胃,刀子给他一颗原本要给老奶奶的巧克力。

老奶奶慈祥地笑,但那表情跟她皱眉的模样一样讨厌。

"好孩子。"她笑呵呵地说,"来老奶奶这边。"

垃圾工人坐在摇椅旁,任她拨弄他的头发。

"好孩子。诚实的孩子。"她低吟着,"你既不扒钱包,也不卖侵蚀人脑袋的威士忌。你是我的宝贝、纯真的孩子。"垃圾工人笑了,宛如一只大狗,任凭她抚摸。

刀子生气地刨着马铃薯皮,而拳头不自在地看着这一幕景象。突然间,刀子——啊!把手里的刀掷向老奶奶的椅背。天泰大叫起来。丽塔也跟着尖叫。他瞄得很准,只卡在木头里。刀子悄悄走开,气得发抖,拳头则不安地跟在他后面。

老奶奶冷静地轻拍垃圾工人的头发,说:"你不会想杀一个可怜的老女人,而她唯一的罪行是严谨正派。你也不会硬拉她去住在没有半点道德的臭水沟吧。"

"那是指我们。"母象边说边把鸡毛塞进袋子。

"我真惊讶你还吞得下水沟老鼠给你的食物。"老奶奶对她怒目而视,接着又继续赞美垃圾工人。天泰反感地转过身。

然而大家都不讨厌垃圾工人。他接受众人的好意,就好像小猫接受母亲的轻舔——而且马上就忘掉了。在用餐时间,他站在炖锅旁摸摸肚子,母象就给他食物。当沼泽居民工作时,他跟在他们后头。这些人原本都不和别人打交道,却都欢迎他。傍晚时分,他们用简单的木柱当做球门,再加上一只松扁的球,开始玩起足球赛。垃圾工人开心地看着。每当有人得分时,他会用手拍击膝盖。天泰后来才知道这游戏是为了让垃圾工人快乐。

刀子虽然嫉妒,但还是会带东西给他吃。拳头在垃圾工人手指上抹蜂蜜,再黏上羽毛,垃圾工人先将羽毛黏在一只手上,然后再换手,他可以这样玩很久。虽然这动作让人看了不舒服,却也有可爱之处。

垃圾工人见到天泰、丽塔和库达的时候,都会打招呼,但每次都像是第一次见面。他根本不记得见过他们。

然而,最好玩的是,他跟库达聊天的方式。垃圾工人用他奇怪的方式,不停地含糊说话,小男孩便帮他翻译。

"他说地上很冷。"或者是"他说玉米粥很好吃。"

谁也不知道是不是库达自己编的。丽塔对这事很抓狂。傍晚时分,年轻人跟小男孩一起开心地看足球。天泰确定他们两人还会对比赛发表意见。但是他们也许只是像住在沼泽区的两只小鸟一样,彼此啁啾对话。

"他是从哪儿来的?"有天傍晚,当他看到母象把脏盘子放进一锅滚水时,他问。她从不使用肥皂。金属盘在水中碰来碰去,水的表面还浮着油污和一些食物碎屑。过一会儿,她用钳子把盘子夹出来,放在桌面上沥干。

"谁在乎?"她冷冷地回答,"他出现,待上一阵子,然后离开,隔几个月再回来。"

"他去哪里?"

"我不知道,而且我也不在乎。别再叽叽喳喳,你让我头痛。"

天泰知道母象头痛是因为下午在试酿新配方的卡恰苏酒。他不再烦她,独自在天色已暗的沼泽区游荡,后头还拖着重重的水泥块。丽塔不再戴脚镣，但拳头不曾忘记天泰试图脱逃。好几个晚上，他完全无法忍受身上戴着脚镣。他想要自由地奔跑、奔跑、奔跑——跑到哪里不重要，他只想再次体验自由的感觉。

他想要找人陪伴，但丽塔和老奶奶开心地在一起。老奶奶正计划在城里享受一顿生日午餐。

"你等着瞧。"她跟丽塔说，"刀子会带我去酒吧，然后喂我吃猪皮。他不知道其他高级的地方。"

"真糟糕。"丽塔说。

库达跟垃圾工人在看足球赛。天泰想知道他们到底在看什么。当沼泽居民溶入夜色时，他只听到充满忧郁的叫喊声和嘎吱嘎吱的脚步声。

他慢慢地爬上小山丘，望向整个沼泽区。远处有灯光，他不知道那是什么地方；地图跟童军刀都被没收了。一想起那把刀，他心里就不好受。那把刀是他和父亲唯一的联系。他还记得父亲把刀子递给他的那一幕。他回想着，从父亲的手到手臂：上面是一件橄榄色的军服。手臂再上去是别满勋章的胸膛，最上头是一顶将军帽。但是中间……

天泰以手掩面，在没人看见的沼泽山丘上静静哭泣。

十一

线索断在蓝猴子身上,警方始终找不到它。好像三个孩子走出家门之后,就这样凭空消失了。如果不是手臂拿的照片作为证明,大家可能会以为他们根本不存在。在口渴先生的酒馆,手臂把可乐洒在桌上,画出一条线,有只苍蝇飞过来。

"要不要我把它抓起来?"眼睛问。他专心地捕苍蝇,并用玻璃杯把抓到的苍蝇罩起来,他已经抓了十只。这游戏的重点在放进新抓的苍蝇同时,还不让里面的苍蝇飞出来。

"啊呀,把它们放走吧。"手臂疲倦地说。眼睛把杯子倒过来,十只苍蝇蜂拥而出,在屋子里打转。

有人把硬币投进点唱机。"喔,不要!"震耳欲隆的旋律震动地面,耳朵大叫。他用手紧压耳罩。有个喉结很大的男人在吧台后面擦杯子。虽然是上午十一点,但店里生意兴隆。他们三个待会就得走,即便他们不喝酒也守法,但口渴先生还是说他们会降低店里的格调。

"我们是最棒的侦探!"手臂说,"我们在这做什么?该出去找那些孩子才是!"

"你是我们三个里面能预知的那一个。"耳朵不高兴地说。

"我可没有和蓝猴子纠缠在一块儿。"

"是你的大嘴巴把它吓跑的。"

"好了!吵也没用。"眼睛在微暗的灯下眨眼睛。出于习惯,他扫视屋内一圈,以免卷入酒吧是非。在角落边的座位上,有个老太婆喋喋不休地抱怨,什么事都让她不高兴,还有两个无赖流氓很礼貌地听她唠叨。眼睛用手肘轻碰耳朵,耳朵便拿下耳罩,隔着点唱机听他们说些什么。

"我不知道为什么答应跟你们出门。"老女人说,"早该料到会来这种地方。你可以带我去艺廊逛逛,但你没有,我们只能在这猪圈里打滚。我猜这就是你们卖大脑毒药的地方。"

"你要不要点东西吃,老奶奶?"他们当中个子较小的那个说。

"啊呀,当然。带我来酒馆吃午餐!竟然有这种生日餐会!看看这些人,泡在罪恶里头,脑子跟核桃一样小。"

"我可以帮你点翡翠汤①,地道的葡萄牙汤。"个子较小的流氓说。

"刀子,你又对地道的东西知道多少?大概是指一碗有毒垃圾吧。好啊,去点。你想缩短我的寿命,我又何必在乎?干脆死了算了。"

"拳头,你去点好不好?"刀子说。

"很高兴能看到一家子外出用餐。"当耳朵转述他所听到的话后下了结论。其他人窃笑。这时候大个子流氓拎着纸盒和汤匙走回来。这时点唱机正好停了。有个男人正在投币,手臂伸出长腿绊倒他,那人倒在地上哀哀叫。现在三个侦探都听得到他们的对话。

"真油。"老奶奶说,"这叫汤?我看沼泽区挖出来的东西都比它好喝。"话虽如此,她却贪婪地喝着,还发出吱吱声。手臂闻得到热包心菜和大蒜的味道。

突然老奶奶把汤匙扔向墙壁。"脏死了!"她尖叫,"就说吧!我的汤里有苍蝇!"

"那是你刚放走的其中一只。"手臂轻声对眼睛说。

"是你放进去的!别否认!你们八成盘算着,带老奶奶去吃午餐,然后再偷偷恶作剧!啊呀,你们这两个没用的流氓!连母象也没有你们这么坏!"

三个侦探马上站起来。这次手臂没有说话。他跑向公共声音全息记录器,但刚刚绊倒的男人抓住了他的脚踝。耳朵跳起来冲向门口,这时拳头离开了座位。他压住耳朵,急急地向刀子和老奶奶比手势。他们两人快速爬出座位。

眼睛抓住刀子,但老奶奶用手提袋用力敲他的头。"放开我孙子,你这个恶棍!"她尖声喊叫。眼睛松了手,刀子借机摆脱。老奶奶被拉

---

① 翡翠汤(caldo verde),葡萄牙语,一种葡萄牙特有的汤,用包心菜、马铃薯和大量的大蒜做成。

开之前,打了眼睛一拳。他踉跄地抓住吧台,口渴先生依然站在那里,冷静地擦拭玻璃杯。

那两个流氓走到门口,拳头用肩膀扛起老奶奶,刀子突然转身,动作跟树眼镜蛇①一样敏捷,向眼睛扔了一把刀。他的身子连忙往吧台前倾,却让背后毫无遮蔽。事情发生得太快,眼睛连大喊都来不及,刀子已经瞄准他的心脏,但最后却撞上口渴先生手里的铜盘。眼睛倒在地上。

"马兹卡将军!"手臂终于赶到声音全息记录器前,大声说,"封锁乳牛胃区!我们找到母象了!"马兹卡这几个字一说出口,酒馆便一个人也不剩,人人惊慌奔逃。警察来了之后,他们跑得更快了。转眼间,这地方有如鬼城,只剩几只瘦狗翻找垃圾,以及在屋顶上往下望的乌鸦。

"你们害我没办法做生意。"口渴先生说着又回去擦杯子。

"谢谢——谢谢你救了他一命。"耳朵结巴地说,边确认眼睛的伤势。

"好歹我该做这点事,毕竟你们上个月的账单都缴清了。"口渴先生说。

刀子刺破铜盘。刀锋穿破到另一端,卡在眼睛的上衣,只造成一道浅伤。然而,超级敏感的眼睛还是昏了过去。耳朵让他平躺在地上,手臂则用湿毛巾帮他擦脸。

"你知道这些人是做什么的吗?"手臂问。

"当然。刀子和拳头供应我卡恰苏酒,那个老女人就没见过了。"口渴先生说。

"你知道母象吗?"

"那还用说,她酿酒啊。"

"你之前为什么不说?"手臂生气地咬牙。

"你又没问。"口渴先生把擦得晶亮的玻璃杯整齐地排在柜子里,把铜盘放在杯子后面。他往后退欣赏杰作,"我很少看到这么整齐。你不觉得这地方有点气质了吗?"

---

① 树眼镜蛇(mamba),祖鲁语,一种常见于热带非洲的毒蛇。

十一

"母象住在哪里?"

"真抱歉,批发商没给我地址,这些人也不会回来了,真可惜。母象酿的卡恰苏酒超棒的,虽然上一批货不怎么好。"

医护人员赶到现场,小心翼翼地走进酒馆,发现里面没人才松了口气。"是你!"他高兴地大叫,"你的耳朵还好吗?"

耳朵拉开耳朵给他看,之前蓝猴子咬的伤口已经愈合了。

"只是轻微刮伤。"医护人员检查眼睛之后说,"我会帮他上绷带,没多久他又可以生龙活虎了。你们总是出入险境啊,是吧?"他看看四周翻倒的椅子和洒得满地的啤酒。

"拜托快点。"手臂说。外头不知道发生了什么事。他的预知能力感受到一股不安。警察也许看不见此地居民,但他却相反。有个大人物刚抵达,带来一阵风暴般的惊慌,连那些流氓都吓到了。

"马兹卡。"他轻声说。

原本在擦拭桌子的口渴先生停下动作,在帮眼睛上药的医护人员也打翻了消毒剂。

马兹卡将军站在门口。光线从他背后照进来,将军看起来像一套制服,在它上空挂着一顶帽子,黑暗中看不见他的脸。手臂几乎被这气势给压倒。这就是力量,这就是统帅哈拉雷军队的能力,就是这股气势让企图作恶的坏人万般苦恼。医护人员的眼光盯在门上,脸上毫无血色。弄翻的消毒瓶在地上溢了一摊黑色污水。口渴先生的喉结也不断地上下跳着。要不是他们个个惊慌害怕,这景象未免荒谬可笑。

将军打开灯,他的脸一下子变清楚。

"那些流氓是谁?"他沉声质问。

"他们用拳头和刀子互称,带了一个叫老奶奶的女人。"手臂晃了一下,回过神。

"他们打哪里来?"

"我不知道。"

"给我说!"

"这里的人来来去去,无影无踪。他们说每个人好歹总会经过乳牛胃区一两次。"手臂清清喉咙。

耳朵、眼睛和手臂

"这是笑话吗?"将军走向口渴先生,那条擦盘巾随即掉在地上。将军一把抓住他,将他整个人抓离地面。"这是你的店。如果不说实话,我就劈开墙壁,看看你藏了什么!"口渴先生嘴巴一张一合,但发不出声音。

"他以前也没有见过他们。"手臂说。他讶异自己为何这么说。为什么他要说谎?他不喜欢说谎啊。将军松开手把口渴先生放回地面,然后把注意力放在其他地方。

"啊!"将军大叫,仿佛挨了一拳。他跪下双膝,而手臂连忙过去看,到底是什么事让将军如此惊慌。地上有一把刀,造型特殊,刀锋镀金,刀柄有红龙盘绕,刀锋尖处有血迹。手臂感到一股恶心。

"这是天泰的刀。"将军低声说。手臂在他身旁,意外地发现刚才将军站在门口发散出来的气势全没了。他是个担心孩子安危的普通父亲,眼中充满泪水。手臂往后退,但将军感觉得到他站的位置,因此别过头去。当他再度与手臂面对面,神情是自信而充满力量的。他似乎把眼泪吸回去了。

"给我用显微镜搜查这地方。"他命令在门口的警察,"刀上的指纹一个也不准漏。审问任何一个抓到的人——喔,还有,把后面的卡恰苏酒桶里的酒全都倒光,看看底下积了几条死狗!"忍不住发出哀鸣的口渴先生被警察拖出门口。

手臂看着窗外,对街的小巷里,乞丐升的营火只剩下残焰,周围堆着破烂垃圾,连酒馆都出奇地安静,口渴先生的店里则是一片黑暗。

"我们再把线索整理一遍。"他说。耳朵往下望着一碗放在桌上的炖大豆。而眼睛躺在沙发上,眼皮半开。"那是老奶奶的生日。她大约八十几岁,属于葡萄牙族裔。在城市资料系统中有多少人符合这条件?"

"一〇六人。"耳朵打了个哈欠,"警方都联络过了。"耳朵的头垂得太低,一只耳垂碰到炖锅,令他猛然清醒。

"有多少流氓靠卖私酒维生?"手臂继续问。

"比你想知道的还多。"眼睛从沙发那头说。

"那沼泽地呢?"

十一

"哈拉雷附近的沼泽有上百个。"

有人敲门。侦探们马上警觉起来。手臂拿起涅瓦纳枪。

"你听到什么?"他低声说。

"虽然隔着门,但我想只有一个人。"耳朵贴住钥匙孔。

手臂打开九道锁,但没放下门链,只打开一道门缝。

外头那人吞一下口水。"是口渴先生。"耳朵悄悄说。手臂把门打开,蓬头垢面的口渴先生喉结跳个不停。手臂把他拉进来,砰地把门关上。

"别开枪!"口渴先生说。

"你好像以为我们会对你怎么样。"手臂把涅瓦纳枪架回钩上,"你救了眼睛一命。"

"是啊,这个。"他不安地吞了吞口水,"你也救了我一命。将军——啊,将军可真强悍,简直强悍无比。但他相信我,因为有你们。"

"你没有任何情报,对吧?"手臂说。

"嗯,啊,你知道我也许——但你们绝不能告诉其他人。我的命不如一只压扁的跳蚤。但我听说,不能说在哪里听到的,假面人正打算收养小孩。"

"我不明白。"手臂说。

"喔,那太复杂了!他们在街战中失去一名成员。他们想要训练新的假面人,而训练要从小开始,不是吗?"

"继续说。"

"母象卑劣的行径之一就是把孩子送给那些无法生育的人。"

"她是恶劣的绑匪!"耳朵大叫,举起拳头。口渴先生往后退,而手臂站在他们中间。

"那只是其中一项。"口渴先生说,"一两个小孩算什么?无论如何,假面人需要二至三个小孩补齐帮派规模。之所以有两个候补,是怕第一个训练失败——别打我!"耳朵再度举起拳头时,他大声喊。

"假面人的首领是谁?"手臂冷静地说。

口渴先生打了一个哆嗦说:"没人问过这个问题。相信我,如果孩子在他们手上就没办法了。但马兹卡的孩子可能——我不敢担保,说不定还在母象手里。"

"那你知道她住哪里吗?"手臂尽可能不以嫌恶的眼光看他。

"这个,算知道也算不知道。我听说——有可能是假的,她住在死人沼泽。"

"那是有毒废物的废墟!"

"它曾经是。"口渴先生神经兮兮地四处张望,检查门、窗户和声音全息记录器。"一百年前,那地方确实如你所说,但时间过去这么久,那地方已经有了变化,有几百人住在那里挖旧垃圾,母象是他们的女王。别以为她容易找,沼泽区布满蜂窝状的通道,据说那些通道少说有两百英里,上上下下,绕来绕去。母象到处有耳目,发生任何事她马上就知道。如果马兹卡到那里去,她就会把孩子藏到深处,再也见不到天日。"

口渴先生看着手臂,喉结跳得很快。他不是好人,眼看着孩子被偷还贩卖有毒废物区酿的威士忌,但此刻他心中也滋生着一股小小的正义感。

手臂把手放在口渴先生肩上。他缩了一下,接着脸上满是愉悦。手臂感到一股能量从他体内流向另一个人。他看见远离乳牛胃区的房子,有三个女儿在等父亲下班。

"我觉得好快乐。"口渴先生说,"喔,我的天,原来当好人就是这种感觉。谁知道呢?喔,我的天啊。"手臂将手移开他的肩,打开门,口渴先生站在原地,脸上止不住地微笑,他走入夜色,在门关上之前,转过身向他们挥手。

"我还是第一次遇到这种情形。"手臂喃喃说,"我可以读他的心。"

"啊。"耳朵回应。

"而且不知怎么搞的,我似乎唤醒他心中善良的本质。"

"那很快就会消失了。"眼睛说。

"也许。无论如何任务来了。如果马兹卡将军去找母象,她一定会知道——因为他到任何地方都会开警笛。但我们不一样。"

"我们?去死人沼泽?晚上?"眼睛往后退倒在沙发上,脸色苍白。

"我怕。"耳朵说。

"我也会怕。"手臂佩上他的涅瓦纳枪,"不过很不幸,我们还是得去。"

十二

　　老奶奶在翡翠汤里发现苍蝇之前，天泰正在母象的非法酒馆里做苦工。这是所有工作中最辛苦的。发酵水果的臭味让他头昏，卡恰苏酒桶下方的火苗狂吞氧气，这使得温度高得难以忍受。如果不是因为这房间靠近地面，他可能会因缺氧而晕过去，唯一的安慰是没上脚铐。

　　不过他也没机会逃，和其他地下房间不同，这里只有两个通道，一个往下通往水池，一个则是往上通往地面，但母象的椅子挡在出口上。

　　天泰从酒桶下耙出来厚厚的凤梨皮，有群蟑螂爬过他的手，他的脸都扭起来了。不公平，这时他该在户外工作，只是拳头和刀子没空监视。他希望老奶奶玩得一点都不开心。

　　她是不开心。刀子说不定会带她去哩高·玛卡温饭店的星光厅，但老奶奶还是有办法找到事情唠叨。

　　"为什么不待在这里就好？反正无论在哪里都一样不快乐。"他小声抱怨说。

　　这时候母象不怎么有戒心，她瘫在椅子上，怀里抱着卡恰苏酒，眼神呆滞但没闭紧，偶尔会往天泰那边瞄一下。

　　"拿水来。"她语调含糊，用脚踢水桶给天泰。

　　天泰高兴地拿了水桶，往下走进水道。这儿空气清新得多，通道不断往下延伸，路上他先经过压扁的垃圾，最后则是天然土壤和石头层。通道的坡度不再往下降，而且令人惊讶的是，光线渐渐变强。很快地，他可以关掉手电筒。他来到一片深黑色的水池。它在岩洞底层，如同地上的水洼。压低的天花板上，有个通风管直通地面。

　　天泰猜那是一口古井。它四周是石头砌成的，光线从遥远的天空射进来，因此充满一股鬼魅般的微光。不知道能不能用它来逃走，但水很深，如果拼命游，会不会有其他出路？

耳朵、眼睛和手臂

他把水桶装满水,坐下来休息。他留在这里太久的话,会被母象狠狠修理。但也许她会睡着。而到时候……喔,到时候!

当他在地下深处时,对自由的渴望最是强烈。就像有个声音在对他说:跑!现在就跑!他用手触摸墙壁,以抚平那股不安。他发现土里有个硬东西,应该是石头吧。他正要走过去,却注意到有一块白色的东西。

他用手电筒照过去,那光泽很不寻常,天泰把它挖出来看。那是一块扁平而有皱褶的圆盘,直径大约两英寸,厚厚的,像是水杯的底部。他心跳加快,把它放进池里洗净。泥土都洗掉了,但是边缘沾了一些蔬菜之类的东西。

那是恩多罗①。现在灵媒佩戴的大多是用瓷器做成的恩多罗。恩多罗通常是用海中动物的壳做的,十分稀有。他手中的这个,有白色螺旋状外壳,中间钻孔可以挂在颈子上。天泰在摩洛曼塔巴②的画中看过这种东西。

他捧着它,感觉到它原来的主人也常这么做。他清楚地看见不知名的祖先站在森林前,在蜂窝状的烤炉里冶炼红矿石。他努力锤打淬炼石头里的金属,敲响了整座森林。他用小树枝做成矛,再用铜线利落地扣上叶形的刀身。他调整武器,让它变成手臂的一部分,然后他摸了摸恩多罗,将祈求传入灵界。

"你这笨蛋!"母象的吼叫声传下来。天泰跳得太快,结果踢翻了水桶。他连忙把恩多罗埋在水池旁的泥地里,把桶放到深色水池中汲水。他以最快的速度将水桶拉上通道,可是走近了才发现原来母象不是在骂他。他走到非法小酒馆旁边,停下来偷听。

"你这个白痴!你土狼大便混球!你怎么能把刀留在那里!"

"他攻击老奶奶。"刀子开始解释。

"你如果把老奶奶弄不见,那对你是最好的!她是恶毒的老巫婆!"母象大骂,"现在可好,马兹卡知道他的孩子在我们手上!"

---

① 恩多罗(Ndoro),绍纳语。螺旋状的白色粗糙圆盘,供人挂在脖子上。
② 摩洛曼塔巴(Monomatapa),相传他在十五世纪建立绍纳帝国。

十二

"不要侮辱她!"刀子大声顶撞回去。

"住口!马兹卡会拷问乳牛胃区的每一个人,直到问出答案为止,然后就有一百辆推土机到这里来!"

拳头加入争论:"我们可以净空消失,以前也不是没做过。沼泽居民跟变色龙一样难抓。"

"趁现在还来得及,我们得把这几个小子甩掉。"母象吼着。

"这是什么意思?"刀子说。

"我说的是照原定计划,把他们卖给假面人。"

"喔,不要。我不喜欢那样做。"拳头大为震惊。

"为什么不?他们需要新血。"

"你确定吗?"

"听着,"母象说,"对假面人来说,没有什么事比把马兹卡的儿子变成坏蛋更痛快的。老实说,我也很开心。"

"这是天泰,那其他两个?"拳头说。

"他有四个太太但没小孩,让他用五万元来买库达应该不成问题。"

"那丽塔呢?"刀子问。

"谁在乎?她以后会跟老奶奶一个样——光是听她那讨人厌的声音就知道。据我所知,冈瓦纳的奴隶买卖行情不错。"

"我不喜欢这样!"刀子大喊。

"在甩刀之前,你就该想到这些。过来帮我倒一杯。今晚我会下药把他们迷昏。不!一个字也别多说!"

天泰听到倒酒声。这两个流氓跟母象坐下来大肆狂饮,之后只听到威士忌酒瓶汩汩流的声音以及打嗝声。他靠着墙,努力理清混乱的思绪。

大家都听说过假面人,就连住在马佐城的围墙花园里的他们也不例外。假面人在地下铁里行踪缥缈,来去如烟,造成火车行驶突然中断。他们从女人脖子上扯掉项链、剁手指头抢走戒指。父亲曾付钱给线民以求缉捕假面人归案,但线民失踪了,也没有人愿意继续提供线报。

假面人之所以这么难追缉的原因之一是动机不明:他们对毒品没

兴趣，而且偷东西不是为了钱，只是好玩。他们会杀掉十几个人，把皮包堆在尸体上。他们偷走的东西也不会流入黑市，而是消失得一干二净。

父亲说他们要的是权势，而得到权势最简单的方法就是让人害怕。父亲和假面人彼此痛恨对方，假面人绝对会想把敌人的儿子变成恶魔。

"我不会屈服的。"天泰告诉自己。库达虽然意志坚韧，但他年纪小，无法抵抗。而丽塔怎么办呢？他怎么保护她？

天泰走回到深色水池，坐在那里。他不知道该怎么办。他盯着水面上那口井。即使他游到那里，手也够不到井口。他想了许多计划：冲进去用水桶击倒三个人，或是他像苍蝇一样，沿着天花板爬到井口。但没有一个行得通。

最后，他想到从泥堆里挖出刚埋下的恩多罗。

那冰冷的外壳在他掌心，随着体热渐渐变温。

"救我。"天泰对之前拥有它的不知名的祖先说，"我是你的子孙。我现在一个人在阴暗的地方，我不知该怎么做。求你救我。"

他握住那古老的恩多罗不断地祈求。光线渐渐变强，天泰颈毛直竖，紧握恩多罗，继续祈祷。光线从井壁往下，笔直地洒在水上。是阳光！也许，一年会有一次，太阳以某个角度照进井中，原本幽暗的屋内亮了起来。亮光洒落水中，而在水底——

有一颗平坦的石块。

天泰倒吸一口气，他压根想不到那里竟然会有块石头！看来只有一年一度，当阳光照进井壁，才看得到这块石头。接着，光线慢慢移动消退，之后完全隐没。但是天泰知道该怎么做了。

"谢谢你。"天泰轻声说。他从上衣扯下一块布，将恩多罗绑在脖子上。然后踩进水中游向那块石头。他站在石头上，靠向井壁，伸手摸到金属梯子。

天泰刚到这里的时候，根本没有力气支撑自己的身体，不过现在，身体因为做苦工而变得结实。他用力往上撑，直到头碰到另一段梯子。他放开一只手，紧紧抓牢它，以免从井壁摔下去。他的背磨到粗糙的石面，痛得流泪。

十二

他用脚卡在斜斜的井面上,慢慢往上移,衣服扯破了,石头刮伤了他。最后,他终于双脚踩在梯子上,再用双手够下一段梯子。他往后靠,休息一下,呼吸急促地喘气。

等心跳恢复正常之后,他就继续慢慢地往上爬。梯子之间的距离固定,不过其中有些早已毁坏,甚至踩下去就断了,害得他一脚踩空撞上墙。他用背抵住一边的墙,并用手脚攀附另一边的墙。这姿势非常耗费体力。如果梯子再断,他一定爬不到顶端。

光线越来越明亮,他闻到母象升起的营火味。但下一段梯子没了!下下一段也不见了!天泰望着蓝天,万般绝望。他失败了。

有个人影晃过井口。天泰吓了好大一跳,差一点放开手,这突如其来的恐惧给了他勇气。他用身体往上蠕动。上衣磨破了,皮肤也磨破了。他咬紧牙根,继续往上爬。

最后,他摸到井口边缘,再使把劲,将身体往上提。他半昏过去躺在地上喘气,好几分钟都动弹不得。

十三

沼泽居民在他周围走来走去,重复单调的工作。他们连看都不看他,也许是根本没有看见。天泰之前就发觉库达、丽塔都和背景融为一体。大概他自己也一样吧。

他没有休息太久,过不了多久,母象就会找他了。他站起又倒下,腿还在发抖。他不肯放弃又试了一次。一旦能走路就又有了力气。

他在菜园里找到丽塔和库达,他们坐在老奶奶旁边。运气真背,天泰心想。

"你该看看他们。"老奶奶说,"其中一个耳朵像大象的那么大,另一个眼睛突起来像青蛙。第三个像是墙蜘蛛似的。喔!我差点吓死!怎么会知道我的孙子竟选了一个有怪物的地方?我宁愿去艺廊走走。"

天泰跟丽塔和库达打暗号:"来这里,我有重要的事要告诉你们。"

"她正在说好刺激的故事。"丽塔说,"你继续说,青蛙怪人抓住刀子,然后呢?"

"我用皮包打他!告诉你,我的力道可不轻,我还用了指甲,一点都没错。我不得不这样做,没办法,谁叫我孙子喜欢到那种地方。"

"过来。"天泰用手拉丽塔。

"放手,你坏蛋!"

"你这个笨女孩!"

丽塔紧拉老奶奶的椅子,老奶奶把她推开。

"听他的。"她小声说,"别以为我老,大家都错了。他们以为老奶奶精神错乱、胡言乱语,但她可是什么都知道。你要告诉她关于假面人的事,对吧?"

天泰目瞪口呆地望着她,老奶奶笑得太用力,摇椅差一点就翻过去了。

"假——假面人?"丽塔说。

十三

"是的,你这傻瓜。"老奶奶咯咯笑道,"你以为刀子和拳头带你们来这里做什么?要你们在矿坑里干活?他们有的是人。他们要把你们卖给假面人。现在——"老奶奶往前倾,用白发遮住脸,"刀子跟平常一样做了件蠢事。他把天泰的刀拿去丢青蛙怪人,还掉在现场。你想你父亲接下来会怎么做?"她往后躺,咧嘴而笑,露出光秃秃的牙龈。

"把我们卖给假面人?"丽塔哀叫。

"小声一点。"天泰提醒她。

"谁是假面人?"库达坐在地上问。

"很恐怖、很恐怖的歹徒!他们会割人耳朵,到处抢东西。"丽塔的手指用力绕头发,几乎要把它扯断。

"别说了!你会吓坏他。"天泰说。

"他是该害怕,假面人会把我们剁成碎块——"

"我要妈妈!"库达大叫。

"看你做的好事!"天泰抱起弟弟,库达扭来扭去,放声尖叫。

"我要妈妈!"

"如果母象听到我们就完了。"天泰说。

"闭嘴,不然我就给你好看。"丽塔对库达大吼,却让他哭得更大声,此时山丘那边传来脚步声。

"真的完了。"天泰呻吟起来。沿着小径走向他们的不是母象,而是垃圾工人。他的脸因为忧虑而扭曲,同时不安地喃喃自语。

"我要妈妈!"库达尖叫说。垃圾工人站得好直,一副奉命行事的模样。他抓起库达拔腿就跑。

"等等!等等!"丽塔大叫,但他们跑得飞快,像是有狮子在追赶他们似的。

"我该怎么办?"天泰大喊。

"如果是我,我会跟他们走。"老奶奶冷静地说,"母象发现你们逃跑,肯定会气爆血管。别以为这很好玩,她可是坏婆娘。她不会来问我,因为可怜的老奶奶神志不清了。"老奶奶来回摇晃,故意狂笑。

天泰不知道她是否真的会帮忙掩护,但那不重要。他抓住丽塔就跑。她回过神之后,也认真地跑起来。他们经过沼泽居民,但没有母象的命令，这些人对逃跑的小孩没有任何兴趣。

跑得太急时，他们会停下来稍微休息。垃圾工人在远方，他故意跨大步，库达坐在他肩上。天泰和丽塔也开始步行，看来还没有人去通风报信。

"我不懂。"天泰轻声说，他们正在洞穴里休息，"我以为老奶奶痛恨每个人。为什么她不去告状？"

丽塔跟穴壁颜色太像了，如果她不动，天泰根本看不到她。

"你不了解她。"丽塔说，"她厌恶犯罪。你也知道她在修道院长大。她告诉我很多有趣的童年故事。"

天泰朝向妹妹躺的方向看去。虽然了解老奶奶的另一面了，不过还是想离她远一点。

"老奶奶希望趁一切还来得及之前，回修道院为刀子的灵魂祷告。她真的爱他。"

天泰扑嗤一声笑出来："你知道吗？如果你不动，我看不见你喔。"

"我也看不见你。我们变成沼泽居民了。再过没多久，我们也会拖着脚走路，会跟他们一样悲叹。"

天泰觉得她说的一点没错。"趁我们现在运气好，赶紧走吧。"

离沼泽边界不远了，这里看得见高楼和街道。超级市场立了招牌，亮红色的字写着"维诺那杂货"几个字。他们仿佛做梦般走进这世界。天泰听见音乐、车流和除草机的声音。甚至连电钻声都像是远方的啄木鸟。一切是那么美丽！他几乎流下泪。

"你听！"丽塔抓住他。

从沼泽那端远远地传来喊叫声，虽然听不清楚，但是天泰知道他们说什么。

"快跑！"他大叫。他们两个跌跌撞撞地走着。呐喊声越来越逼近，从地面快速传过来，在矿坑壁内发出回音："找到他们……带回来……给我！"

丽塔跌倒了，天泰拉她。维诺那街道就在前方不远。母象的指令从地面传开。土堆上的居民们全都派了出来，跟在他们后面匍匐前进。

"找到小孩！把他们带来给我！"

十三

　　他们来到郊区附近的水泥人行道。天泰把丽塔拉到地上。他们双手和膝盖着地,用四肢爬行。丽塔怕得啜泣,天泰不断地鼓励她,后来,他们爬到种满雏菊的整洁草坪。到了这地方无法再往前进。如果母象这时突击,他完全无法抵抗。他望向沼泽区,有一种麻木的绝望。

　　废区的边界四周突起。沼泽居民聚集过来并且不断地改变位置。他们不愿越过边界,像灰浪般上下起伏摆动,看着这两个孩子。接着他们消失了。天泰不知道他们是在等什么,还是回到藏身地洞。现在,他清楚地看见丽塔了,她是美丽草坪上的可怕泥人。

　　"流浪汉!离开我的土地!"有个女人大叫。孩子们站起身。那女人站在自家的门口,拿着一把扫帚指着他们。她穿着整洁,头发绑了一条兜卡①,或者说头巾。她个子很小,天泰和丽塔忍不住都笑了起来。

　　"快走,不然我放狗咬人!疯子。"

　　于是,他们离开了草坪,她还在喃喃自语:"笑得像小疯子。"

　　"看,库达在那里。"丽塔说,指向巴士候车亭。椭圆形的停车场四周种满了百日菊,其中一端有几张凳子,有一棵枝叶茂盛到可以遮阴的玫瑰树。另一端是饮水台。库达和垃圾工人轮流喝水。他看到天泰和丽塔跑过来,兴奋地喋喋不休。

　　"他说巴士快来了。"库达帮忙翻译,他说的没错,巴士来了。远方的小黑点慢慢驶近,在乘车缓冲垫上停下来。下车的乘客皱着眉看着他们。巴士里空无一人。

　　"嘿,垃圾工人。"司机喊,"你从哪儿弄来的小孩?这么年轻,不是他们的父亲吧。"

　　"我们被母象绑架了。"天泰说,"拜托。我们想逃走,但是没有钱。"

　　"我听说母象做了些见不得人的勾当——她就在那里!"

　　这时,母象冲出沼泽区,后头跟着刀子和拳头。他们一定是搭手动车追过来的。她醉得很厉害,正摇摇晃晃地从街的那端走来,手中

---

① 兜卡(doek),南非荷兰语,指头巾。

挥舞着斧头。"你们这几个讨厌的小鬼!"她大叫。

他们三个和垃圾工人跳上巴士。母象把斧头掷向巴士的前窗玻璃,玻璃锵的一声碎成两半。司机发动车子。母象对着巴士门用力吼叫,重重地摔在水泥人行道上。

"可怜的孩子!"司机喘着气说,这时他正开着巴士穿梭在大厦之间,"我按下紧急钮。警察很快就会赶到。"

天泰不相信警方赶到时,这些人还会在这里。

"好啦,你说你们被绑架。你们叫什么名字?"司机问。

几个星期之前,天泰会毫不犹豫地告诉他。现在他不再相信任何人,蓝猴子是有毒的野兽,慈祥的老女人是怪异的老奶奶。而且假面人就要追上来了。谁知道这人是什么来历?

"我叫吉力·诺洛维。"他说了一个常见的名字,"这是我妹妹罗丝,和我弟弟贾布。你认识垃圾工人?"

"我常碰到他。"巴士司机微笑,"这样好了,要不要我载你们到他常去的地方?那里的人会照顾他,一定也会对你们很好。我会在瑞斯海凡的外头让你们下车。"

天泰看着垃圾工人,他抱着库达像抱一只泰迪熊。垃圾工人笑着说:"妈妈。"这是他说的第一句让天泰听得懂的话。

十四

司机将巴士开到灰色高墙外的下车区。"我不能在这里停车。"他解释说,"看,这是计程车的候车处,但这里最靠近瑞斯海凡。"

"谢谢你。"天泰说,"我希望母象不会对你怎么样。"

"别担心。我明天就休假了,而且我会找人跑完今天剩下的班次。"司机关门,把车子从狭窄的停车区退出去。

这座墙出乎意外的高,因此看不到里面。它蜿蜒而曲折,没有任何窗户或洞口,他们面前只有一扇门。

"谁住在里面?"天泰问。

"妈妈。"垃圾工人说。他使劲拉了门上挂的链环,又按了暗藏的门铃。它不是声音全息记录器那种机器声,而是真正的铃铛。那声音深沉可爱,慢慢变弱,像是远方的乐声。

"噢!"丽塔说,"再按一次。"

垃圾工人连按了几次,直到天泰拉住他。

"这说不定会惹人生气。"他说。

的确如此,在缝隙后窥视的那张面孔看起来有些生气。"你们要做什么?走开!"那人说,但随即认出了垃圾工人,便用高兴的口气说,"强杜!"

"妈妈。"垃圾工人说。松开了好几道门锁和木栓后,门终于打开了,站在他们面前的是一个身材庞大的女人,体型跟母象一样巨大,然而沼泽居民的女王粗野卑劣,这个却给人尊贵的感觉。她穿着粗树皮布,没穿鞋子;但是看起来并不穷困。她很漂亮,很有智慧。

"喔,强杜,你做了什么?"她说。垃圾工人举起库达,她高兴地说个不停:"我知道他很可爱,可是他不是我们的人,你不能带他进来。"

"求求你，妈①。"天泰礼貌地说，"我们被绑架了，而垃圾工人救了我们。我们累坏了。可不可以让我们进去休息一会儿？"

"我们欢迎强杜，不喜欢陌生人，你们会把污秽带进来。"

"我知道我们很脏，但可以洗干净。"丽塔急忙说。

守门的女人说："我不认为那种污秽是洗得掉的。你们会把罪恶的城市习性带进来。"

"噢，拜托你。"丽塔喊着，号啕大哭。库达看着她跟着大哭。垃圾工人看着伤心的库达，脸也皱起来，坐在水泥地上哀号。

"好了！好了！"体型魁梧的女人捂住耳朵大声说，"好，强杜！他们可以进来——但只能待一会儿。"垃圾工人马上收住眼泪，开心地露齿微笑，仿佛什么事都没发生过。

这女人发着牢骚，等他们进去之后便把门关上。门上有许多门锁和木栓，一一都得扣上，天泰无暇关心，注意力全集中在里面的情景。

他们才从公元二一九四年的高楼大厦跳出来，却踏进早已消逝的世界。小径沿着山坡越过马沙沙树②，来到了小村庄。村庄中间有一条小河，河的两岸是沼泽般的放牧地。牛羊在吃草，小男孩用细嫩枝看守它们。远方有人在打鼓。妇人在附近对婴儿唱摇篮曲。

天泰从没见过这么和谐的景象。"怎么回事？"他轻轻地说。他所熟知的世界消失不见了，甚至连高墙似乎也不见了，因为墙壁上贴着大片的曲面镜，让土地看起来无限延伸。

"我们在这里不谈论外面的城市。"守门的女人说，"我也警告你别这么做。我是对外的唯一联系。忘掉那些机器人、交通、犯罪和毒品。这是瑞斯海凡，南非的中心。"她带他们走上小径。垃圾工人一路跑跳，高兴得喋喋不休地说着，他把库达举高高的，仿佛是战利品。

"很好，强杜。"女人说。

"那是他的名字？我以为他叫做垃圾工人。"丽塔说。

"我们都叫他强杜。"

---

① 妈（mai），绍纳语，指妈妈，一种礼貌性的称呼。
② 马沙沙树（msasa），绍纳语，一种林冠很漂亮的树种，春天时叶子会转红。

十四

"你是他的母亲吗?"

女人大笑:"这里每个人都是他的妈妈。自从在门外头发现他被抛弃之后,他就属于村庄里的每一个人。一开始,没人理他。"

"为什么?"丽塔问。

"他是个慕蓝维瓦①。被母亲抛弃的孩子。他的祖灵会给我们带来麻烦。"

"你是说,当时很可能让他自生自灭?"丽塔大叫。

"坐视不管祖灵是很愚蠢的。"守门者说,"看看你们的世界:帮派互斗、毒品、犯罪、破碎家庭。你们忘了祖先,那些祖灵生气了。但你也知道……"他们走过一群小孩,孩子们很有礼貌地拍手欢迎他们。"我们没有丢下强杜不管。"

这群访客走过小径,孩子们便恭敬地站在一边。天泰对他们的彬彬有礼印象深刻。在马佐城,陌生人能得到的问候,不是怀疑的眼光,就是害怕的眼神。

"我们决定不由任何人收养他,"女人继续说,"而是只要他来,所有人都供他吃喝。虽然他有个漫游的灵魂。"她叹声说,"他没办法在同一个地方待太久。我想这是因为他被丢弃的缘故。"

"我想是因为他在这里必须一家家地跑来跑去。"丽塔说。

他们来到院子里的几间茅屋。天泰很高兴,因为这和史书上的村庄一模一样。茅屋和树林间有一大片秃地,这应该是早晨检查是否有老鼠或蛇爬行用的。茅草的屋顶延伸出来,用柱子顶住,因而多出一块很棒的乘凉地。

所有出口都朝西,每个门上都有牛皮环,上面挂了嵌板。天气热的时候,可以把嵌板撑开透气。茅屋的墙面是黑、红、黄褐色的装饰,门面则雕了斜斜的平行线。

他知道厨房的茅屋建得最好,但是夏天炉火移到户外了。炉火旁有一叠待干的木碗。但是天泰印象最深的是烟味。

母象升的火闻起来总是有股莫名的不适感。也许是因为她混杂使

---

① 慕蓝维瓦(muramwiwa),绍纳语,指弃儿。

用沼泽灌木和泥炭当燃料,也或许是因为火下方的地面是塞满塑料的沼泽土。

而这火是用天然木头点燃的。它深深地唤醒了天泰内心深处关于祖先的记忆,坐在这样的火炉旁,让烟弥漫全身。丽塔也留意到了。

"噢!"她轻叹,"你闻,感觉真不错。"

当然,的确如此。这个炉火给人很棒的感觉。一定是因为他们极为重视祖先,天泰心想。

一个娇小并大腹便便的孕妇从茅屋走出来。

"你好,伏考摩①,姐姐。"她说。

"你好,慕努谷那②,妹妹。"守门女人回答,"瞧,奇波!我们有远道访客。"

天泰注意到她没提到墙外的城市。

"十分欢迎。"奇波说着,一边鼓掌以示善意。她靠近他们,微笑,然后鼻子皱起来,"米雅达,你不觉得我们的访客该洗个舒服的澡?"

米雅达笑说:"洗澡是个好主意,妹妹,他们也需要干净的衣服。破衣服拿去给炼铁工人放进镕炉烧吧。我可不敢将它们放进火炉烧呢。"

"他们要留下来吗?"奇波问,她特别用逗趣的口吻强调"留"那个字。米雅达没回答,只是挑挑眉。

米雅达带丽塔去女生的洗澡间,奇波则带天泰来到用芦苇遮蔽的溪流。她递给天泰一块布和丝瓜布③,让他刷去身上的泥污。

脱掉味道极为恐怖的破衣服,再跳进河里的感觉真是太棒了。天泰在河底游泳,穿越水流里摇曳的水草,然后在平坦的石头旁溅起水花,浮出水面。他爬过浅滩,上千只黑蝌蚪在他面前散开。他用丝瓜布用力地刷洗,直到狠狠磨掉一层皮。他洗去死人沼泽带来的绝望,扫去脚踝上了脚铐的感觉。他松开恩多罗,将它仔细清洗干净。

---

① 伏考摩(vakoma),绍纳语,姐姐,年轻太太对年长太太的正确称呼。

② 慕努谷那(mununguna),绍纳语,指妹妹,年长太太称呼年轻太太时用。

③ 丝瓜布(loofah pod),埃及阿拉伯语,一种多纤维、像海绵般的果实,晒干的纤维可用来洗澡。

十四

"这里有你的同伴。"他对着不知名的祖先说,"谢谢你带我来这里。"他把它绑回脖子,又把布围在腰际,这是他能想到的最好的方法了。原本的旧衣服已经不见了。

单纯满足地叹了口气,天泰躺在石头上,让阳光洒在脸上。

对他来说,瑞斯海凡有股莫名的似曾相识。他没有读过,父母亲也没有提过。一想到父母,天泰突然有罪恶感。他应该一开始就向米雅达借声音全息纪录器的。然而,从死人沼泽逃出来后,他早已筋疲力尽,因此他想喘口气。

是的,只是休息一下而已。失踪那么久了,再多待几个小时也无妨吧。晚餐之后再去借声音全息纪录器。

躺在暖石上,让微风吹干皮肤,多么愉快。他听到不远的地方传来鼓声,那是很朴实的声音,是用树干做成鼓身,外头包上毛皮,跟家里那种金属鼓截然不同。

那他又怎么会知道那鼓的外形呢?当然,是从米勒人那里得知的。

米勒人每天晚上都会讲许多远古时代的故事。他会说房子是怎么建的,武器怎么打造,如何用热炭烧陶瓷。这些都是他说给他们听的永无止境的故事里的片段。有时是歌颂,有时是历史,大部分是纯粹的幻想,可是米勒人说得有凭有据,大家都以为是真的。从他的眼神里看得出来,连他自己也这么认为。说的人跟听众同样着迷的时候,那就是最棒的故事。

最不可思议的是,米勒人是白人,有英国人的血统。他的祖先有着截然不同的生活方式,他如何能对天泰祖先的种种言之有物呢?

答案很简单,天泰想。历经奋力爬出深井,并且拼命越过死人沼泽,他终于平静下来。他的腿有种畅快的疼痛。米勒人体内有绍纳族的雪夫。神灵决定跟着他,这应该是福气吧?天泰希望有人对他有兴趣。现在他心满意足,没有多余的时间伤神。他的手交叉地放在恩多罗上,沉沉地睡去。

十五

耳朵、眼睛和手臂招不到愿意在入夜后载他们前往死人沼泽的计程车。最后,他们找到的是一辆破旧不堪,而且非法营业的计程车,司机要求付四倍的车钱。

"给你八倍的车钱,但你要等。"手臂说。

"我才没那么笨。要是没命了,再多的钱也用不到。"司机回答。

途中他们检查涅瓦纳枪。

"这样能有多久时间可以逃跑?"耳朵问。

"不管谁被射中了,十五分钟内都会醒来。而且切记:子弹有限。"手臂调整武器,回想着以前的警察演练。

眼睛僵硬地坐在两人中间,不肯看外面。"如果我晕机,你会后悔的。"当耳朵设想引他注意时,他这么说道。他们飞越了五十层高的高楼大厦,也穿过整个街区。有些人在屋顶上开宴会。耳朵可以听到音乐声。手臂则希望自己在上头,而不是要前往死人沼泽。

底下的灯光变得越来越稀疏,然后他们抵达城市中最阴暗的角落。"那是维诺那。"手臂用手指向荒凉的边界。计程车司机立刻往下开,然后把门打开。

"你说你要载到沼泽荒地的。"眼睛大喊,"早知道就搭巴士了。"

"去搭啊,不然就下车。"

"那你至少要等我们。"手臂说,边数着钱。

"我不浪费时间的。你们这几个笨蛋根本回不来。"司机用手电筒检查钞票,确定不是伪钞。之后他便开走了,这几个人看着那车尾灯隐没远方。

"维诺那的夜晚可真荒凉。"眼睛说。

手臂注意到周围房子都装了护窗板和门闩,草坪没有人,连狗屋的门都锁起来了。

十五

"也许我们应该等到早上再说。"耳朵说。

"迟早都得闯一闯。马兹卡将军很快会知道这一切,等他赶到这里,我不相信这几个孩子能活下去。他做任何事都不肯静悄悄的。不,伙伴们,"手臂叹息说,"这任务落在我们头上了。"

他们小心翼翼地走进荒地。水泥地变成了湿泥、石头、矮木丛、水沟和山丘。令人安心的维诺那灯火愈来愈远,四周尽是死人沼泽的骇人漆黑。

"不知怎地,我觉得这地方到处都是人。"手臂说。

"别说了,我已经够紧张了。"眼睛说。

"这跟之前的经历完全不一样。不像在乳牛胃区,几千个不同的声音从四面八方传来,这里只有一个主子。蚁窝是我能想到的最贴近的形容词。女王坐镇中心,所有的工蚁则努力实现她的愿望,唯她是从。"

"你搞得我神经紧张。"耳朵说。

"我以为你会有兴趣。顺便一提的是,那主子一点都不喜欢我们。她巴不得把我们埋到十英尺的烂泥之下。"

"手臂闭嘴。"眼睛说。

侦探们在山丘坐下来等。耳朵撑开双耳聆听,直到耳朵在微风中颤抖。眼睛睁大眼睑,扫视周遭的山丘和洼地。手臂把手指贴在地面上,探索风吹草动。他们这样坐了很久。

"这里有人,我听见了打鼾声。"耳朵说。

"我看见小小的营火,老女人坐在摇椅上。"眼睛说。

"是老奶奶。"手臂小声说,"还有其他人吗?"

"矮树丛太多了。"眼睛的头左右晃动,让手臂想起眼镜蛇。

"我感觉得到有很多声音在说话,但是听不清楚说什么。"手臂将十指贴在地上,"得再靠近些。"

他们走下山丘。眼睛在最前面,还是一样摇头晃脑;接着是耳朵,他把耳朵竖得高高,像雷达一样;手臂走在最后面。有猫头鹰在咕咕叫,飞离树梢,银色的翅膀划过夜空。老鼠急匆匆地钻进洞里。蛾子在他们脚下盘旋,虱子在树丛里捕食。

这一切对他们三人来说，就像马兹卡的警报器一样明显，而对一般人来说那只是黑暗里的影子。他们在火光外停下脚步，看见四个人坐在那里说话。

"我们会逮到那几个臭小子，而且……喀！"母象的手在喉间比了个割喉的动作，"等我抓到垃圾工人，非杀了他不可。"

"那不是他的错。他大概以为是跟库达玩足球。"拳头说。

"你这个笨蛋，应该把你关在牢里一辈子。"

"监牢，好啊。"老奶奶说，"你们就属于那种地方。罪犯！罪人！你们下地狱吧！"

"噢，闭嘴！"母象很无力地说。

"到维诺那最后一班巴士什么时候发车？"刀子问。

"再过二十分钟，司机到这儿我要掐得他眼珠跳出来——嘿！那是什么？"

手臂想换个比较舒服的姿势，一只脚不慎踩在了沼泽居民的身上。那人咬他的脚，手臂尖叫。眼睛拿起涅瓦纳枪，朝那人开枪。

"有人闯入！拦住他们！"母象大吼。四周成堆的垃圾动了起来。耳朵和眼睛一边到处开枪，一边拉着手臂跑。

真是噩梦一场。手臂蹒跚地跟着前进，同时努力忘记身上的疼痛。他们往维诺那的方向跑，却被矮树绊倒，跌进洞里。他们踩到软软的东西，它发出"哦！"的叫声，还想要咬人。眼睛记起之前发生的事，趁刀子还来不及丢东西，便朝他先开枪。耳朵则给了拳头一拳，又朝母象开了好几枪。

"她是金刚不坏之身吗？"眼睛惊喘。

母象追来了，她一路咆哮怒吼，身上的黑衣和皮肤完全融入夜色。他们听见她重重的脚步声。终于，在中了十发子弹之后，母象呻吟倒地。

"她很快就会醒了。"耳朵喘着气。沼泽居民从洞穴中如泡沫般涌出，要抓他们。虽然速度没有侦探来得快，但愈来愈多，且不断地从洞中冒出来。

"好朋友，别怕！"手臂大叫。实际上他是在跟自己说别慌张。跟现在相比,之前的寂静恐怖,根本算不得什么。这一切令他脑中如大火燃烧。沼泽居民从一般人那儿所受到的羞辱,有如强酸腐蚀不断冒泡蔓延四处。脚踝的伤令他几乎无法承受,并不是因为痛楚的缘故,而是仇恨。

耳朵和眼睛拉他爬过最后一段路,来到维诺那的水泥人行道。他们抬起手臂,冲向不远的巴士站。"救命!救命!叫警察!"眼睛大喊,但每一栋房子都像月球坑洞般寂静无声。

"这里一定有电话,或是其他什么!"耳朵大叫。手臂的腿严重失血。他们把他放在草坪上,给他脚踝缠上绷带。

"我的枪不能用了。"眼睛小声说。

"我的也是,用他的吧。"耳朵拿走手臂的枪。手臂虚弱得说不出话来,只能无助地看他们两个拉凳子挡在前面当做屏障。垃圾桶从他们身边滚过去,撞上墙,发出巨响。沼泽居民聚集在维诺那边界。有几个人靠黑暗壮胆,纷纷越界,跨过水泥人行道。模糊的倒影映在街上,后面的人接踵而来挤成一堆,把站在前面的人挤过边界。

耳朵和眼睛背对背,挡在手臂前面,但只有耳朵有子弹。一块水泥砰的一声掉落在离他们不远的街上。

"我的天!他们在拆人行道!"眼睛大叫。沼泽居民把手伸到人行道下方,整个掀起。他们用手捏碎水泥块,一块块地往侦探丢去。怒吼的回音从沼泽区一阵阵传来。

"是母象。"耳朵说。

"再见了,伙伴。"眼睛紧抱耳朵的肩膀,"我现在要跟你说,以免之后没机会说。我原谅你在值班时没有洗碗盘。"

"那我也原谅你没倒垃圾——听!"耳朵看向天空,"是巴士!"

巴士轰隆隆地到站,在乘车缓冲垫停下。耳朵和眼睛拉开门,把手臂拉进去。

"别开枪!我没钱!"司机大嚷。

"我们是侦探!"眼睛大叫,使劲关上门,"想活命的话就快开车!"司机立刻发动车子,母象冲出沼泽,挥舞着拳头。

"我们不是小偷!看,这是警察发的识别证。"眼睛说,耳朵在一旁努力让手臂好过点。手臂意识清楚了些，因为沼泽居民和他的距离愈来愈远了。

"我在书里读过关于侦探的事。"司机颇有兴趣地研究识别证，"我不知道现在还有呢。嘿，这是我最后一班车，去帕洛雅瓦医院吗？"

"好，拜托你了！请问你今天有没有看到走失的孩子！"耳朵问。

"我跟其他司机换班，他没提到小孩，不过听说母象在追他，我还以为那是他的女朋友。"

"母象就是对你挥拳的女人。"

"不会吧！她长得真丑。"

巴士停在帕洛雅瓦医院，医护人员跑来照顾手臂。"又是你们！"其中一人大叫。耳朵和眼睛认出他，就是之前治疗他们两个的人。"不是我唠叨，你们晚上为什么不待在家里看立体投影电视①就好呢？"他把手臂移到担架上扣好带子，接着推进急诊室。耳朵和眼睛对开走的巴士挥挥手。

---

① 立体投影电视（holovision），指三维空间的大屏幕电视。

十六

到了晚上,奇波叫天泰起来吃饭。"你看起来很舒服,我就让你睡了。"她说,她走在小路上的步伐有些蹒跚,天泰跟在她后头。她看起来非常年轻,似乎太早怀孕了,不过天泰不善于判断女人的年龄。他们走进村子,那里已经有一些火堆。

丽塔穿着树皮纱龙①,咧着嘴笑个不停。"很棒吧,我们自由了!而且变干净了。"

"不过还是得工作。"米雅达说,她跪在沸腾冒泡的黍粒②锅旁的草垫上。

"她帮库达洗掉污垢的时候,你该听听库达嚷得多大声。"丽塔说。库达跟几个同年纪的小男孩坐在一起,怨恨地瞪着米雅达。

"现在他身边不会有秃鹰了。"米雅达边说边猛力搅拌黍粒。"啊!"她手里的木匙差点掉在地上,"你脖子上绑的是什么?"

"我在矿坑里找到的恩多罗。"天泰摸一下胸口。

奇波和几个女人围过来,眼神直盯着,这让他很不自在。

"它很古老。"一个女人说。

"是真的贝壳。我们的灵媒戴的是陶做的。"另一个人说。有人羞怯地伸出手,但还没碰到又缩回去了。

"他会留下来吗?"第一个说话的人问。

"我不知道。我会让他跟男孩们一起吃东西,不过最好还是让他跟男人们坐在一起。他会有自己专用的碗。"

天泰有种被羞辱的感觉。他之所以不能和其他人共碗是因为他有可能来自巫师家族。现在的人不相信那些了。可是瑞斯海凡这里的人

---

① 树皮纱龙(sarong),马来人、爪哇人等穿的一种宽松裙子。
② 黍粒(rapoko),绍纳语,指黍粒等杂粮。

耳朵、眼睛和手臂

不一样,加上他们一点也不知道他的来历,他也就原谅他们了。

他被带到达尔①,那是男人聚会的地方,四周都是粗篱笆。米雅达鞠躬后退下。天泰看着这些神情严肃的村人,他们坐在矮凳上,全都年纪比他大,有些老人在等他问候。天泰有些慌了手脚,三百年前的人会跟老人家说什么呢?他只记得长辈的规矩向来严格且死板。

沉默慢慢蔓延。入夜后天气凉爽,天泰却直冒汗。他摸了摸恩多罗,想象着米勒人站在他面前,米勒人提过好几次陌生人像他这样闯入村庄。天泰深吸气,身子向前倾,并以十分男性的方式拍手。手掌要摊平与地面垂直,有别于女人手掌呈杯状,与地面平行的方式。他轻轻拍手,让这些人知道他的存在。"爷爷,不好意思,我可以拍手吗?"

没有人反对,于是他又拍了几下,力道比之前强好几倍,之后,他恭敬地问候每个人。不过不知道对方的象征图腾②,所以做得不太完美。但他们似乎觉得还可以,也一一回礼,包括拍手问候。他们要他坐地上,因为那才是小男孩该坐的位置。

天泰屈膝坐着,几乎盘着腿,双手放在脚踝上,他记得这代表谦逊。但不记得究竟这是女婿靠近岳父,还是仆人面对主人,或是只要接近长辈就该如此。但没有人纠正他,也没有人笑他。天泰浑身冒汗。

他不知道该怎么办,只好盯着自己的脚踝,默默地等着。

"要欢迎访客,"表情严厉的老人说,"礼貌上我们该先了解他的家族。"

他们想知道他的图腾、父亲的木图波③以及母亲的奇达④。在哈拉雷,几乎找不到这种习俗了,有点像英国人和人握手,而握手最早是为了知道对方有没有带武器,所以相对来说,他们会尽可能地用图腾来建立关系。

他郑重地告诉他们:他的父系图腾是狮子,母系图腾是心。

---

① 达尔(dare),绍纳语,指男人聚会和用餐的场所。
② 图腾(totem),宗族的标志或象征。
③ 木图波(mutupo),绍纳语,父系的家族图腾。
④ 奇达(chidao),绍纳语,母系的家族图腾。

十六

"我们的父系图腾也是狮子。"那老人友善地说。

"而我第三个妻子的图腾也是心。"另一个男人说。

第三个妻子？天泰心想。

这些人开始自顾自地聊天，最后才告诉天泰他们的名字。老人是戈力卡易，其他人大部分都是他弟弟。关于图腾的事他们说的不多，怕被巫婆偷听盗用。慢慢地，话题一个接着一个下去。

很多话题都跟家畜有关。天泰真怀疑这些无聊的动物还有多少话题可以让他们聊个没完。然后他听下去才知道动物都有性格，有坏习惯、有渴望，也跟人一样有弱点。不过因为不了解牲畜性格，天泰开始打瞌睡。

水罐送来的时候，他才惊醒，她们把水罐放在男人面前。丽塔也来了，脸上挂着泪。她砰的一声把水罐放在天泰面前，好几个人皱眉看她。每个人都洗了手，女人回去准备晚餐。

做妻子的带着共用的碗来，跪着端给丈夫之后便退下。天泰发现米雅达和奇波一起把碗呈给戈力卡易。丽塔来了，她跪下来，几乎是把装玉米粥和配菜的小碗丢了过去，放到他脚边。

"谢谢。"天泰轻轻地说。他也发现男人不对妻子道谢。

"回家以后别想叫我这样做。"丽塔小声回。天泰还来不及说什么，丽塔就走了。

男人严肃地拍手："帕木梭罗①。"意思是对不起，这是餐前的敬语。

他们轮流吃碗里的食物，把碗一个传一个，除了天泰，他用自己的碗吃饭。大家都很安静，因为用餐是大事。天泰看到每个碗里都是玉米粥，只是配菜不太一样。大部分的配菜是番茄、洋葱和辣椒，跟丽塔端给他的差不多。但有一碗装了烤白蚁，另一碗装着小鱼干，还有一大盘炸野鼠。天泰庆幸自己不用跟大家共食。

他们似乎也不喜欢炸野鼠，盘子里剩了一大半。

吃完饭要洗手，几个小男孩过来收碗。过了一会儿，这些小男孩

---

① 帕木梭罗（pamusoro），绍纳语，即对不起，开始用餐前的礼貌语，对厨师及在场客人表示尊敬。

回来了，先跟长辈问好再坐在地上。老太太也会到达尔来听大家聊天。奇波跟小男孩挤在一起，戈力卡易叫人拿凳子给她坐。天泰看得出来她怀孕让他十分骄傲。

大家聚在一起，充满期待的低语此起彼落。几个男人在陶做的烟管里燃起炭块，吹出一大口烟。戈力卡易清清喉咙，说："是什么东西让小锅子养活一家人？"他问五岁的小孩。

"是煮饭的炉火，亲爱的爷爷。"他回答。

"是什么东西让伟人和婴儿一起倒下？"戈力卡易问跟天泰差不多大的男孩。

"睡眠，啊，石库陆①。"他回答说。

谜语绕着炉火跑，直到每个孩子都答过。这些谜语传承已久，大部分天泰都听过。轮到他的时候，戈力卡易问："我母亲的家没有门。我是谁？"

"是蛋。"他答得飞快。戈力卡易点点头，天泰知道自己通过考验了。

接着，这些长辈要孩子们背格言。在村落里，谚语具有特殊意义，但在哈拉雷却毫无意义，天泰也背不起来。

"走路不要碰后脑，否则家人会死掉。"一个男孩说。

"偷看饭锅里，长大打老婆。"

"蹲在路上，背会长脓。"天泰知道这格言的典故：不可随地大小便。

"吃东西唱歌，会得腮腺炎。"很爱唱歌的小孩回答，他的母亲则希望他能安静一点。

"躺着吃东西，肚脐长两个。"奇怪，真是太奇怪了，天泰心想。接着轮到他。

"黑猫眼前过，厄运跟着来。"天泰试着碰运气。

"从来没听过。"有人说。

"我没见过黑猫。你确定这是绍纳族的格言吗？"另一个问。戈力卡易转向下一个男孩。无论如何，天泰这次失败了。

---

① 石库陆（sekuru），绍纳语，指母亲的兄弟或父亲。

十六

为什么要在乎?明天就回家了。结果他发现自己想取悦他们。

戈力卡易用吟诵的方式说故事。虽然大家都很熟悉故事内容,但每个人还是坐好,就像库达等着听米勒人说那已经重复二十遍的彼得兔。

戈力卡易:从前有一个男人。

听众:继续。

戈力卡易:那人是国王。

听众:继续。

戈力卡易:他有一个女儿。

听众:继续。

戈力卡易:如阳光般灿烂夺目。

听众:继续。

他用这种方式说故事,一半用音乐,一半用诗歌。戈力卡易告诉他们这国王要女儿站到树上的平台,下面有大蜂巢。想要娶她的人得爬过蜂巢,于是所有人都被蜜蜂叮而掉到地上。这时候,观众的回应变成:"啊!啊!蜜蜂螫人!啊,我的妈啊!"

天泰觉得这种说故事的方式很好玩,每个人都很投入,并成为冒险的一部分,天泰自己也加入回应,一起拍手,一起摇摆。这是一种奇妙的归属感,这是他的族人,他是他们的一份子,感觉像被许多手臂拥抱在其中。

戈力卡易告诉他们,有一天来了一个皮肤病很严重的人,身上布满疮痂,看起来很恶心,其他人都耻笑他。但他爬上树,蜜蜂怎么螫也螫不透疮痂。

戈力卡易:他的皮肤硬如石头。

听众:啊!啊!石头!

戈力卡易:蜜蜂螫了他。

听众:继续。

戈力卡易:疮痂弄断了蜜蜂的螫针。

听众:继续。

戈力卡易:蜜蜂掉到地上。

听众:继续。

这丑人来到公主身边，带她到树下。国王把美丽的女儿嫁给她，其他人只好失望地回家。

戈力卡易说："而这里就是说故事的人沙若加诺死去的地方。"这句话是传统故事的结尾。米勒人有时也会这么说，但大部分他都用"从此以后过着幸福快乐的生活"做结尾。

每个人都满足地叹气。天泰心想这公主真倒霉，得嫁给全身都是疮疤的人。如果说故事的人换成是米勒人，他一定会先把这个人的皮肤治好。

一个灰发、蓄着胡子的老人说的是关于狒狒的寓言故事。这种动物不耐饿，于是他要求兔子把他的屁股缝起来，这样就不会有食物排出来。可是后来他发现缝线拆不掉，可怜的狒狒身体肿了，手掌也突了起来，所以缝线爆开的时候，大家哄堂大笑，但天泰有点尴尬。他当然听过这一类的故事，但不曾从尊严的老人口中听来。他很高兴丽塔不在现场。

戈力卡易打断他的思绪："若是远道而来的访客能为我说一些他自己的故事，那将是我们的荣幸。"

好像突然有一盏大型聚光灯亮了起来，打在天泰身上。大家不说话，纷纷转过来看他。他听见火苗窸窣的声音和远远传来洗盘子的碰撞声。他站起来，觉得双脚僵硬。他张开嘴巴，却发不出声音。

天泰把手放在恩多罗上。有什么故事比他亲身遭遇的绑架更精彩呢？他深吸气，想起米勒人在歌颂之前做的事。

"我从远方而来。"他开始说。

"继续。"听众里头有少数人说。

"我的父亲是首领。"没错，他的确是，天泰心想。他是防御统帅。

"继续。"听众说。

"我和弟妹出门旅行。"

"继续。"围坐在一起的人说。慢慢地，天泰把他们当奴隶、发现恩多罗以及祖先在井壁发出的光线等等，编织成一个夸张的故事，连他都觉得故事说得很棒。从听众的眼神中他知道他们完全被他吸引了。在他听米勒人说故事的夜里，不知不觉地学会了现在所需的技巧。天

十六

泰把故事稍作修改,跟现代相关的事物都略过不提。故事最后,他用神奇饭锅,代替载他们到瑞斯海凡的巴士。

"而这里就是说故事的人沙若加诺死去的地方。"他结束说。

"啊呀!多么棒的故事!"一个年轻人小声说。

"真不可思议!他有一个说故事的雪夫。"其他人同意说。

"这也是恩多罗会找上他的原因。"戈力卡易大声地说,所有人都点头。"很显然,祖先在矿坑里等待多年,直到他愿意占据的人出现为止。"

"他长大后可以当灵媒。"那年轻人又说。这主意让大家眼睛一亮,但天泰不自在。

"我不是批评我们的灵媒,"说狒狒故事的老人说,"可是他不擅长诗歌。"

"他老是跟不上节拍——虽然他找巫婆的功力很强。"年轻人边说边不安地四处张望。

"嗯,就这样决定了。"戈力卡易说,"这男孩不知道格言的时候,我还有点担心。但现在我们知道是祖先送他来这里的。他可以留下来。"

"是的!是的!"每个人都喊着。喧嚣声浪盖过了天泰的抗议,人们一个个相继离去,女人从暗处走来,催促孩子上床睡觉。年轻人协助老人站起来,有说有笑地离开达尔。

"等等!这是怎么回事?"天泰大叫。

戈力卡易转过身来说:"你可以留下来,是灵媒允许的!"

"但我不想留下来!我必须用声音全息纪录器打电话给我父母!"

戈力卡易拄着弯曲的拐杖,一步一拐地走向小路,直到和他的两个太太会合。米雅达走过来,带天泰到男孩住的茅草屋。

"你最好别再提声音全息纪录器。"她小声地说。

"我不得不,我不能留下来。"

"这事我无能为力。他们认为你是祖先派来的,戈力卡易禁止我开门。"

"要多久?"天泰感觉他脚下的地面仿佛消失不见了。

"可怜的傻瓜你不知道吗?"米雅达说,"一旦瑞斯海凡接受你,就再也不能回家。"

十七

　　位于马佐城的房子非常安静，甚至静得吓人。这是第一次孩子们好几个星期没回家。母亲没有哭，她只是倾听着寂静。

　　孩子们还活着。

　　她不知道他们在什么地方，只知道他们跟着叫做垃圾工人的人。这名字令她惊讶。怎么可能会有人叫做垃圾工人？不过，天泰、丽塔和库达都信任他，应该没问题吧。

　　阿玛迪斯找不到这个人。该从何找起？她的孩子落到一群连名字都不正常的人手中：拳头、刀子和老奶奶。这些人四处飘零，没有家庭、图腾或部落，虽然她知道刀子和老奶奶是葡萄牙人，但垃圾工人是绍纳族人、马塔贝列族①，还是班通加人②？没有人知道。母亲失望地握紧双手。

　　当然，阿玛迪斯找过巴士司机，但也没有人知道他的下落，因为他在躲母象。若是母亲能心想事成，那么她一定会搞一团火球，直接朝母象射过去！她比自己想象中还要恨母象。这个贪心的怪物偷走了她的孩子！

　　更糟的是，母亲也想不出办法把他们找回来。如果是在村落，还可以找脚印足迹，可以站在山丘上呼喊，但在这里什么也不行。

　　唯一比她更痛苦的人是阿玛迪斯。外表看起来也许和平常一样，符合强势的统帅形象——但是她知道其实不然，他忧心忡忡。

　　"是我的错。"每当他俩独处时，他一再重复这句话，"是我不让他们长大，是我教他们没用的东西，什么古代战争策略！他们连到店里买米都不会！"不管母亲怎么安慰，他仍然悲叹不已。

---

　　① 马塔贝列族（Matabele），居住在津巴布韦西部，班图语系，是津巴布韦境内第二大族；祖鲁族的分支；也叫做恩德比利人。

　　② 班通加人（Batonka），是绍纳族的文化近亲，也叫做通加族。

十七

原本米勒人可以帮忙,但只要提到歌颂,阿玛迪斯就立刻威胁要把他丢进动物园去喂鳄鱼。嗯,母亲带着同情的微笑想着,由此可知阿玛迪斯还是老样子。

米勒人也有麻烦,他把自己关在房间里。他皮肤凹陷,头发也变得灰灰的。母亲猜想他在喝酒,阿玛迪斯厌恶酒精,除了仪式上用的黍子啤酒之外,家里也不放酒。米勒人在禁令边缘游走,就像他做其他事一样。

母亲站起来深吸一口气,她不会崩溃的。她敲了米勒人的门。没人应门,她开门走进去。

这比她想象的还糟!窗户关得紧紧的,帘子也没拉起来。空气里满是酒味。"你好大的胆子!"她大喊,用力拉开窗帘,"你应该为自己感到可耻。"

"噢,我是,"米勒人在床上呜咽,"我是世界上最讨人厌、最卑劣的生物。我应该被丢去动物园喂鳄鱼。"

"至少你跟阿玛迪斯还有共识。"母亲怒斥。她打开窗户,让花园里的空气进来。

"现在马上下床。真是的!这种垃圾你怎么吞得下去?"她捡起酒瓶丢出窗外。酒瓶砰的一声,碎了一地。

她唤来机器人,要他们把米勒人泡到冷水池。

"弄好了再叫他绕房子跑十圈。如果他不跑就捏他。"

"我们不能捏人类。"男仆机器人说。

"嗯,那把机器犬放出来,告诉它米勒人是闯入者。我在起居室等。"

母亲边喝茶边听着机器犬的吠声。米勒人大声咆哮着跑过窗户,直到跑完十趟。机器人才把他拉进屋内,丢在母亲的脚边。

"来杯茶?"她问。

她帮他倒了好几杯,加了很多牛奶跟糖。这大概是他连日来唯一喝到的有营养的东西。

"现在,"她说,"是该停止自怜自艾的时候了。"

"但是——我想念他们。"米勒人呜咽着说。

"我也是。"母亲忍着不掉泪。

"你不懂,他们是我的生活重心。我们在草坪上野餐,在园子里种花草,我跟他们说故事。没有他们,我什么都不是!"米勒人脸埋在手里,放声大哭。

母亲又好气又好笑地说:"哭有什么用?孩子们还活着,我们要继续努力。现在,我们该去帮助那些能找到孩子的人。"

"那些侦探吗?"米勒人擤擤鼻子说。

"是的。他们其中一人受伤十分严重。报告说他失血不多,但内在的伤势刚好相反。他有特殊能力,你知道的,就是那里受了伤。"

"噢!"米勒人抬起那张涕泪纵横的脸,看着母亲,"你的意思是……他也许会喜欢一点点赞颂?"

"那正是他所需要的。"母亲说。

米勒人的转变相当惊人。原本羞愧的神情不见了,也不再弓着背,甚至连肌肤看起来也结实多了。他跳下椅子,在房间里来回踱步。"我再乐意不过了。首先我得先梳头洗脸,再换件干净的衣服。让我想想,穿那双咖啡色的新鞋子……不,不,那太正式了。还是米色的凉鞋好了。配上粉红色衬衫——粉红色可以振奋人心,嗯,准没错。噢,我的天啊。这是几个星期以来的第一个赞颂。我等不及了!"

他满心欢喜地迈步前进,跟阿玛迪斯阅兵一样狂喜。母亲也被他吓了一跳,她的茶杯还放在距离桌缘有二三公分的地方。

半小时之后,耳朵开门,看见一个举止慌张、有些茫然的人。他很高,东张西望,那头金色长发盖住他的脸。

"那位优秀的人在哪里?从死人沼泽归来的英雄在哪里?"他大叫。

"手臂,有人要见你。"耳朵说,他事先从母亲那里知道有人来访。

手臂躺在沙发上,盖着破被单,比之前还要瘦削。他睁开一只眼,研究眼前这个人。

"多么棒的公寓啊!"米勒人滔滔不绝地说,"我喜欢这种次序与混乱的美妙结合!那精致的窗帘是谁买的?我猜是你。"他顽皮地拍了一下眼睛的肩膀。

"这样才能有隐私。"眼睛决定和米勒人保持距离。

"你就是我们的英雄了。"米勒人一屁股坐到沙发的那头,手臂睁开眼,神情戒备。

"可怜的士兵!在人生的战场上受了伤。我希望他们颁赠人民勋章给你。"

"你要喝点什么吗?"耳朵说,把毛巾丢在水槽那堆脏盘子的最上头。

"不用在我面前隐瞒什么。"米勒人说,"真正的创意是在混乱中成长茁壮的,当它扎根之后,又会在混沌中生长。我不会拒绝甜美的雪莉酒。"

耳朵四下翻找,终于找到了口渴先生送的酒。那是用软木塞封瓶的好酒,不是酒保从洗衣槽里舀出来的东西。三个侦探都不喝酒,但手臂说应该鼓励口渴先生的善心,虽然事实根本与这无关。雪莉酒在米勒人口中翻滚,他说,自从酒窖完蛋之后,再没喝过这么好的酒。

死人沼泽的恐怖事件之后,手臂就无法下床,但是,现在不过是一些些赞颂,他便发现自己可以坐直了。耳朵和眼睛的身体也朝米勒人那边偏过去,就像花朵向着阳光一样。这是他们三人首度遇见的最棒的米勒人了,他的声音如雷贯耳。

米勒人说他们仁慈、勇敢又聪明。手臂觉得沼泽居民的憎恨带来的灼伤已经慢慢痊愈,如同扁虱随风吹逝。他是哈拉雷城中独一无二的,他跟耳朵、眼睛是不可分离的团队,只要三人在一起,便可知晓事物的中心。他们是城市里真正的灵媒,跟那些普通的灵媒都不一样,普通灵媒都是把讯息从上往下传,而他们是由下往上传达,让上面的世界可以听见人类的祈求。

噢,这听来真令人飘飘然。对手臂来说,这些似乎过头了,但却治好了他。

同一时间,手臂也读透了米勒人的思绪。他不是故意的,并且马上退回来,但一瞬间,他在这个灵魂脆弱之人的内心,瞥见了丰沛的仁慈。

在这神奇的治愈过程中,有件事让手臂烦心:只要米勒人在说话,他便什么也不放在心上。虽然他知道母象打算把孩子卖给假面人，也知道天泰、丽塔和库达身陷致命险境，但是他不在乎。这就是米勒人的影响力。手臂心想，也许这就是死人沼泽存在的原因吧。

歌颂结束，眼睛轻叹，耳朵的身体也晃了晃，仿佛从美梦中醒过来。手臂伸长他的手臂喃喃自语："马兹卡将军为什么不肯拿出赎金呢？"

"你想到这点真聪明，"米勒人把杯子加满，"将军有法制原则，在想到自己的需求之前，他必须先想到整个城市的利益。在他当上统帅之前，每天都有孩子被绑架，全为了赎金。在他击溃帮派之后，就再也没有发生过了。现在谁都不可以付赎金给歹徒，要他遵守自己立的规定实在很难，但从长远来看，这才是对的。"

"加上，马兹卡永远只做对的事。"手臂说，"真是非凡的人。"

"嗯，他的确是。现在我得走了。再见了，你们这些了不起、有胆量的人。我希望不久后，能再为你们歌颂。"米勒人轻快地离开，走向等着他的大礼车。

十八

"你当然没关系。"丽塔泪汪汪地说,"你是男生,你可以没事只顾着听故事。而我则必须擦地板、洗衣服、打扫院子,而且——而且——还得把婴儿床垫拿出去晒。这实在太可怕了!你为什么不跟他们借声音全息纪录器?大家都不听我说话。"

丽塔躲在树丛里的小空地,拿着一叠脏得可怕的垫子,天泰猜那应该就是婴儿床垫。

"他们也不听我的,我试了好几天。"他小声地说。依照规定,他不能跟丽塔在一起。跟他同年纪的男孩不跟女孩玩——或者应该说,他们不能一起玩为结婚做准备的过家家游戏。

"他们会听你的。我听见他们说:'噢,新来的男孩好聪明。噢,他是说故事高手。'他们认为你是继炸野鼠之后最棒的事了。你第一晚有没有看见那些可怜的小东西?"

"我们的祖先也吃这些东西,再说我们也不是素食主义。"天泰提醒她。

"我们的祖先吃它们,但是祖先的妻子得负责杀它们。你该听听它们吱吱的叫声。"

"别说了。"天泰说。

"说到妻子,你知道奇波多大吗?十四岁!而她怀孕八个月!"

"小声一点。"

"你耳朵张大一点,我就小声。米雅达是戈力卡易的第一任妻子,但她生不出孩子。灵媒说她可能是女巫。他说女巫会偷偷把自己的孩子吃掉。你听过这么愚蠢的事吗?"

天泰捂住她的嘴,因为她一生气就乱讲话。在通风不良的矮树丛里,婴儿床垫发出的恶臭更令人难以忍受。他想帮她整理床垫,但这里并不允许他这么做。针对这一点,部落的法律规定的非常清楚:男孩和女孩有不同的任务,而不幸地,讨厌的事都落在女孩头上。

"好吧,我小声一点。"丽塔低声说,"戈力卡易跟奇波结婚时,奇波只有十二岁,但她到现在才怀孕,你就知道他有多急。他没有小孩,这很丢脸。"

没错,古代的部落是有这种观念,米勒人说过。

"你不好奇库达和垃圾工人到哪儿去了吗?"丽塔问。

天泰觉得很愧疚。他只关心自己的事,以致忘记了他们。他以为库达跟米雅达在一起。

"他们在瑞斯海凡的另一端。"丽塔说,"奇波被规定不准看垃圾工人,怕影响到肚里的婴儿,可是垃圾工人无论到哪里,都要跟库达在一起。"

"垃圾工人不会伤害她的婴儿。"天泰说。

"当然不会,不过你想不到他们怎么呵护她的。她身上挂满护身符,还用油膏帮她按摩。只要她嘴巴张大,就会有食物塞进她嘴里。还好,奇波是好人,不然肯定会被宠坏。"

"那问题在哪里?"天泰听到其他男孩在呼叫他,他该去帮忙照顾牛只。

"万一她生产出事,你想他们会怪谁?"

天泰盯着她。阳光从树叶间射下的光与影落在丽塔脸上。他看不见她脸上的表情,但从声音里听得出她很忧心。

"这是村落。"她接着说,"没有抗生素。也没有医生。"

"几千年下来,女人不靠它们,不也存活下来了。"

"是有些女人,你这个笨蛋。啊,为什么我得跟你解释?奇波太年轻了!也许你爱上这样传统的生活,但是女人和婴儿通常会在这种村落死掉。"

现在,男孩们的声音越来越近了。天泰得赶紧走了,这样丽塔才不会有麻烦。

"你想想我整日忙着各种粗活,只有一项工作除外:食物。而你则必须用那些没人碰的碗吃饭。你懂了吗?"

"巫术。"天泰低声说。

十八

"没错,女巫会在食物中下巫术。所以你知道没有人真正信任我们,除非灵媒说我们家族中没有女巫的血统。而他不会这样做,除非奇波顺利生下婴儿。"

那些男孩们经过矮树丛,大声叫他,天泰任由他们往前走。"我会想个计划。"他小声说,虽然现在一点主意都没有。

"把我们弄出去。"丽塔又说。天泰快步走出矮树丛,追上其他男孩。

"原来你在这里。"荷查说,他跟天泰同年纪,长得很好看,但身体虚弱。他跟男孩茅草屋里的其他人一样,都是戈力卡易认养的孤儿。

"你也许不太清楚,但这里规定不能擅自离开工作。"叫班加的男孩说。他个子最高,肌肉也最强壮,应该是领袖。一伙人有说有笑地往牛群吃草的牧场走去。这些男孩都很佩服天泰说故事的本领,也对他可能成为灵媒感到敬畏。

晚上,他们聚在茅草屋里,要天泰说故事。"有一天,你会成为比我们现在的灵媒还要好的灵媒。"他们坐在草垫上,荷查对他说。这草垫闻起来有点阿摩尼亚的味道,让天泰一点想象空间也没有。

"别说了。"班加说,"他可能会听到。"

"他又不是女巫。猫头鹰不会捎信息给他。"不过荷查也不再提灵媒的事。

"说到女巫,"另一个男孩说了可怕的故事,有个女人缠附在另一个人的皮肤上。

过没多久,大男孩得把小男孩叫醒,带他们去外面尿尿。荷查学猫头鹰的叫声,吓得小男孩惊声尖叫。米雅达大吼,要他们安静。

往牧场走的时候,天泰想着茅草屋里发生的种种。他从没有跟他同年纪的朋友一起相处的经验,他完全融入其中,但丽塔过得不好,该怎么办?

"她跟老奶奶一样。"他对自己说,"无论在哪里都抱怨个没完。"只是想到她坐在闷热的矮木丛里,四周是婴儿床垫,好心情就全没了。

"你知道声音全息纪录器在哪里吗?"他问荷查。

"什么东西?"

"你知道的。就是一个屏幕,里头有立体影像。说出电话号码之后,接线员会帮你拨通。"天泰像是对牛弹琴,"那好吧,警察总知道吧?怎么打电话给他们?"

"什么是警察?"荷查又问。

"他们维持治安和秩序,会把坏蛋抓起来。"

"如果发生什么事的话,就会开村民会议。"荷查说,"老人们会互相讨论,如果没办法解决,就找灵媒来,他可以直接跟祖先沟通。"

太好了,天泰心想。打电话给祖先,由自家电话公司提供的服务。"也许这里没有。"他继续说,"但你总知道围墙外面会有那些东西吧?"

"什么墙?"荷查说。

"他是指世界的尽头。"班加解释说,"外头是马渥伊神掌管的国度。"

"你知道马渥伊神的国度是什么样子吗?"天泰说,他对整个讨论失去耐心。

男孩们彼此互看对方,仿佛从未想过这问题。

"谁在乎?"班加说,"我们需要人手时,马渥伊神就会派人过来。有时如愿有时不然。米雅达做得很好,除了她不能生小孩。"

"那是因为她是女巫。"其中一个男孩议论说。

"这太荒谬了。"荷查说。

"我们对她的家族完全不了解。"

他们继续争论着米雅达究竟是不是女巫,或者只是她运气不好。天泰这下明白他不该冀望男孩能帮忙自己。他们不仅对外面的世界一无所知,甚至一点也不好奇。

牛只抬起头,看着男孩往牧场走来。一群年纪较小的男孩扔掉藤条鞭,向他们挥手。他们的领袖发起了牢骚:"早该来了。"接着便离去了,换成大男孩坐在石头上牧牛。

十九

牛只四处啃草,还有少许的羊乱哄哄地在它们周围推挤。有两只年轻的公山羊用角互撞,但大多数时候,动物都很规矩。天泰觉得很无聊。他拿到一只藤条鞭,把动物驱离充满诱惑的菜园。可实际上,动物不会到菜园里去。

牧场到处是狐尾草、稻草束和葡匐草,以及其他许多天泰不认识的草。在村落边界的上方则是浓密的棕榈草。那里树木繁茂,牛只不喜欢过去,但天泰知道棕榈草可以用来修屋顶。

男孩们坐在石头上,嘴里嚼着狐尾草的嫩茎,和动物一样安静。非洲铁木虫①飞来飞去,他们挥手赶走小虫。渐渐日正当中,树荫的范围愈来愈小。

如果月复一月,一直坐在这里,会怎么样呢?天泰想着,牛只千篇一律的咀嚼声、河水流过触着芦苇的窸窣声,加上年复一年地赶走上千只的非洲铁木虫。怪不得能对牛的性格做出那么多分析。

一只牛在河的中央大声吼叫。"那是克莱比利。"班加说,"她老是要吃另一边的草,而且会陷到泥堆里。"天泰很高兴换个话题。他跟着班加走进水中。"待在石头上。这一带的河床泥会黏脚。"

天泰走到克莱比利后面,推她的屁股,班加则在前头拉她的角。克莱比利不满地叫着,最后终于从泥沼中脱困。她懒洋洋地上岸,身上的泥水洒得到处都是。每个人都哈哈大笑。

他们两个回到石头堆,嚼着青草梗,听水流声,时不时地赶一赶非洲铁木虫。天泰很同情克莱比利,但至少她有勇于尝试能力范围以外的事物。

---

① 非洲铁木虫(mopani flies),一种无螫针的蜂,喜欢从人的眼、鼻和口吸取水分,非常讨人厌。

耳朵、眼睛和手臂

太阳爬上天空的正中，接着往西。

"我们来玩游戏。"荷查提议说。天泰眼睛一亮。男孩们走到石头的中空平台，它成了小小的比赛场地。每个男孩各拿出一颗大花生，用木炭写上名字。两个男孩一组，把花生放在平台上，让它像陀螺一样转动，目标是把对方的花生敲到这个中空平台之外。对于这项比赛，天泰并不拿手，他的花生一次又一次地被击出去，让其他人好高兴。过没多久，这游戏就跟坐在石头上一样令人厌烦。但除了天泰以外，其他人并不这么觉得。

最后，他不耐烦到想叫出声，有个女孩送来了午餐。他们吃着烤玉蜀黍和炖南瓜，喝着甜甜的、稍微带点酒精的马翰①，那是昨夜用玉米粥加水发酵而成的饮料。天泰跟往常一样，自己单独一个碗，以及一支装满马翰的葫芦。

食物一下子就一扫而空，但大家还是很饿。为了安抚不满足的胃，他们袭击蚁窝里的白蚁，把草梗插进洞里，工蚁抓住草梗不放，下场便是被抽出来吃掉。

班加拿出皮弹弓，大家都跑到溪里收集小圆石，并轮流用弹弓射东西，天泰对这个就很拿手了。

水面有些植物，织布鸟②在芦苇的顶端筑巢，鸟巢在微风中摇曳。亮黄色的鸟忙进忙出地喂食幼鸟。班加突然击中一只将要回到鸟巢的织布鸟。它掉落溪中。

班加取回战利品时，所有人都欢欣鼓舞。他骄傲地展示沾了鲜血的黄羽毛，天泰想的则是幼鸟在等再也不会出现的食物。我是个傻瓜，他心想。这是传统村落，这些人不会到餐厅吃饭，他们必须靠猎食维生，但他还是忍不住难过。

男孩们又杀死几只红嘴奎利亚雀③，那没关系，因为它们成群聚在芦苇里，是农业害鸟。班加生起火，用烤肉架烤这些小生物。

---

① 马翰（maheu），绍纳语，一种微含酒精的甜饮料，使用碎粥、谷类以及水，隔夜发酵而成。
② 织布鸟（weaverbird），一种会筑出精巧篮形鸟巢的小黄鸟。
③ 红嘴奎利亚雀（quelea bird），一种破坏力极强的谷物害鸟。

十九

"甘巴家族来了。"荷查说,这时他们连骨头都啃干净了。

"他们明天才可以在牧场放牧。"班加说,但他似乎不觉得讶异。在牧场顶端的边际,出现一群陌生的男孩和牛只。男孩吆喝止步,但牛只不听使唤地继续走过来。

"不阻止他们吗?"天泰问。

"还不到时候。"班加眼睛闪过一丝兴奋。戈力卡易家族的人这时也醒悟过来。

"这样牛只不会弄混吗?"

"怎么会呢?当你的兄弟跟别的孩子一起玩,你不会把他跟别人搞错吧。"班加不可思议地看着天泰,仿佛天泰疯了。

但对天泰来说,它们看起来都一样,除了身上沾满泥巴的克莱比利。

甘巴家族的人在小山丘上不知道在做什么。等他们转过来,天泰才知道那是两团跟蚁冢一样大的泥球。事情越来越不对劲。

"你是我们的壮汉。"班加边说边把天泰推到最前面。

"他只是访客。"荷查抗议说。

"祖父说他会成为我们的一分子,他要证明他的实力。"班加对甘巴家族的人发出极为污秽的辱骂。甘巴家族的人也不甘示弱地回嘴。对方的阵营里有个表情凶恶的大男孩用肩挤出人群,走到最前面,脸上有道很恐怖的伤疤,他比了一个天泰不懂的手势。

"噢喔,"戈力卡易家族的人说,"你不会让他得逞吧?"

天泰不知该怎么做,更不清楚是怎么回事。"他的脸怎么会那样?"他小声问荷查。

"他还小的时候,不小心跌落炉火。"荷查回答说。天泰吓坏了。在城市,这伤疤是可以复原的。

"他叫什么名字?"

"你为什么要问这些问题?他是甘巴家族的代表。你只需要知道这个。不过,我们都叫他格斗小子。"

太好了,天泰心想。当这男孩在土堆前,阔步走来走去时,天泰的心沉了下去。两队的男孩相互叫嚣着,突然间,格斗小子转了一圈,用脚把一座小土堆踢得粉碎。

"噢哦!"戈力卡易家族的孩子大叫。

"痛扁他!现在就痛扁他!"班加呐喊。

"我不明白。"天泰说。

"你这白痴!他在羞辱你的母亲!这两个土堆是你母亲的乳房。他刚踢破其中一个!"

天泰终于了解,这是个仪式性的战斗,一个帮派对上另一个,他,对抗格斗小子。他厌恶打架,除非有真正的目的。这种捏造乳房再加以污辱的事情,简直毫无意义。如果母亲真的受到污辱,他一定会用性命保护她,然而在他面前的,只是无聊的游戏。

班加、荷查和其他男孩喊到声音沙哑,就是为了激励他加入战局。至于格斗小子根本不需要人鼓舞。他看起来就像要跟土狼扭打一样。

"这不公平。"天泰喃喃自语。

"什么公不公平?你是我们的代表,你这懦夫!快去痛扁他!"班加大声嚷。

最后,天泰很不情愿地动了动。他跑向山丘,利用他跟格斗小子中间的斜坡,开始兜着圈跑。男孩四散,格斗小子挥舞着手臂,像是蝎子的钳子。天泰让他靠过来,等到他猛冲过来,天泰闪到一边,然后把他摔到斜坡上。

群众为之疯狂。格斗小子发出怒吼,再度冲向山坡,天泰也再度把他摔下山坡。每次大块头男孩往他冲来,天泰就利用冲力,让他摔得失去平衡。最后,他让这个大块头一路滚下山坡,撞上一颗石头。格斗小子的头上流出鲜血。他又气又痛得哀嚎起来。

似乎就是这样中断了打斗。甘巴家族的人扶起他们的代表,蹒跚地走下山丘。他们集合牛群驱离这里。戈力卡易家族的人围着天泰跳来跳去。

"我还以为你害怕。"班加说,"这手腕很高明,老弟。你把他打得落花流水。"

"你是我们有史以来最棒的代表!"其他人大叫说。

天泰跟其他人一起哈哈大笑,但在内心却觉得自己不厚道。这场打斗不公平，但理由却不是戈力卡易家族的人能明白的。过去几年跟着武术老师的苦练总算看出成效了，虽然他不喜欢柔道，但他对柔道的了解可是比格斗小子还要多。

而当那个丑陋、脸上有伤疤的男孩躺在山脚时，有一瞬间，天泰跟他一样躺在那里。他清楚明白克服恐惧是什么样的感觉。当鲜血从格斗小子脸上流下来时，天泰同时也感受到一股麻木迟钝的恐惧。但是当他被狂喜的戈力卡易家族的人围绕时，那恐惧立即消失了。

武术老师说那样的性格让他变成了二流武士，可是当他被大伙以胜利姿势地抬起来，环绕牧场四周，天泰想，他的表现还不差吧。当班加叫他"老弟"时，感觉真不错。

白天就要结束，他们把牛羊赶到周围都是有刺的灌木丛围成的栅栏①。天泰知道这次的打斗是个秘密，因为长辈反对打斗，但他们本身则例外。这是令人困惑的村落规定之一。

如果天泰逃避打斗，那么，从最小的小孩到戈力卡易，每个人都会为他感到羞耻。老人照理应该不知道这事，但从他在达尔对天泰微笑中可以看出，他已经得知刚才的胜仗。

那一夜，天泰非常开心，因为他在达尔有了一席之地，每个人都来跟他说话。这次不再猜谜语，而是绕着壮汉的话题，轻松地开玩笑。只是丽塔送晚餐来时，天泰变得不太自在。

她看起来非常疲累！脸也消瘦了许多，仿佛吃不饱似的。在她的胸口上半部有小灼伤。到底发生什么事？丽塔疲乏地拖着步伐离开达尔。

如果想要离开瑞斯海凡，天泰势必要和戈力卡易摊牌。丽塔被折磨得很惨，而他甚至连库达的下落都不清楚。他深吸一口气，要鼓足勇气——

这时候有个他没见过的老女人歪歪斜斜地走进男人聚会的地方。她在戈力卡易耳边说了几句，达尔的气氛为之一变。男孩们被带离会

---

① 栅栏（kraal），非洲南部原住民霍屯督语，指关牛羊的牲畜栏，通常是用有刺的灌木丛围成的。

场，长辈们则留下来商量。

天泰和他们分开，跑去找丽塔，她在用沙土灰刷锅子。

"要我帮忙吗？"他小声说。

她站开，他接着做。远方传来大叫声。"好像发生了什么事。"他说。

"可怜的奇波，她要生了。"丽塔说。

天泰默默做事。他不喜欢讨论生孩子这种话题。

"现在太早了。她应该先被送回位于村落另一端的父母家。女人生第一个小孩时都是这样。但是现在等不及了。米雅达派人四处找寻接生婆。"

"不止一个？"

"戈力卡易坚持要找三个。"夜色中又传来一声喊叫。

天泰打了个哆嗦。"你还好吗？你胸前有灼伤。"

"噢，那个。"丽塔恍惚地说，"我违反了规定，吃了一个要给你当午餐的玉蜀黍。"

"我不介意。"

"甚至连母象也不在乎我吃了什么，她总是给我们足够的食物。"丽塔无声地落泪，看来十分无助，"米雅达说我偷东西。我没有偷，我饿了，我不知道我得开口要才能吃。"

"我会帮你留食物。"天泰向她承诺。为什么他之前没有想到呢？

"她们在煤炭里烤花生，然后把我架住，把花生烙到我胸前。"

天泰简直说不出话，他抓住丽塔的手紧紧握住。

"它会结疤，医生也许可以治好。如果我们有机会再去看医生的话。"

"当然会！"天泰说，"啊，丽塔，我真难过。我会补偿你的。"他们坐在一起，在黑暗中双手紧握。

月亮升起，越过瑞斯海凡的围墙，把平静的马沙沙树染上一层银色，村落中心的溪流里，也映照出明亮的光辉。

二十

"跟马兹卡共进晚餐?我们要飞上世界顶端了。"眼睛说,他对着洗碗槽上的镜子,欣赏身上崭新的达西基①。

"快点,"耳朵抱怨,"你站在那里十五分钟了。"

这次,脏盘子终于洗干净而且收了起来。镜子也擦得光亮,只可惜裂痕无法补救。当眼睛看着镜子时,左右脸高低不同。

手臂摊在安乐椅上,故意摆动脚上那双刚擦亮的皮鞋,让表面映出的光彩闪闪动人。"马兹卡夫人坚持要我们穿这些达西基,说是送给将军的礼物。'他从不收下礼物。'她说,'别人会以为他们在贿赂。他总是把东西转送给别人。'嘿!"

"你相信有人会送将军六英尺半长的达西基?"耳朵说,看着手臂从椅子坐直起来。

"还有人送他耳罩呢。"

耳朵站在眼睛后面对着镜子笑,拍拍这副新耳罩。将军的达西基完全符合他们的身材。"我真好奇她怎么知道我们没有适合的服装。"

"她一定是刚好猜中了。"手臂看看屋子里塌陷的家具和剥落的油漆。

门铃响起。手臂从窥孔往外看,马兹卡将军的司机不安地左右张望。不久之后,他们驶离乳牛胃区,一路驱车前往哩高·玛卡温饭店。侦探们识相地坐在后座,以免司机不舒服。

当他们抵达时,一层又一层的灯光把饭店装点得五光十色。人人渴望的东西都在这里,从底层富丽堂皇的门厅,到最高处的顶级星光餐厅。这是只有在梦里才来的地方。这时飘来一小朵云遮住了星光餐厅。

---

① 达西基(dashiki),约鲁巴语,一种模仿西非部族的男人服装,色彩鲜艳而宽松。

耳朵、眼睛和手臂

"你们先参观一下，我得去大学接将军和夫人。"司机告诉他们。因此三人走进豪华大门的时候，尽可能让自己不像观光客。

门厅建在一座湖面上，如果客人想要，可以抓鲷鱼或虎鱼当晚餐。大片的玻璃墙将刻意保持自然状态的走道区隔开，走道则是在水面铺设的玻璃地板。太阳正要西下，日行性动物和夜行性动物换了位置。

水雉小心翼翼地踩过莲花叶；翠鸟在芦苇间冲来冲去；红嘴奎利亚雀成队飞行，它们转了一圈，潜入水中再迅速飞掠而起，最后降在哞哞叫的牛背上。在玻璃地板下有鳄鱼用细长、狡猾的眼神盯着他们三人。

眼睛紧抓手臂："我不行了。以前它们常出现在我母亲洗衣服的河边。"

"我也一样。"手臂说，三人速速离开。鳄鱼缓缓浮起来，眼睛露出水面。它在底下如影随形地跟着他们，好一会儿才潜入水中。

"它得等下一个观光客。"耳朵耸耸肩说。

他们之后来到一个围起来的小岛，河马在啃食牧草，几只长颈鹿的剪影映在观景窗上。"美极了。"手臂欣赏着景色，喃喃自语。

这时太阳西下，他们要去星光餐厅。手臂按了柜台响铃。服务生跑过来，但一看到是这几个长相奇怪的客人时，眨了眨眼。"星光餐厅？"他问，"有预约吗？啊！跟将军一起。让我护送你们坐上电梯。"他领着他们走过几道门，按了个钮，然后鞠躬请他们走进去。

"等一下。这是玻璃做的。"眼睛说。

"这是当然的。"服务生回答，"如果不搭著名的玻璃电梯，怎么能说来过星光餐厅呢？它上升的速度跟火箭一样。"

"我——我惧高。"

"请放心，因为恐惧才有乐趣，你该听听那些女士的尖叫声。不过别担心，过了前面四分之一后，地面会变成一片模糊。"

"对我来说可不是。"眼睛说。

"有没有别的通道？"手臂问。

"货梯吗？"服务生语气冷淡，"不过严禁人类使用。也许你想在地下室用餐，那边有三明治贩售机。"

"盖住脸,眼睛。"手臂温和地说,"如果不看的话,应该没关系。"

"到时候就知道了。"眼睛呻吟着,跟着大家进电梯。他竖起衣领,把头埋在里面,当电梯快速上升时,他一路尖叫。虽然叫声不大,却持续很久,对手臂而言,那简直像炸弹。他忘记会变成眼睛恐惧的受害者。

哩高·玛卡温饭店的电梯咻的一声经过了百货公司、学校、诊所、超级市场和健身中心。它也经过教堂、沉思厅、清真寺、米勒人开的诊所,以及一层专给为大地之神摩多罗神传递讯息的灵媒专用场地。每隔五十层则设一般灵媒办公室。哩高·玛卡温饭店就像是哈拉雷的一座垂直城。

耳朵、眼睛和手臂经过健康中心、蔬菜超市、专科学校、美容沙龙和图书馆,但只有耳朵惊叹看到的画面。眼睛缩成一团;手臂则努力不让眼睛的恐惧侵袭自己。手臂听说过这里的设施曾经发生过一次故障,食物无法送达第一百层楼,因此一度发生食物短缺。

这感觉很像被关在气泡里,从海底快速往上冲。还不到四分之一英里,眼睛就昏过去了,手臂则努力摆脱眼睛对他的影响,他觉得自己没办法再多忍受一分钟。

电梯一直往上,远远超过哈拉雷的其他高楼大厦。电梯遁入薄云,又从云端冒出来。手臂看到一堆云海,因着夕阳余晖闪耀光芒。

门终于打开,耳朵和手臂把眼睛拖出电梯,让他躺在地毯上。配送点心的服务生带着不屑的表情,在他们附近走来走去。

他们喂眼睛喝伯爵茶,好不容易让他醒过来。马兹卡将军和夫人也到了,侍者聚在门口欢迎他们。手臂希望能找个远离窗户的座位。

"我没意见,不过大好的景色可就浪费了。"将军说,"太敏感也有坏处,可不是?"

"同时也是一种天赋。"夫人说,手搁在将军臂上。

他们包下整间餐厅,保镖在入口处设了警戒线,金属探测器检查从厨房出来的侍者。

食物美味极了。先是辣酪梨汤和明虾冻,接着是烤珍珠鸡、香料奶油小胡萝卜以及远从印度运来的红芒果加罗米。点心是芒果冰淇淋果冻，上面还洒着夏威夷果。

　　手臂不知道将军为什么请他们吃饭，将军谈的都是不相干的主题，但手臂感觉得到他在调查他们。他问了和他们工作、生活相关的问题，对每个细节都有兴趣。

　　就在他们用餐结束的时候，一群人出现在门口，坚持要进入餐厅。"对不起，星光餐厅今晚已被包下。"总管说。

　　"完全无法接受！"气恼的声音使得手臂的神经为之颤动，"我们一直都是在这里用餐。我应该跟总统申诉。"

　　将军站起来。"让他们进来。"他大声说，"我不知道令人敬重的冈瓦纳大使要来星光餐厅吃晚餐。请接受我的道歉。"

　　魁梧的男人大步走进房间，他的肩膀和拳击选手一样宽厚。"阿玛迪斯！"他大叫，"真高兴见到你！"

　　手臂感到一股非常强烈的敌意，差点昏过去。

　　"亲爱的大使！我们正好要离开，不然会很高兴你能加入。请尽情享用这个地方吧。"将军手臂一挥，向他展示餐厅。

　　他付了账，加了一笔可观的小费，并在离去前向外交大使鞠躬。冈瓦纳人把桌子并在一起，吆喝侍者送白兰地过来。手臂注意到他们走过保镖身边，都避开金属探测器的检查。

　　走向电梯时，手臂回头看，有团黑影笼罩星光餐厅。这很怪，这些人明明既平凡又野蛮，握有太多的金钱和权势，手臂之前也遇过类似性格的人。只是，他们身上有种别有居心的企图。这是他从未见过的。

　　他们下了两层楼，就到了轿车区。手臂原以为回乳牛胃区，但出乎意外，车子驶向马佐城。"现在睡觉太早了。"将军低声说，"就我所知，你们也没这么早睡。"

　　手臂点点头。将军当然知道潜入死人沼泽的事，也许他们没有报告的细节也知道。他看着外面的汉普登山脉，那是英国人集居区。英国人喜欢的圣诞节快到了，房子外头有彩灯，有一间门口还摆了一个有长胡子的木雕像，坐在八头羚羊拉的马车上。

　　他们先经过铁面具山脉，接着走下低处的马佐水库。最后来到马兹卡将军家门前,探照灯从四面八方向他们射过来。

"先等我解除武器系统再下车。"将军说。手臂有点紧张,看着机关枪退入墙壁。

机器犬在将军脚边讨好他,但它看到这几名侦探,便随即竖起颈毛。"是朋友。"将军说,他拍了拍三个侦探,机器犬这才退下,不过还是发出低吼,再回狗窝。

他们进屋,马兹卡夫人差遣机器人送来鲜果汁,它们送上缝纫篮向她展示织品,她挥手要它们退下。机器人把将军的帽子挂好。声音全息纪录器兴奋地跳来跳去,直到被命令回墙角。到处都是机器。

他能适应这一切吗?手臂把他的长手臂搁在沙发上。这沙发没有刺人的弹簧突出来,里头的填充物也没有老鼠味。他应该可以,手臂想着——人到哪里去了?

马兹卡夫人问起耳朵和眼睛在万基的童年往事,那两人开心地吃着饼干。

"走吧。我们有事讨论。"将军对手臂说。他把玻璃杯放在桌上,机器人急忙放上托盘,以免杯子碰到桌子的木质。他们穿过走廊走向图书馆,将军坐在大桌的一端,指着另一端的安乐椅,要手臂坐下。他们彼此打量了好一会儿,将军清了清喉咙。

"我知道孩子们在哪里。"他说。

二十一

"他们在瑞斯海凡。"

手臂盯着将军,他多少听过一些关于那地方的传说。

"我找到司机了。"将军起身,沿着图书馆的四周墙壁走动。令人意外的是,他不像学者,但书架却塞满了书,从地板到天花板,有个滑梯用来拿最上层的书。"他在穆科托探望双亲,他非常合作,完全不知道他做了什么事。"将军爬上梯子,抽出一本又厚又旧、封面是用皮做的书。他爬下来的时候,梯子吱嘎作响。

"我不懂。你为什么不把孩子带回来?"手臂说。

"瑞斯海凡不属于哈拉雷。"将军说,他打开这本书,放在桌上,吹掉书页上的灰,"严格说起来,它甚至不是这世界的一部分。看这里。"

手臂侧过身看将军指的照片。那是一张画像。画中人又高又瘦,穿着及膝的工作裙,臀上配着短剑,鞘上缠绕着金丝装饰,裸露的胸前挂了白色的小碟,上面有螺旋图。

那人的眼神仿佛从书页间透出来。他在狮子园看过它们这种神情。那些动物体型庞大,看来温和,但一瞬间他发现其中一只盯着他,好像在说:"如果你和我在丛林小径相遇,我绝不会让你活下去!"

"他是谁?"手臂问。

"这是艺术家对摩洛曼塔巴的假想图,没有人知道他真正的模样,只有一些生平资料。二百年前,有一群保守主义者决定重回摩洛曼塔巴年代。"

"瑞斯海凡。"手臂说。

"由亿万富翁资助,还有颇具影响力的政客支持。这很有吸引力——回到过去,正好跟保留非洲精神的渴望相呼应。"马兹卡将军翻开书,手臂看到茅屋、田野和当地人的绘画。

"非洲很多地方都有欧洲文化的痕迹,因此我们的文化看起来似乎被外来的力量摧毁，因此才有瑞斯海凡的出现。"还有更多图片：女人搬运水瓮、用大臼磨麦。画中美女神情愉快地工作着，只有少数旧照片拍到老太太因长年做粗活，整个人骨瘦如柴，背也驼了。

"建立者不希望瑞斯海凡变成观光地。"将军继续说，"他们把它变成独立国，被世界其他国家承认。瑞斯海凡是独立的，就像冈瓦纳、莫桑比克一样，主权受国际法保护。"

"如果有人厌倦现代科技生活，可以申请瑞斯海凡的公民证，不过只有极少数人能得到批准。必须通过考验，通过之后，便永远变成摩洛曼塔巴国的一分子。"

"我们得赶紧把孩子们弄出来！"手臂大叫。

将军又坐下，看着那本旧书说："我不能入侵瑞斯海凡，就像我不能侵略冈瓦纳，那是战争行为。而且你必须了解到这地方对非洲而言是有情感的。它就像耶路撒冷、麦加、阿约迪亚①的印度城。每个文化中都有不容侵犯之处，而这就是非洲圣地。只要有瑞斯海凡，非洲便和平无事。如果入侵瑞斯海凡，非洲其他国家会群起和津巴布韦对峙。"

"话虽如此，但是——孩子们又不是自愿去的。"

"我不知道，每天早上我都会去瑞斯海凡，要求他们把孩子还给我。我不断恳求，但他们回绝我。"将军闭上眼，表情既平静又疏远，就像博物馆里的石雕。

时间一分一秒地过去，还是一片寂静。手臂听到耳朵在客厅说笑话，马兹卡夫人礼貌地笑了。手臂把手放在将军肩上。

他看进将军的内心，这次不像前几回他接触口渴先生或米勒人时那样退缩，他看见将军心底藏着冰冷严峻的童年，也感受到多年来支持他打击帮派的强烈恨意。从将军眼中，他看见没有谁能一手掌握的哈拉雷是那么辽阔，无限曼延。

这感觉像是走进一栋有很多房间的阴暗屋子，他不想一一探究房间里藏了什么。手臂同情这个男人，他握有大权，却在这件对自己如此重要的事上无能为力。

---

① 阿约迪亚（Ayodhya），印度北部古城。

耳朵、眼睛和手臂

手臂谨慎地走出将军阴暗的心思,转个弯,来到阳光普照的花园,孩子们在宽广的草坪上玩耍。丽塔搔着库达,他们在草地上又叫又笑,滚来滚去。天泰坐在旁边,他长大了,不适合玩这种幼稚的游戏,但也还没大到不想玩。他往上瞄了一眼,直盯着手臂,天泰看起来比同龄的孩子来得早熟。手臂看见将军的形象一直在男孩心底。

这是真的!手臂马上放开将军,他难为情地面红耳赤:侵犯隐私是不可原谅的行为!

将军依然闭着眼坐着,不过表情放松许多,微笑有些无力。好一阵子,他才张开眼睛说:"谢谢你。有时我忘了这世上还有神。"

手臂要离开时,他又说:"我还没告诉美人关于瑞斯海凡的事,她不会懂。请你保密。"

"美人?"

"我太太。"

手臂离开了。

"好棒的晚宴!"眼睛大叫,"真是美妙到难以置信的晚宴!真希望我是有钱人!"他打开办公室层层的门锁,对着屋里扮鬼脸。

"接下来三天都不用吃东西了。"耳朵说,"我要躺在床上,把星光餐厅的美食再回味一次。你也该试试,手臂你最有想象力了,对吧?"

手臂躺在沙发上,盯着天花板上的圆木,耳朵和眼睛不理他,两个人为了小小的淋浴间而吵翻天。

"你为什么不清理一下?"眼睛大吼,"弄得到处都是绿黏黏的!"

"反正只有你看得见。"耳朵一点也不以为意。他抖开睡袋,在地上弄出轧轧声。

"听着。"手臂说。他讲起将军在书房里的谈话,包括看穿将军心思的神秘时刻。

"我听过瑞斯海凡,甚至还想去那里,但你也知道,那地方就跟神话一样。"眼睛说。

"我看过它的围墙。"耳朵说。

他们躺在床上盯着天花板。耳朵和眼睛用睡袋,至于手臂,因为

二十一

体谅他是病人,所以让他霸占沙发。蟑螂爬过天花板,在靠近中央的地方掉下来。

"可怜的小东西,不知道他有没有妻子和其他家人。"眼睛说。

"肯定多得很。"耳朵说。

他们躺着想事情,虽然有厚厚的窗帘,但仍挡不住乳牛胃区射进的光,对街的粉红色霓虹灯招牌一直闪着"啤酒!啤酒!啤酒!"的字样。

"米勒人说马兹卡将军永远只做对的事。"耳朵说,"如果是我的孩子,我又掌控着军队,我一定会拆了那座墙。瑞斯海凡的武器顶多是长矛而已。"

"瑞斯海凡——"手臂缓慢地说,"是一块梦土,是大家都想保有的净土。无论巴士或火箭都不能穿越它的上空。当然也不许有城市喧嚣淹没大自然的声音。"手臂站起来,影子映在窗帘上,看起来像蜘蛛一样。"要是将军闯入瑞斯海凡,那地方就毁了。"

"看来这条路行不通,我倒是好奇将军为什么要跟我们说这些?"耳朵打哈欠。不只嘴巴张得大大的,就连耳朵也随着向外扩,一张一合的。

"我也想知道。"手臂走向洗碗槽。不舒服的感觉告诉他,蟑螂的其他家人正在寻找以前洗碗槽里堆积如山的碗盘。他洗了杯子,从小冰箱里拿冰水出来喝。它喝起来有高丽菜的味道,因为眼睛在冰箱里放了一颗烂掉的高丽菜。"我想,将军是要我们闯进瑞斯海凡。"

"噢,他人真好!到时我们会被绑在摩洛曼塔巴里的蚁丘上!够神话吧。"眼睛说。

"不管是谁去闯,都会造成无法弥补的伤害。但看看我们几个。"

"我们很好啊。"眼睛说。

"老实说,大部分人的反应会怎样?"

耳朵和眼睛坐起来,没回答。

"如果村民在暗路遇到我们,他会怎么想?"

"他会以为我们是怪物。女巫的妖精。"眼睛不情愿地说。

"是啊,我们就是那样。"

"你真扫兴。"眼睛叹口气,躺回笨重的睡袋。

二十二

天泰睡不着。事情变化得太快,他得在灵媒审判之前,想办法离开瑞斯海凡。很久之前,丽塔便被叫进女孩的茅屋。他跟其他男孩一同挤在一块草地上,久久无法成眠。

各种可能的结果他都想过了。如果奇波的婴儿死了,他们会被当做巫师撵出去,那可以解决一部分问题,但他不希望结局会是这样。若是婴儿活下来,他们会被当成部落的一分子,可能永远回不了家。

他听到含糊的谈话和敲鼓声,也许灵媒现在跟戈力卡易坐在一块。天泰对灵媒很好奇,大家似乎都怕他。他不像父亲到哩高·玛卡温饭店拜访的那些灵媒,那些人穿西装,清醒的时候会讲笑话,还会从库达的耳朵后面变出铜板,天泰想着这些往事想到睡着了。

一声尖声哀嚎惊醒了他,天泰坐起身找武器。接着又是一声哭喊,划破了沉睡的村落,说话声此起彼落,茅屋附近响起一阵阵脚步。

"什么?发生什么事?"天泰大叫,男孩们挤在门口,黎明的曙光照在他们脸上。

"奇波的婴儿,是个男孩。"荷查说。

"两声。一声是指女孩,两声是表示男孩。"

"因为男孩比较重要。"班加补上一句。天泰跟着其他人到大营火旁,戈力卡易坐在天泰没见过的男人身边。那人的脸严峻无情,眼睛布满的血丝,瘦得像爪子的手里抓了一根蛇形的拐杖,胸前佩戴着很多护符,其中一个是恩多罗。

从天泰站的地方就看得出来,那个恩多罗是廉价仿制品。那人的眼睛不停地在人群中搜寻,一看到天泰就定住了,他的眼光落在真正的恩多罗上,带着恨意。

他一定是灵媒。

人们悄声说话,因为天冷,露珠凝在发上,每个人都忍不住摩擦双臂取暖。火焰发出啪啪声,迸出火花投向夜空。灵媒移开视线,天泰也松了口气,他没发现自己原来这么紧张。

他在人群中寻找丽塔,但她不在这里,他希望她能找机会多睡一会儿。村民耐心地等待,黎明的曙光透出云层,在瑞斯海凡上空灿烂闪耀。慢慢地,天泰发觉事情不太对劲,多年等待之后,首领如果有了继承人,照说大家应该开心得不得了,然而他们并没有。

他们小声议论着,没有人提到婴儿,就他的观察,天泰只能说他们既焦躁又不安。是婴儿有问题吗?还是奇波死了?

老女人从茅屋走出来,人群让开,她走向戈力卡易和灵媒,解开怀里的毛毯。

婴儿一接触到冷空气时便大哭。人群中传来阵阵的惊奇声。

"脐带还没掉落就把他抱出来?到底在想什么!"有个女人低声说。

"嘘!"另一人说,"灵媒必须下决定。"

"他很强壮。"戈力卡易向大家说,婴儿在厉声哭喊,拳打脚踢。这老人想抱他,但这不合习俗,只有母亲跟接生婆可以碰他。

灵媒检查婴儿,他不喜欢小孩,至少他不喜欢这一个。他皱着眉检查皱成一团的小东西。时间一分一秒地过去。

"他是我们的一员。"灵媒终于开口了,人群齐声叹了口气。

"我有儿子了!"戈力卡易大叫,盖过婴儿的哭号声,"带他去茅屋。"老女人露出无牙的笑容,蹒跚地挤过村民,大家也都对她微笑,之前那股不安的情绪也终于消失了。

突然传来陶器破掉的声音。有人尖叫。大家都不出声。天泰在火花窸窣声中,听到一个婴儿——另一个婴儿——的哭声。有个女孩从同一间茅屋出来,怀里也抱了一堆毛毯。她果敢地走向戈力卡易,这时他看起来像是天塌了似的,嘴巴大张。女孩把第二个婴儿抱给他。

是丽塔!

"不!"戈力卡易挥手要她离开。

"这是你的女儿。"丽塔说。

"我不承认,她是被诅咒的双胞胎。"

"她健康得很。"丽塔说,声音尖锐,"接生婆想杀她。"

"这是虚弱、违反自然的婴儿。她终究会死。"

"听她的哭声!她一点都不虚弱!噢,我不会让你们杀掉这么小的婴儿!"丽塔大哭,呜咽在空地回荡。

"双胞胎是罪恶的。"灵媒用气音说,"这违反马渥伊神的指令。"

"没有婴儿是有罪的。"丽塔哽咽说。

"其中一个必定得死,而且要被埋到出生茅屋的地下。"

"所以要牺牲的是女婴。"丽塔大叫,"让我们把女婴扔掉吧!她不好!她一文不值!你们是一群邪恶、腐坏、无知的猪!"她尖叫。米雅达挤过人群,把婴儿从丽塔手中抢过来。灵媒举起拐杖,朝丽塔敲下去,但天泰及时抢走拐杖。灵媒相当震惊,完全没有抵抗。天泰把拐杖丢到火里,烧成灰烬。

村民大惊,倒吸一口气,他们扑向这两个孩子,把他们拉开压在地上。有人给戈力卡昜一根棒子。啊,麦威,他要杀掉我们,天泰心想。戈力卡昜站了好久,往下看着他们。天泰牙齿嘎嘎作响,等待临头敲下的第一棒。但老人的脸突然因为痛苦而扭曲,他丢掉棒子,跟跄地回座位。他的脸满是皱纹,好像一下子老了十岁。

"把这两个小坏蛋带到惩罚室去。"灵媒吆喝说。他们把天泰和丽塔抬走——仿佛这村落都在同心协力地对抗他们两个。在进屋里之前,天泰只看到米雅达把女婴抱在胸前。

"谢谢你跟我站同一边。"丽塔说,好不容易从震撼中回过神。她抖得很厉害,天泰抱住她。她呜咽着,天泰轻轻地摇着她。他知道这不是传统习俗里兄妹相处的方式,不过他对村落的种种事物已经受够了。

丽塔哭累了,躺在地上,吸着右手的拳头,她小时候就喜欢这么做。

"到底是怎么回事?"天泰温和地说。

"我不该在那里。"丽塔叹了一口气,蜷伏在墙边,整个身体贴住墙的曲线,"但我就是想看,我没见过刚出生的婴儿。我偷偷靠近门边,然后看到了,我看到他出生了,全身湿湿的,像一条鱼。之后她也出生了。"

接生婆开始争论,奇波则哭了起来。米雅达倚墙坐着,一句话也没说。然后她跑去告诉戈力卡易。

"因此他知道了。"天泰说。

"他们全都知道,只是假装不知道,他们不喜欢杀害婴儿。"

"谁喜欢?"

"他们认为双胞胎是巫术造成的。双胞胎里有一个善良的婴儿,还有一个必定是邪恶婴儿。接生婆决定把男婴抱去给戈力卡易,然后把女婴留下,交给另一名接生婆处理。你懂吗?"

天泰明白。

"他们说不能让婴儿出声。如果她哭了,大家就会知道,这样就不能假装难产。"

"但是大家都晓得。"天泰说。

"当然。"丽塔又打了个哆嗦。天泰四处张望,想要找东西包住她,但手边没有东西。她太累了,眼睛也垂下来,但她硬是睁开眼睛。天泰猜她整晚都没睡。"就这像家里吃的汉堡。"她说,"我们都知道是死了一头牛才有食物,只是不愿意这样想。我们假装那原本就出自于餐具室。同样的,村民假装这个婴儿一出生就夭折。"她打哈欠,说话变得含糊。

"你怎么救出她的?"天泰催问她。

"大家都走了,只剩虚弱的奇波和另一个老女人。她抓了土灰要塞进婴儿嘴里。"

"麦维!"

"我用陶罐敲她的头,把婴儿抢过来,然后捏她一把,让她哭便没事了。这下子他们再也不能假装她夭折。"说到这里丽塔眼睛睁不开了,手垂到地上,呼吸也变得深沉而规律。

天泰坐在黑暗里看着妹妹。他以前总觉得她蠢,而且老喜欢挑衅惹口角,把他气得要命。现在看到她将这种特质转化为勇气,父亲一定会以她为荣。

过了一天,没有人给他们任何食物。天泰找到一壶放了很久的水,

耳朵、眼睛和手臂

他只喝一点点，剩下的都留给丽塔。她一直睡，连翻身都没有。黄昏的时候门开了，米雅达走进来。在坐下之前，她先看了看丽塔。

"我们需要谈谈。"她小声说，"我不知道为什么要自找麻烦。你们根本不值得浪费力气。"

天泰没有道歉，他不觉得自己有错。

"让你们进来是我的错，我不知道你们会做出这种事。"

天泰坚定地看着她，就像父亲把人吓出一身汗一样的眼神。

"你不知道丽塔犯了多严重的错误。"

"在城市里，杀死婴儿才是错误。"天泰说。

"在城市里，不时也有婴儿因为贫穷和犯罪而死去。你们真笨！你们来这里不过两个星期，就想要断定我们的价值观。瑞斯海凡是活生生的文化。你不能只挑喜欢的部分，而把其他的丢掉，它是一体两面的。"

天泰背对她，一点也不想对她客气。米雅达强迫他转过来。"听我说，你这傻瓜！我知道外面的世界是什么样子，我是在那里出生的。"

"那又怎么样。"天泰冷冷地说。

"我本来跟帮派混在一起，但是你父亲把它毁掉了。"

"你认识我父亲？"

"当然。他把帮派一个个瓦解掉，让老百姓晚上能安心，我们觉得那很可笑。我们突袭老人的房子，再用牟利的钱买毒品，然后骑机器人摩托车①逃走。直到一天晚上，你父亲的手下设了埋伏，我被射中，从车上滚下来，最后躺在监牢里的医院。你猜是谁来看我？"

天泰摇摇头。他努力想象米雅达坐在摩托车上的画面，但无法想象。

"马兹卡将军。"

"我父亲？"

"他吓到我了，我是说他很有声望，但出乎意外的是，他人很好。"

天泰再次努力想象，不过他对父亲的工作知道的不多。

---

① 机器人摩托车（robocycle），自动化的声控摩托车；可做些简易的差事。

"当时我才十四岁,也没有父母,他说话的口气却像是我的父母。他说我可以去上学或者学做生意,一定要改过向善。如果我不这么做,他会把我从哩高·玛卡温饭店上往下丢。他是开玩笑吧。无论如何,瑞斯海凡是他告诉我的。"

天泰抓住她。所以米雅达认识父亲!那她为什么不跟父亲联络?丽塔叹口气翻身,她的眼皮在跳,不过没醒来。没多远的地方有鼓声响起。

"几乎没有人能够进入瑞斯海凡,但是我成功了,也得到了许可,因为我知道这地方存在的意义何在。这里的一切跟城市截然不同。"

天泰点点头,回想起在达尔听说故事,以及闻到木烟味那种很棒的感觉。他还记得打赢格斗小子那种胜利的滋味。

"你不可能牵一发而不动其身。"米雅达说。

"甚至包括杀婴儿?"

"是的。"

天泰想起依偎在米雅达胸前的女婴,不禁颤抖。

"再过几个小时,灵媒会举行寻找巫师的仪式。"她说,"你们真的有麻烦了。"

"我不懂。"天泰说,"如果他认定我们有罪,我们会被逐出瑞斯海凡。"

"你错了!在丽塔救沙卡之前——"

"谁?"

米雅达有点难为情。"那个婴儿。我,呃,曾经有个朋友叫那个名字。总之,在丽塔插手管闲事之前,灵媒本来打算把你送回家。他不喜欢你,也不喜欢那个。"米雅达指着恩多罗,但她没有碰它,"现在他想要复仇。他会把你留下来,要你受苦。"

"他们——他们不杀巫师,对吧?"天泰说,他想起一些恐怖故事。

"传统的非洲人不杀巫师,除非巫师先杀人,但到时候,你会宁愿自己死了。你只能吃那些连山羊也不愿吃的食物,还要做龌龊的粗活。最糟的是大家会恨你,只要你活着一天,你就必须忍受憎恨的眼神。这是悲惨的命运。"

耳朵、眼睛和手臂

基本上，这比活埋或是埋到蚁丘里好。

"我会帮你们。"米雅达轻声说，她给他两个小袋子，"今晚灵媒会要人喝下搜寻巫师的木提忧①，那是他用在特别的花园里种的难闻草叶熬成的，恶心得要命，只要一喝下马上就会吐出来，你们也该如此。"

"太好了。"天泰说。

"我猜——我不确定——你们的木提忧可能不会那么难喝。"

阵阵鼓声传来。天泰闻到炉火和番茄蒜头酱汁的味道。他的胃在响，几乎跟鼓声一样。

"如果你们不吐，大家会以为你是巫师，这么一来，灵媒会非常开心。"

"那我们该怎么做？"

"嚼这个。"米雅达指着小袋子说，"藏在衣服里，吃下木提忧再吃它。别让人看见。"

"那是什么？"

"鸡粪。"

天泰差点把袋子掉到地上。

"你想离开瑞斯海凡，就照我说的做。我发誓不再接触外面的世界，但我对你父亲有亏欠。你们回到家，记得告诉他，遇上他是我这一生最棒的事。"米雅达迅速离开，并锁上门。

丽塔又昏睡了一小时。天泰把耳朵贴近黏土墙，想知道外面的动静。戈力卡易他们正忙着为男婴举行仪式。他们介绍祖先和宗族，给他佩戴护身符，让他成年后有生殖能力。

女婴沙卡没有介绍给祖先，因为没这必要。没有人给她食物或水，她活不了多久。

天泰倚着门，坐在意识半清醒的丽塔旁边。他没有告诉她沙卡的事。

---

① 木提忧（muteyo），绍纳语，一种用格木树草叶的树皮做成的毒药，作为部落审判人是否有罪的试罪方式。

二十三

等丽塔完全清醒，天泰告诉她米雅达来过。丽塔做了个鬼脸，把鸡粪藏进衣服。"你说米雅达认识父亲？那为什么她不打电话通知他？"

"她发誓不再跟外界联络。"

"真够愚蠢，整个村落都一样。如果米雅达想当奴隶，我没意见。但我可不想把手伸出去，然后请人帮我上手铐。"丽塔找到那壶水，便喝了起来。

"慢慢喝，不要一下子喝光光。"天泰说。

"男孩子也都很笨。"丽塔不听他的。

她让天泰想起老奶奶日子过得不如意的时候。不过他提醒自己，丽塔这阵子也够受的了。他应该更有耐心一些，但能持续多久呢？他想。今晚是他们的命运之夜，也许到头来，他们会永远困在这里。

鼓声不断。父亲的灵媒将被附身之前，也要击鼓。每当遇到困难抉择，全家人会搭上高级礼车，前往哩高·玛卡温。在第一百四十层楼，灵媒的秘书端茶招待他们。几分钟之后，有人出来跟父亲讨论问题，并定好价码。鼓声响起，那人便走到角落，进行准备工作。

灵媒被附身之后，眼神呆滞，有时会从椅子摔下来，秘书扶他坐回原位，帮他拍掉身上的灰尘。马兹卡宗族的玛祖穆① 会附在他身上，祖先会给父亲建议。然后玛祖穆回到他的世界，灵媒则恢复他原本的样子。天泰注意过时间，每次大约都是五十分钟，不多也不少。

如果是真正的重大问题，包括国家大事，父亲会去找另一个狮灵媒，他会和大地之神——摩多罗神② 接触。全国只有两个人能担任这样的角色，不过天泰还没看过任何一位。狮灵媒高高在上，俯视一般

---

① 玛祖穆（mudzimu），绍纳语，复数 vadzimu，泛指家族或宗族祖灵。
② 摩多罗神（mhondoro），绍纳语，指狮神或大地之神。

的灵媒，就像音乐会上的音乐家瞧不起打击木琴的人一样。

"我觉得恶心。这水不干净。"丽塔抱怨说。

"现在不能吐。"天泰跟她说，"你得要，你知道的，晚点再吐。"

"啊，走开！"丽塔大叫。她趴倒在墙边，背对着天泰。

天色慢慢变暗，茅屋里没有窗户，光线只能从茅草间隙和墙壁上方透进来。现在已是一片漆黑。天泰听到偷偷摸摸的窸窣声，这里不只他们两个，他觉得有东西从身上爬过去。那迅速爬过的，应该是蟑螂。那会让身体发痒的，应该是蚂蚁。那花长时间爬过他手臂的，应该是蜈蚣。

"滚！把它们从我身上弄开！"丽塔尖声大叫，啪的一声打中某个东西。

"不要打，你这样只会激怒它们。"

"救我！"丽塔痛哭，天泰在黑暗中摸索，来到她身旁，帮她轻拍皮肤。那东西似乎跟糖蚁一样没什么害处，不过有件事让他更担心：她皮肤太烫了。

丽塔生病了。他没想到她之所以心情烦躁可能有其他原因。现在该怎么做？他绝望地想着。现代人几乎都不生病，但瑞斯海凡跟外面的世界不一样。

这里会有什么病菌？他心想。在容许杀婴和审判巫师的地方，任何事都有可能。他再摸摸丽塔的皮肤，她全身滚烫。他将剩下的水倒在手心，用水轻拍她的脸。

"住手！"她大叫。

"我在帮你退烧。"他朝她皮肤表面吹气，这是他唯一能想到的——但丽塔推开他，还撞翻水壶，剩下的水全洒了出来。原本是一片好心，这时天泰却打了她一巴掌。

"疯子。"他爬到茅屋另一端，喃喃自语。丽塔没有回应，这更令人担心：她以前从不会让别人占上风。过了一会儿，他爬回丽塔身边，想跟她和好。

当村民来的时候，他俩坐在一起。一堆人冲进来，把他们拖到外面的炉火旁边。天泰闻到有人用大锅子煮爆米花的味道，胃跟着翻腾起来。

"狮子想要吃晚餐。"有人听到天泰的胃咕噜作响,不过没有人给他们食物。

他们被推向森林小路,男人们走在前面,紧接着的是火炬;矮树丛从四面八方逼近。猫头鹰咕咕飞过,大家连忙蹲下。"它在找巫师主人。"有人低声说,其他人不安地笑着。一路上,他们溯溪而上。天泰看到那面墙在不远处高耸直立着,雄伟而阴暗,与星星相映。

他们经过多刺灌木丛,最后来到空地,火在中央烧着,村民围坐成一圈。在火的后方有个山洞,山洞接连着峭壁的一侧。灵媒坐在洞口,他瘦削如骨,看起来更像祖先灵界的使者了。他缠了一条树皮腰带,颈子戴着陶制的恩多罗。洞口有许多陶罐,里头大概装了木提忧。催眠般的鼓声,持续敲打着。

戈力卡易坐在人群另一端的凳子上,看起来跟一般老人没什么两样。此刻首领的威信全在灵媒一人身上,米雅达坐在戈力卡易后面,奇波则躺在戈力卡易脚边。

"她刚生产完还很虚弱。他们真是残忍。"丽塔说。几个男人把丽塔和天泰推进空地里。天泰看到垃圾工人让库达坐在肩上,有点焦虑。不过他们应该不会被审判。

现在鼓声越加狂乱,人们在拍手。有人在演奏姆勃拉琴①,他用拇指拨奏乐器的扁平金属键,声音则在膝盖间的葫芦壳产生回响。女人摇动着那些从溪里捡回的小圆石,发出一连串短促的撞碰声。一个男人吹奏着牧笛。那音乐狂野,具有感染力。天泰的身体开始不由自主地跟着摆动,丽塔的身体颤抖。聚集的村民也被音乐感染,像是风吹过麦田,摇摆的麦穗。

"嗨!"灵媒大叫,"嗨!嗨!嗨!"他跳起来,接着开始跳舞。他的手臂来回扭动,双脚啪啪地用力踩地,扬起阵阵尘土。"嗨!嗨!嗨!"他像是被牵着线的木偶,沿着空地,往前猛冲,口中喷出奇怪的液体。

---

① 姆勃拉琴(mbira),绍纳语,一种用可发声的木板或葫芦壳,加上扁平的金属键组成的手工键琴,用拇指拨奏。

头在瘦削的脖子上摆动，眼珠子上翻，只露出眼白。音乐的节奏越来越快。

"哎哟哟！"灵媒倒卧在地，全身抖动，仿佛被巨狮咬住了。几个男人从两侧跑出来，压制住他的身体。灵媒用力甩头，露出牙齿。凭着这四个男人的力量都很难制伏他。"啊！啊！啊！"他突然全身发软无力。

这些人把他抬回原本的座位，将他立起来。女人跪在他面前，呈上黍子酒。灵媒动也不动，脸部表情相当痛苦，脖子上的肌肉像拉紧的绳子。灵媒的身体慢慢地前倾，嘴唇沾到酒。他开始像狗一样舔酒喝。

突然间，灵媒有了惊人的变化。他毫不借助外力地拖起身体，原先的几个男人赶紧闪避。他的脸映照出熊熊火光，但他的背却藏在黑暗中。

"我的子孙，"他用极为低沉的声音说。如果天泰不是亲耳听见，他绝不相信那声音是从灵媒的嘴巴发出的，听起来像是从地下传上来的。"我是玛祖穆。有一个不净的神灵侵入了这个宗族，一定要把它找出来。"灵媒在空地上踱步，眼光扫射所有村民。凡是被灵媒注视到的人，都连忙退缩。

"这个人要服用木提忧。"他突然大叫，指着一个老妇人，天泰认出她是其中一位接生婆。她发出呜咽声，双膝着地。"这一个……还有这一个。"灵媒沉声说。他指着米雅达和奇波。他略过库达和垃圾工人。天泰松一口气。之后他兜了一圈。"这一个。"他说，手指着丽塔。他盯着天泰好一会儿，注视着真正的恩多罗。

天泰强迫自己也直视这人的脸。他不会丢下丽塔不管。不是这一次。

灵媒的眼光从恩多罗移向天泰。天泰原本以为会看到憎恨的眼神，但是他很讶异地发现：他不是灵媒！外貌没变，但潜伏在身体里的灵魂完全不同。他用遥远的眼神看着天泰，充满了超出理解的深沉智慧。那眼神看起来既不是认同，也不是非难，但对他了如指掌。

"这一个。"灵媒说。

他走回仪式座椅,指示发送木提忧。他们把陶罐分给老接生婆、米雅达和奇波。一个女人从洞口墙上一个特殊的架子上拿出另外两罐。天泰怀恨地想。早就要陷害我们了。

"退回来。"灵媒命令她说。就在那女人转身的一瞬间,他把她手中的罐子打碎。人们害怕地悲叹起来。天泰于是明白,灵媒本人也许对他怀有敌意,但是现在,他体内的玛祖穆不容许那样的行为。"拿那些。"玛祖穆命令。女人全身颤抖地从洞口那堆木提忧之中拿了两罐,给了扮鬼脸的丽塔一罐。

拜托别做傻事,天泰默祷。丽塔乖乖地把木提忧喝下肚。她马上弯下身,把东西吐在脚上。几个人带着失望的表情走开。丽塔真走运,天泰想。她生病了,根本用不着鸡粪。

接下来换他。天泰喝下木提忧。甜甜的,不太难喝。那味道让他想起天冷的早晨,母亲给他们喝的如意波斯茶①。接着他伸手去拿藏在腰带里的鸡粪袋。要如何在众目睽睽之下拿出来呢?木提忧到了他的胃,天泰一下子变成了狂暴的狼。喉咙感到极大的痛楚。他趴在地上,四肢着地,像一只吃了腐坏肉的狗似的干呕,想把毒物吐出来。

天泰很不舒服,根本没时间觉得丢脸。胃的两侧好像被压在一起,才终于吐出来。恶心一直持续着,直到虚弱得不支倒地。"喝点水吧。"有人说。拿了葫芦水瓢到他嘴边,另一个女人弯下腰,帮丽塔擦脸。

天泰的头隐隐作痛。那人给他更多的水,拍拍他的肩膀。"你没事了。"所有的村民都笑了。天泰和丽塔证明了他们不是巫师。大家又重新接受了他们。

"噢噢。"丽塔哀叫,摸着胃前后摇晃。天泰看到老接生婆扭动身体吐了一地。她的脸上出现不安的阴影。奇波也是,她边喘边咳,一旁的妇人搂着她安慰着。米雅达呢?

米雅达站在戈力卡易后面,仿佛是一棵有生命的树。她的脸冒汗发亮,看起来很有神,但她没吐。求求你。天泰摸着身上佩戴的恩多

---

① 如意波斯茶(rooibos),非洲荷兰语,从灌木提炼出来的一种芳香无咖啡因成分的茶。

耳朵、眼睛和手臂

罗，向里头不知名祖先祷告。拜托让她吐吧。但是米雅达太强壮了。她的身体不愿屈服。

时间一分一秒地过去。人们纷纷跟这守门人拉开距离，连击鼓者也停下节奏性的敲击。老接生婆被扶起来，带到暗处。天泰希望她能康复。奇波虚弱地躺在火边。她的脸肿胀，有人帮她按摩双脚。而米雅达仍旧站在原地，全身冒汗。戈力卡易双手紧握看着她。

他惊奇地发觉，他是爱她的。那是不能为他生儿育女的老婆，是从外面进来这个世界的。根据这个部落的规定，戈力卡易可以休掉她，但是他没有。

"不招供则死。"在灵媒体内的玛祖穆说。

"拜托你。"戈力卡易说，他捏紧拳头，连拳骨头都突出来了。米雅达抱住肚子，她的嘴角绝望地扭曲。此时天泰领悟到，她正承受着无比的痛苦。不过她还是无法把木提忧吐出来。

"招供！"人群里有几个声音叫嚷着，"招供吧，巫婆！"每个人开始对她大吼。这些年来，村民跟她生活在一起，吃她煮的食物，让她担任他们跟外界之间的守门者。现在大家都遗忘这些事实。连奇波都缩回身子。只有戈力卡易怜悯地看着她。

"安静！"他对村民大声说。喧嚣终于停了。"我的大老婆。"他跟米雅达说，"你来自马渥伊神的国度。我们接纳了你。我们依旧如此。"他环顾四周，看是否有人敢发异议。"巫术进入了你的体内，不过它可以被驱逐。我会竭尽我所能来帮助你。你知道这是做得到的！"他用凶猛的眼神考验着村民。灵媒在暗处窥看。

"不过你要招供。否则你将会死。"拜托，这是我唯一可以帮你的方式，那首领的眼神似乎要接着这么说。

米雅达痛苦地扭动身子。那痛苦让她双膝着地。突然间，她甩头尖叫。"是的！是的！我是巫婆！"丽塔害怕地拉住天泰的手臂，"入夜后我会骑土狼！奇多玛①和妖精都是我利用尸体变出来的！我让奇波

---

① 奇多玛（chidoma），绍纳语，复数为 zvidoma，巫婆利用死婴的躯体变成的妖怪；类似于还魂尸等鬼怪。

二十三

怀双胞胎！呃！呃！"米雅达爬向树丛，村民们急切地尾随她。

天泰仿佛发烧般全身发抖。丽塔紧抓他的手，几乎让他的血液无法循环。米雅达的声音，伴随跟在她后面的村民的激动声，穿越矮树丛，渐行渐远。

"现在是什么情况？"天泰问大家说。

"现在她将除去木提忧。"刚刚端水给他喝的那人说，"这仪式真好。很高兴这个村子又恢复原本的干净了。"

"你说'除去木提忧'是什么意思？"天泰问。

"那东西无法从这一端吐出来，便会从另一端排出来。"那人平静地说。

"真恐怖！"丽塔大叫。

"他们去找婴儿骨头。"那人用手比，指向离席的村民，"证明她吃掉自己的婴儿。"

"或者把它们变成妖怪。否则的话，它们还是会在这里纠缠不清。"

"没错。有可能。"

天泰留意到那人看起来已经不像刚才那样自在。

灵媒叹了一口气，坐在地上。他在地上躺成大字形，抽搐一二次之后，就躺平不动了。他的助理赶紧用水浇在他的身体上面。

"玛祖穆已经离开他的身体了。"那人解释说。每个人看着助理帮灵媒的身体降温。戈力卡易坐在首领的位子，他的脸如石头般僵硬。

过了一会灵媒坐直起来，他指着小孩大声说："这些人！他们不属于这里。逐出去！"

终于，天泰心想，那人恢复了原本尖锐多疑的声音。爱嫉妒的脾气也回来了。天泰、丽塔和库达被押往一条往上走的小路。垃圾工人自动跟了上来。

"你不用离开，强杜。"其中一名押路人说。

"噢，你又不是不认识他。"另一人说，"他今天在这里，明天人又不见了。"

他们一直往上爬，直到门口。火炬把镜面般的门面照得闪闪发亮，上面的锁和门闩清晰可见。这几个押送他们的人不确定接下来该怎做。"以前是米雅达负责把它打开的。"其中一人不安地说。

"肮脏的巫婆!"另一人吐唾沫说。

他们站在这些锁前面,努力让自己看起来很果断,后来还是天泰自愿要帮忙。他们把他举高,让他可以勾到最上面的门闩。他试着拉开门锁,但是门太重了,天泰没有力气移开。

"帮我。"他跟这几名押送他们的人说。但是他们都不敢碰门。丽塔身体又不舒服。垃圾工人对他说些含糊不清的话。

"他说他在等妈妈。"库达翻译说。

"告诉他妈妈在忙。"天泰急切地说。他用尽力气要拉开门把。但门一动也不动。库达跪下来,将手指伸进细小的门缝。最后他脸朝下绊倒了,双脚在空中乱踢。垃圾工人大笑,用手拍着他的膝盖。

"他以为在玩游戏。"天泰无力地说。垃圾工人突然抓住门把,将大门拉开一条缝。

"好哇!"库达大叫。垃圾工人咧着嘴笑,把库达抱起来,大步往前迈进。那几名带路人赶紧遮住眼睛,以免看见那令人畏惧的马渥伊神国度的景象。天泰抓住丽塔的手,那滚烫的温度让他整个心都翻了过来,他慢慢地带着她走向自由。

"要不要把门关起来?"她问。

"那是他们的事。"说真的,天泰才不担心会不会有一群摩托车呼啸地冲进去。不过,很明显地,那些带路人鼓起了足够的勇气,把墙上这道被打开的缝隙封了起来。门砰的一声关上。他们永远地离开了瑞斯海凡了。

"可爱的、可爱的水泥地。"丽塔说,她躺下来用脸颊碰触这冰冷的人行道。

"我们得找警察。"天泰说。

"我只想休息。"丽塔小声说。她瘫在人行道上,天泰让她休息几分钟。她转过身,让背降降温,往上看着那些公寓建筑。街上没有半个人。在地铁入口处的钟正好指着凌晨两点。垃圾工人边说边用手比划。

"他说月光很明亮。"库达说。没错,确实如此。月光在街的尽头闪耀着。不过它看起来比瑞斯海凡里头的来得暗淡且缩小许多。

"真不知道为什么他们让他自由进出。"丽塔看着垃圾工人欣喜的脸说。

"我想米雅达会说他没有受到污染。"天泰说。

"我想也是。可怜的米雅达,可怜的女婴。"在丽塔继续这个令人悲痛的话题之前,天泰把她拉起来。她的脚碰到地时,呻吟着。"我全身酸痛,甚至连我的皮肤也在痛。"

"走吧,我们再走一会儿就到了。"天泰催促说。不过事实上,他自己也不清楚接下来该怎么做。

二十四

天泰拉着丽塔,来到最近一栋公寓的门前按门铃。

"对不起,"机器人在铁护栅后方说,"我们——所有的——住户——都在——睡觉。如果——你——要——留话,请——在——哔——声——之后——开始——对——声音全息纪录器——说话。"

天泰等了一下,然后说:"请打电话给警察,马兹卡将军的小孩在瑞斯海凡的大门外等着。"他想更小心谨慎,但又担心丽塔的病情。他还没说完,声音全息纪录器就切断了。

"谢谢——光——临。祝你——今夜——愉快。"机器人说。

天泰踢了铁护栅。"如果用力制造噪音,说不定可以让警铃狂响。"他用力碰撞敲击,不过没用,他甚至找不到石头来丢。"我们也许得坐在人家门口等到早上。"

"什么门口?"她迟钝地问。整条街的大门都上了铁护栅。一阵冷风吹过人行道。

"嘿!库达呢?"天泰说,"等等,垃圾工人!站住!"但他走向通往地铁的黑暗楼梯,带着库达走下去。天泰拉着丽塔一路追赶。"这下该怎么办?"天泰抱怨,"他难道不知道地下铁很危险吗?"下楼梯时,入口处的时钟指着二点十五分。

天泰一恐惧,周遭所有的景物都变得很可怕。他们穿过一条上面有一排微弱灯光的通道,污浊的空气从月台尽头的后方出口吹过来,两边都有铁轨。

"至少这里比较温暖。"丽塔说。天泰跟不上垃圾工人,那人似乎很清楚自己要去哪里。月台上的板凳尽是被刀子刻画的痕迹,灰墙上盖满了帮派的标语。大部分的字迹都已经褪色,但有一些很像是昨天才涂上去的。上面写着:"不要看面具底下的东西。"

"这是假面人的地盘。过来,垃圾工人。去找妈妈。"天泰轻声说。

那人在糖果贩卖机前停了下来。肮脏的玻璃后面挂了巧克力棒、甘草橡皮条和柠檬棒棒糖。

"我们没有钱。"天泰说。

"我要巧克力！"库达突然大喊一声。垃圾工人在月台上面翻垃圾，找到一个瓶盖。他用牙齿把瓶盖的边缘压平。

"住手！你这样会伤到自己的！"丽塔想把瓶盖抢过来，但是他转过身，继续用力咬。

"丽塔，小声点。"天泰说。只见垃圾工人把压平的瓶盖投入糖果贩卖机。那瓶盖大小正好跟二元硬币一样。库达按了钮，四条巧克力棒掉到洞口。那人跟小男孩开心地大笑。

"这是偷窃。"天泰说。

"他不懂的，金钱对他毫无意义。"丽塔说，垃圾工人撕开包装纸，吃了起来。她帮库达剥开包装袋，把他抱到板凳上。"不是我偷的。"她说，"你甚至也不能说是垃圾工人偷的。他不懂得偷的意义。"垃圾工人拿了两支巧克力棒，库达拿了一支，丽塔想吃，但她很反胃。天泰拒绝跟他认定是不当的行为有所牵连，于是丽塔把巧克力棒递给库达。

"我还要。"小男孩说。他从垃圾中找到另一枚瓶盖。

"不可以。"天泰说。库达的手紧抓瓶盖，天泰则想尽办法要跟他解释，为什么不可以把它当做钱来用。父亲绝对反对偷窃行为，但是库达现在很饿。当然，他也饿了。

"你们看！"丽塔大叫。在通道深处出现许多影子，天泰不确定那是真是假，看起来像是有个不明物体偷偷摸摸地沿壁而行。那影子移动速度很快，仿佛是一个在快跑的人。当它接近天泰他们时，光线马上捕捉到一个很可怕的脸孔。之后那脸孔马上消失不见，就好像有人朝那方向扔了一瓶墨汁过去。这时候，通道里的风突然变强，铁轨开始嗡嗡作响。

那影子来到通道口，然后涌现出来。它一碰到月台边际，就正好有一列电车从另一端的通道口呼啸而至。轰隆隆的列车停了下来。天泰、丽塔、库达和垃圾工人从最近的门跳进列车。在月台尽头的影子用力弹起，扑向列车。

"假面人！假面人！"列车操作员大叫。他们劈啪地把门关上，乘客连忙把头埋在底下。列车急忙驶离月台，全速前进。当列车加速逃离时，突然传来一阵激昂而又忽高忽低的呐喊声。那阴影分解成一群穿着黑色斗篷的男人，在列车外头成群地移动。但是，最恐怖的还不是这些。

这些人的脸没有一个是正常的。有些脸是肿胀的，满嘴口水。有些人脸很长、很残酷，眼睛还闪闪发红。这些人试着用他们手和膝盖上的吸盘，附着在列车的侧边。当列车飕飕驶过，那些吸盘再也黏不牢了，那些脸也跟着往后撤退。后来当列车开进通道时，那些人便消失无踪了。

"这次真是好险！"一名列车员松了一口气说。

"真是丢脸！"一个老人议论道。他身旁有一个随身机器人，那个型号天泰已经好几年都没有见过了。

"真——是——丢——脸！"机器人用轻视、尖细的口吻模仿说。

天泰帮丽塔爬上座位，他查看列车四周。有人跟这老人一样，毫无恶意，但有些则未必。有个女人漫不经心地用一把折叠小刀清理指甲。她的同伴咧着嘴笑，露出一排利齿。天泰记得父亲已经瓦解了利齿帮，但是那些原来的帮派成员到哪里去了呢？他们是在银行找到工作，然后搬到郊区吗？天泰不这么认为。如果长着利齿的人知道马兹卡将军的小孩走失了，流落在地铁，那就糟了。

"警察无法及时赶到。"一个列车员边按下警铃边不满地说，"他们总是这样。假面人在地铁活动自如，来去像一阵烟。"

"我以前有个男友也成了假面人。"有着利齿的女人说，"他得先杀掉十个人才能正式成为假面人。"其他乘客望着外面隧道闪烁的灯光。

"她不过是在吹牛。"那个拿着折叠小刀的女人告诉其他人说。

"麻烦给我看一下票。"售票员从车厢一端走过来说。

"我们没有票。"天泰说。

"你的票价是一块钱，先生。小孩一人则是五十分。"

麦维，他以为垃圾工人是我们的父亲，天泰想。

"我们没钱!"他大声说。

"没钱!行不通!"售票员说。库达给垃圾工人一个瓶盖,垃圾工人用牙齿用力咬平。"住手!你这样会伤到自己。"售票员说。然而垃圾工人推开他,另一只手则抓起瓶盖,放进嘴里。瓶盖压扁之后,他递给售票员。

"他说这样就够付车资了。"库达翻译。

"别闹了!"

"我们没有瓶盖了。"库达生气地说。

"睁大眼睛。"带着机器人的老人说,"问题很简单,他们一家是乞丐。你们要去哪里啊,孩子们?"

"想——要——去——哪——里?"机器人跟着说。

"马佐城。"天泰说。

"我们不是往那条路。你没看地图?"查票员用手指着一个个的车站。天泰看了心一沉。每多过一分钟,他们离马佐就越来越远。

"等一下,我们有认识的人住在布洛谷,那是下一站。"丽塔说。

"谁?"天泰问。

"米勒人的母亲。我看过一封信,我记得住址。"

"你们还是需要买票。"查票员说。

"我帮他们付。"老人将手伸进口袋,"这世界真是乱七八糟。到处都是假面人,还有成年人在威胁小孩……"

"我只是在做我分内该做的事。"查票员说。

"我的钱呢?"老人拍拍他的外套和裤子。

"你——叫——我——带——着。"

"那好,付给他,你这个螺栓袋!这个世界疯了!"

"谢谢你,伐巴巴①。"天泰说。

"谢谢你,可敬的父亲。"库达也跟着附和说,丽塔戳他一下。列车戛然停止,天泰看到布洛谷几个字,他带大家进月台。

"这地铁真是丢脸!"当门要关起来时,他听见老人说。

---

① 伐巴巴(vababa),绍纳语,指可敬的父亲。

"丢脸。"机器人跟着回答。列车消失在通道里。

"我不想在这里多待一秒。"丽塔说,没走几步就不支倒地。"啊!我好难过!"她跪在地上,身体抖动。

天泰扶起她。"拜托再撑一下,先爬上楼梯。我会找人帮忙的,我跟你保证。"

"我闻到了恶心的味道。"

"你还带着鸡粪吗?"

"噢不!"丽塔尖叫。她在上衣里找到那袋鸡粪,丢到月台另一边。她的动作鼓舞了天泰。丽塔即使生了病,还是老样子。

"爬楼梯。"天泰说,"即使用手和膝盖也要爬上去。你太重了,我背不动。"丽塔试着爬,但她病得太重。天泰拉拉垃圾工人,指向妹妹。那人好奇地看着她。过了一会儿,他将手和膝盖放在地上,身体也跟着抖动。

"不是!不对!"天泰大吼。

最后,库达打破僵局。天泰不清楚他说什么,但垃圾工人听懂了。他把丽塔提上肩,往阶梯上面走去。

二十五

当计程车停在瑞斯海凡门口时,地铁的数字钟正好显示二点二十分。手臂第一个下车,接着是耳朵和眼睛。

"很安静,不是吗?"眼睛说。手臂付钱给司机,司机拿了钱立刻开走。

"我听见脚步声。"耳朵把耳朵敞开说,"有几个人走在底下的地铁月台上。现在他们停下来了。"

"我们不用管地铁,得先穿过这道门。"手臂身体往后倚,仔细研究巨墙。

眼睛吹吹口哨说:"这东西有半英里高。谁能找一个半英里高的阶梯来?"

"我有更棒的东西。"手臂戴上厚手套,他从背包的铁盒子里拿出闪闪发亮的金属线,"三倍强化钛钼剃刀钢丝绳①。"

"我想那东西是非法的吧。"耳朵弯下腰检查那些金属线,并且小心不要碰到它。

"正好口渴先生的柜子里有一些。"手臂说。

"我猜是放在开罐器旁边的。"

手臂将金属线穿进一条长而弯曲的针里,就像家具工人要缝制室内装潢品一样。他把针插进瑞斯海凡的门缝中,来回弄了一下,针的尖端稍微往上抬高,然后将针抽出来。金属线绕住了一个锁头。手臂来回拉锯,发出了如蟋蟀般极为刺耳的声音,一堆金属碎屑喷散出来,光彩夺目。眼睛则将视线瞄准在门上面。

---

① 三倍强化钛钼剃刀钢丝绳(triple-hardened titanium-molybdenum razor wire),非常细的铁丝,公元 2194 年,破门而入的贼经常利用它撬开大门的锁;马兹卡将军家里的锁则是用四倍强化钛锘剃刀钢丝金属制成的,剃刀钢丝绳一伸进去,便会像稻草一样被绞断。

耳朵、眼睛和手臂

"我听见有人在地铁用糖果贩卖机。"耳朵说,"如果你停下来,我就可以听清楚。"

"你别唠叨行不行?"手臂大声嚷道,"我们正在触犯哈拉雷最骇人的法律。天知道墙的一端会发生什么事,你却在说地铁的事。专心一点!"

"对不起!"耳朵把耳朵捂起来,直到那耳朵缩得像花苞一样。

过了一会儿,手臂道歉说:"我不是故意惹你,只是担心。是马兹卡要我们这么做。"

"我听说监狱有很好的职业训练课程。"眼睛高兴地说。

耳朵露出一点耳朵,表示他没有生气。手臂迅速地往上,一一锯开门闩,直到再也找不到其他的门闩。"我想就是这样了。"他边说边把金属线收进袋子里。眼睛推推门,不过很难推开。最后,还是三人使尽力气才将门打开。

"我听见地铁有一列电车进站了——对不起!"耳朵说。他随同其他两位侦探悄悄地溜进入口,然后合力将门关上。

他们有好一段时间都站在原地不动,被瑞斯海凡的美景给迷住了。"我从不知道。"眼睛开口说,接着保持沉默,因为他的声音在无声的空中显得轰轰作响。他们脚边正有一条下坡小径,一路向下延伸,最后被马沙沙树给覆盖住了。

手臂虽然没有他两位战友的耳力和眼力,但连他都可以听出和看出这摩洛曼塔巴国度与外面城市之间的差异。月亮大到难以想象的程度,月色笼罩着一片覆盖住整个山坡的树林,山坡底下有熊熊的火苗。下方的幽暗无比深邃,不过它不像城里的阴暗那样令人恐惧。远处可以听见溪水啪嗒地穿过芦苇,而近处还有丛猴[①]对眼前这三位不速之客发出刺耳的叫声。猫头鹰的近亲——夜鹰[②]也从沙洲的栖枝上传来叫声。一只果蝠在离开一株野生无花果的枝干时,也发出高昂的嗖嗖声。

---

① 丛猴(bush baby),一种夜间活动的灵长目动物,有着松鼠般的长脚趾。
② 夜鹰(nightjar),一种夜行性动物,叫声急促。

眼前所有的景象都是手臂从未感受过的，这些都令他印象深刻。他的祖先也曾生活在这样的村落里。他们闻着远处的木烟味、聆听喋喋不休的溪流声，以及微风吹来木塔拉①和野生栀子花的香气。手臂察觉到自己早已泪流满面。他很庆幸现在是一片漆黑，其他两人看不见。

"这感觉真对。"眼睛用可疑的嘶哑声说。

手臂听见耳朵的耳朵张得大大的。他头一次嫉妒耳朵连一点点极为细小的声响都能听得见。远处黑暗中，嗡嗡声忽起忽灭。它一下子消失了，之后那声音又更急切地升高。

"是人声。"耳朵说。

"村民们不会半夜跑到外面去。"手臂说。

"那边有人在恩塔巴②。"

"争吵吗？"

"我想是的。他们好像在讨论一个巫婆的事。"

"麦维。你觉得那是指孩子们吗？"手臂问。

耳朵将头左右晃来晃去，动作像蛇一样。"每个人都在叫嚷。我听不清内容。"

眼睛带头从小路走过去。他们得依靠他，因为手电筒在瑞斯海凡太引人注目。一路上，他们踩到滑石而跌撞。眼睛的脚趾头还撞到了石头。他们来到一条岔路，耳朵选右边那条。

"我听见了火苗声。"他说，"他们在讨论烧巫婆的事。"

"正好遇上当妖精的好时机。"手臂喃喃自语。当他们走近时，一束束的光线从树林间穿透过来，照到小径上。他们接近空地，耳朵、眼睛和手臂悄悄地躲进一旁的暗处偷听。

"是他让孩子们进来的。"一个佩戴树皮腰带的瘦削男人尖声喊叫。手臂注意到他戴了一个恩多罗。虽然城市里的灵媒都改掉了这一习俗，不过村里的灵媒都依旧如此。"她是守门人。她的责任是不让罪恶进

---

① 木塔拉（mutara），绍纳语，一种会开美丽蜡白色花朵的小树，香气馥郁。
② 恩塔巴（ndaba），马塔贝列族语，指讨论、辩论。

来，但她却将它迎了进来！"

"他们已经被驱逐出去了。"另一个跟他一样激动的老人说。他们中间坐了一个身材高大的女人，手中抱了一个小婴儿。

"就像你说的，戈力卡易，"灵媒说，"他们被驱逐了，但这巫婆犯罪多年。她吃掉了你的孩子！或者把他们变成妖精。她那些畸形的还魂尸现在还在这树林间到处游荡！"

要是你知道就好了，手臂心想。

"妖术就像一种病。"戈力卡易无力地说，"它是可以被治愈的。"

"她亵渎了你的小老婆！"那瘦削的男人走向蹲伏在地的女人，她正悲痛地哭着。他扯着她的头发，将她的头往后拉。"这女人生了双胞胎。你唯一的继承人正面临灭绝的危机。仔细想想！你不能让米雅达活下去！"

"你可以对一头——或者随你需要，几头山羊都没问题——施予巫术。我要你治好她。"戈力卡易瞪着瘦削的男人说。这不需要特殊的超能力就能解读出来：如果你想要保住你灵媒的位子，就得先达成共识。

当手臂环顾空地里聚集的村民时，他了解到这场争议的结果还不明朗。有许多村民点头，赞同戈力卡易，但也有相当多的人支持灵媒这一方。米雅达坐得又直又有尊严，她是争议的焦点。那婴儿虚弱地哭着。

米雅达的果敢让这侦探印象深刻，但决定性的因素还是那婴儿。他不清楚这个双胞胎到底发生了什么事，但那肯定不是什么好事。还来不及斟酌危险性，手臂的脚就已经踏进了空地。眼睛试着要及时拉住他；耳朵忍住大叫的欲望。

他一出现，村民们立即有了反应。女人尖叫，并且躲到暗处。男人先是保持镇定，但是后来却接二连三地惊慌失措，从火堆旁逃开。少数留下来的人当中，有几个人的腰带都湿了。手臂苦笑着。

他清楚自己的长相。他有六尺半高，骨瘦如柴。他的手臂和腿都异常地长，当他四肢弯曲时，他会让人联想到喜欢躲在阴暗衣橱里的墙蜘蛛。

手臂弯曲他的四肢。灵媒的眼珠子差一点掉了出来。戈力卡易往

二十五

后退一步，不过他没有跑开。他震惊万分，却也勇气十足。像这样一个人，如果遇上了即将把他吞下肚的狮子，他还是敢直视着狮子的眼睛。

刚刚在哭的那位年轻女子爬着逃离这恐怖的现场。当她爬到树丛时，许多人伸出手把她拉到安全的角落。

只有米雅达毫无惧色地盯着手臂。"母亲。"手臂说。米雅达眨眨眼，大吃一惊。"我们来了，我和我的兄弟们。"他用手指向小径。当灵媒呻吟着逃离现场时，手臂知道耳朵和眼睛也进入空地了。"我们不喜欢这里。这人的勇气太过饱满。"手臂指向戈力卡易。哼！他才不会让灵媒借机占到便宜。"我们想要离开这里，另外去找一个人们比较容易惊恐的村落。我们不喜欢老是被这个人的气魄给压制住。"

"当我们要伤人时，他总是先让我们害怕。"眼睛加入说。

"是啊，他真的很讨厌。"耳朵说。

"不要太过火了。"眼睛嘘声说。

"我们想要带着巫术一起离开这里。"手臂弯下腰，弓起臂，仿佛一只要跳起来的蜘蛛。灵媒往后退缩。

"跟我们一起走，米雅达！"

她突然意会过来，故意地看着他说："我？跟你们走？我痛恨巫术！走开，你们这些肮脏的妖怪！滚出瑞斯海凡——还有，把这个一起带走！"米雅达把婴儿推给手臂。

"我才不要！"他往后退一步。

"拿去！"这女人大吼。她往前一步，耳朵、眼睛和手臂一直往后退，最后他们已经离开空地了。"把她带走，你们这些傻瓜。"她小声说。

"你确定吗？"手臂说。

"我没办法保护她。"米雅达坚定地把婴儿交到手臂的手中，轻轻地碰触她的脸颊，"她的名字叫沙卡。我不知道马兹卡是怎么策划这些的，不过帮我跟他道谢。他的孩子们已经在外头了。他们走不远的。"

手臂还来不及反应，米雅达就已经跑回空地。"啊！啊！"她尖叫，"巫术正要从我身上离开！保护我！不要让它再进来！"她摔在地上，

· 143 ·

用一种令人超级不安的方式滚来滚去。她踢踢后脚跟，露出牙齿。她用力扯着一撮头发。

戈力卡易从火里抓了一根燃烧的树枝，站在米雅达以及还在阴暗角落望向这边的手臂中间。"离我大老婆远一点！"他怒吼说，"你！"他命令灵媒说，"把这些怪物赶走！"灵媒抓起恩多罗，开始念咒语。还留在现场的少数几个人蹲下来捡石头。

布洛谷既不像瑞斯海凡外头一样到处都是公寓林立，也不像玛巴·姆兹卡一样繁荣。它也没有死人沼泽那样广阔的乡间，不过街道很宽，空气很清新。每栋房屋都有高墙，蓝花楹树、紫藤树和肯亚咖啡树越过墙垣，远比其他植物高耸直立。周遭的景物都有点破旧。铁门后面有一只狗吠叫着。别的狗也以吠声回应。

它们都是真实的狗，不是机器看门狗。突然间，天泰注意到远处和近处都充斥着一堆噪音。有只小猫在某户人家门外喵喵地叫。一匹马用鼻孔发出嘈杂的吹气声。当他们经过一道门时，正好有一只狗沿着门直嗅气。

在马佐城，人们当然也会养宠物，不过还是比较流行买电子宠物。电子宠物既不会生跳蚤，也不会弄坏花床，除非他们的线路老旧了。最重要的是，它们不会每隔六个月就带一窝新的成员给它们的主人。

"有生气蓬勃的感觉。"天泰低声说。黎明的微风让他想起那个围墙内的世界：花朵、狗儿和刚割完草的味道。不过空气闻起来跟瑞斯海凡又不一样。瑞斯海凡的空气闻起来有遥远的历史的味道，但布洛谷跟天泰所熟悉的世界比较接近。这里跟家已经相去不远了。

"米勒人母亲家的地址是哪里？"他问。他得摇摇丽塔，才能引起她的注意。

"马池巷二十五号。"她喃喃说。

"那她叫什么名字？"

"我不知道。别烦我。"丽塔就是这样德性。她对数字有超强的记忆力，但是对名字就不行了，简直是左耳进右耳出。

天泰看到一个送报机器人呼噜地沿街走来，他心想：也许他们得

二十五

等到布洛谷的人们醒过来。送报机器人每隔一阵子就停下来，把报纸丢过墙的另一端。

"对不起，你知道马池巷怎么走吗？"天泰问。

"你没有收到报纸吗？"它说。

"不是的，我——"

"我帮不上忙。"机器人从他身边绕过，顺着街道滑过去。天泰跟着它。垃圾工人走在后头，一肩挂着丽塔，另一肩则挂着库达。这人似乎对身上增加的负荷不以为意。嗡嗡，停下来；喀嚓，机器人继续投递报纸。嗡嗡，停下来，喀嚓。

"是的，我们没有收到报纸！"天泰大叫。机器人突然转过身，向他走过来。"我们住在马池巷二十五号，我们的报纸还没送来，这整个系统真是令人失望！"他补充说。

机器人快速翻阅纸张。"这——不——是——真——的。我——还——没——送——到——马池巷。"

"很好，继续。"天泰跟着机器人挨家挨户送报。它反复地停停走走——嗡嗡，停下来；喀嚓——最后他们终于来到了一条小街，两边都种有鸡蛋花树①。尽头是马池巷二十五号，牧圈。

这时候，天空已经呈现深湛蓝色，四处传来公鸡啼叫的声音。肯亚咖啡树上有戴胜鸟哑哑地鸣叫，别的鸟也出声回应。突然间，上百只鸟都惊醒了，开始嘈杂地唧唧叫。天泰按了二十五号的门铃。过了一会儿，有个机器人从里面大声问："谁啊？"

"米勒人的朋友。"天泰大声说。

他听见机器人走下阶梯，穿过走廊的声音。那身上的零件嘎吱作响着。它打开门闩，但没有解开门链。"你们有事先约好吗？"

"有！"天泰怕它随时要关上门，因此赶紧说。

"很——好。请——到——里——面——等。"它带他们走进门内，然后吱嘎着走回屋内。有一次，它的轮子卡到坑洞里，还差一点翻了过去。天泰四周张望这个新地方。

---

① 鸡蛋花树（frangipani tree），热带美洲灌木，花朵芳香显眼。

他看见一个干涸的喷水池,柱石上还有一个没有头的美人鱼像。长长的门廊几乎快被一株古老的紫藤给压垮了。网球场里野草丛生;屋顶上的瓦片补满了一片片的铁皮。但还是看得出来,它曾经是一栋很不错的庄园。现在它还是让人印象深刻。

"你这个无耻的锈水桶!"屋内传来尖锐的叫声,"你真大胆,敢这么早叫我起床!滚出去,不然我要用开罐器修理你!"

"有访客,夫人。他们说事先约好的。"机器人用哀伤的语调说。

"八成是强盗。我的涅瓦纳枪呢?杜宾犬狗笼的遥控器呢?"

天泰不安地张望着,过了不久,前门打开了,一个个子娇小的女人走了出来。她穿了一件绒毛磨光的浴袍,脚上穿了一双兔绒毛的拖鞋。她带了一支大涅瓦纳枪。"不要轻举妄动,让我好好看看你们。"她命令说。

"我们是小孩——他也跟我们一样。"天泰指着垃圾工人说,"我们的父亲是马兹卡将军。我们被绑架了。"

当他一提到马兹卡将军,这女人就把枪放了下来。

"那,为什么你们会在这里?"她喃喃说道。

"拜托,我们累坏了,加上我的妹妹病了。我们可不可以进去?"

"当然,可怜的小东西,你们一定吃了不少苦——只是跟着你们的那个流浪汉又是谁?"她再次举起枪。

"他不算是个流浪汉。"天泰开口说。

库达醒了过来,表情严肃地盯着这女人瞧。"他是我的朋友。"他声称说。

"流浪汉我一看就知道!孩子可以进来,但他得待在花园里。否则我不放心。"

于是,天泰担心地跟垃圾工人解释了一番,不过他对于这事,似乎不意外。他晃到一垛草堆前,然后躺了下来。

这女人带他们来到厨房。丽塔蹒跚地坐下,趴在桌上。"她的确病了。坐直,小姐。让我看看。"丽塔呻吟一声,乖乖坐好。天泰注意到她皮肤有一些小肿块。

"我、我、我的天啊,你跟热茶一样烫。"这女人拿了一盏台灯凑近丽塔。"啊,我好久没有见过这个了。她得了水痘。"

"什么?"天泰大叫。

"当我还是个小女孩时,每个人都会长水痘。噢,那不严重。我想,这东西当然会让人更强健。"她停顿一下,然后继续说,"你们得被隔离。"

"我们不能。"天泰说。

"胡说八道,你们不得不!医生不会让这疾病在城市蔓延,我会在小房间放行军床。只要她病了,其他人也会被传染。"

天泰心一沉。"要隔离多久?"

"三至四星期,要等到伤口的结痂掉了。别担心,我会打电话给你们的父母,让他们放心。你不希望他们也被传染吧?大人发病会更严重,到时他们一定得住院。"天泰失望极了,不过还是帮这女人泡可可和烤吐司。可可一点也不浓,吐司只涂上一层薄薄的人造奶油,不过他和库达太饿了,根本不在意。丽塔则根本没办法吃东西。

之后他帮忙铺好行军床。他想知道她的名字,不过他错过问她的时机。他发现自己连米勒人的名字都不晓得。从他有记忆以来,那人就一直照顾他们。除了父母之外,他是他们最重要的人了,不过却没有人叫他真正的名字。天泰为此而有罪恶感。

行军床铺好,丽塔先躺了下来。天泰和库达该去洗澡了。"你们身上好臭,超重的臭味。"这女人说。她在老旧的爪形浴缸里放了温水,然后给了一块洗衣肥皂。"好好洗一洗。"她命令天泰说,"我在篮子里放了一些安东尼的旧衣服。之后把那些——不管是什么玩意都丢到洗衣篮。"

"它们是瑞斯海凡的树皮衣。"天泰说。

"你们去过瑞斯海凡?那它们可以放到博物馆里展示了,那非常值钱。"

天泰很不喜欢她说话的样子。他觉得自己太多疑,毕竟她是米勒人的母亲。没有人比她更仁慈。不过他偷偷地把恩多罗和鸡粪袋藏好,她大概也会觉得那些东西很臭。他不知道为什么还要留着那个袋子,只因为那是用碎树皮做的,而且是米雅达给他的。

他帮库达刷洗一番,也洗了头发。

"谁是安东尼?"小男孩问。

"我想是米勒人。"

"不,不对。米勒人没有名字。"库达一贯固执,天泰懒得跟他争辩。他帮库达穿上一件长袖T恤。

行军床又硬又脏,不过累坏了的天泰根本没感觉。他头痛,做了一个怪梦,梦里有怪物一路追他,穿过阴暗的森林。其中一人的耳朵跟雷达圆盘一样大,另一人则用螳螂般的大眼睛直盯着他。第三个人的手臂又瘦又黑,而且还一直伸长,他吓醒了,出了一身汗,身体直发抖。

太好了,天泰注视着堆在小房间里的杂物心想,现在我也病了。

二十六

"该走了。"耳朵大叫。侦探们全速往前跑,他们踩到石头,脚底打滑而跌倒,最后还撞上了树。恐惧促使他们死命地跑在村民的前面。"这里转弯!"当他们来到了岔路时,耳朵喘着气说。一颗石头从他身旁射过,击中一棵树。

"那是用弹弓发射的。"眼睛喘着气说。"啊唷!"一颗石头击中他的背部。因为天色很晚,加上他们跑得很快,大多数丢向他们的石头都没有击中他们,但并不是全部。有一颗击中手臂的肩膀,所带来的剧烈疼痛让他差一点把沙卡掉到地上。她开始有节奏地哇哇大哭,那频率正好和他震动的脚步一致。

"打开门!"手臂大喊,"我试着把他们赶走!"眼睛和耳朵使劲地拉开门把,但门太重了,只能慢慢地打开,速度令人难以忍受。一颗颗石头飕飕地从他们头上飞过。

"喔喔!"手臂一边哀号,一边将脚弯曲,像只大蜘蛛般往村民方向靠过去。"啊哈哈。"他发出嘶嘶的轰赶声,身体来回摇晃。他尽力用手臂包覆住沙卡。村民停下脚步,并且往后撤退。"喔喔喔喔喔!"手臂尖声大叫,身体上下跳动。

村民们一个个失足绊倒,急着躲到树后。"我来抓你!"手臂大声呐喊,"还有你!还有你!还有你!"

"来吧!门开了!"耳朵大叫。当手臂转身逃离瑞斯海凡时,他的心猛地一揪惊声尖叫起来。他直直地冲向一群在外头观看的警察。他们逮住了他,并且将他带到早已站在一路车队旁的耳朵和眼睛那边。

他们身后的瑞斯海凡大门砰地关上了。他们依旧可以听见圆石敲击在门上的声音。那声音穿透了厚重的门板,轰轰作响着。

"我还是第一次见到有人被逐出瑞斯海凡。"警察说,"这太惨了,我的朋友们。"他跟侦探们说,"很多人喜欢住到里头,不过那些人跟猫一样难以取悦。"手臂明白这些人不知道他们是非法侵入的。

"有一个婴儿!"

沙卡又哭起来,一个小队长大叫。

"什么——是的,她是。"手臂回答说。

"可怜,她饿了。"小队长疼惜地说,"你的妻子她……"这个女人朝着门点头表示说。

"我想是的。"手臂说。

"太残忍了。马优警官,拿去。"小队长丢了一把钥匙,"把药箱的配方奶拿过来。"

手臂很高兴警察带了婴儿奶瓶,这样一旦他们遇到被遗弃的小孩便可派上用场。马优迅速把牛奶弄温,而沙卡很快地便开始享用她生平的第一顿食物。当手臂怀里抱着她时,突然有种奇特的感受。

那好比是脚发麻后,知觉又渐渐回来的感受。当脚恢复知觉时,那感觉有点发痒、在蠕动,甚至还有点想要咯咯发笑。手臂发觉自己不经思考,便将她据为己有,不管那是什么心情,总之都已经成真。就跟父母见到自己的新生儿一样,手臂跟她早已分不开了。虽然手臂的生理结构超越了正常人,但是面对那一瞬间,他还是立即能有所感受。

他是属于她的。她窝在他怀里,她因食物而欣喜。他感觉到沙卡明白可以依靠他。

"为什么你们会在这里?你找到马兹卡将军的小孩了吗?"眼睛出声说。

"哎呀,还没。"小队长说,"假面人攻击地铁的一列车厢。不过话说回来,没有人受伤。只是你怎么知道孩子们的事?"

手臂解释说三个孩子稍早前被逐出瑞斯海凡。为了避免麻烦,他谎称在里头碰过他们。

"把后援部队叫进来。"小队长下令说,"我们会用放大镜仔细搜索这附近的街道,同时也会检查电车。"她坚持让耳朵、眼睛和手臂回家休息,特别是在检查过他们身上被石头击中的肿块和淤青之后。

手臂同意。他不认为他们会比上百名的警力更加厉害,加上他的肩膀痛得很。他跟其他两名侦探坐上了其中一部警车——的后座。

"我看得出为什么他们会被逐出瑞斯海凡。"前座一名女警察耳语道，"也许那婴儿也有些问题。"她的同伴叫她不要再说下去了。

"不要觉得难过。"耳朵跟手臂说，"你将妖精扮演得很好。"

"你是从哪里学来那种呻吟的声音？"眼睛问。

"从昨晚的立体投影电视节目。我是少年狼人。"手臂手里抱着沙卡，他可以感受到她脑海中的影像，那便是漂浮在黑暗的海里，聆听着远方母亲低沉的心跳声。

"自从回家之后，他就是这副德性。"耳朵边说边请医生进门。这一回不是医护人员，而是一名真正的专科医师，主修心理学以及异常神灵附身学。母亲一听说手臂异常情况，就派这人来。

"我们都被打得身上一个个肿包——那些索提司对我们扔石块，但我们之前也不是没有经历过。"耳朵刻意避免提及瑞斯海凡。"手臂似乎没事，但是今天早上……"

手臂闭上眼睛，躺在沙发上。当医生凑近拍手时，他没有反应。即使用别针刺他，他也不缩一下。沙卡在床上——也就是口渴先生捐的啤酒箱上动来动去，同时发出吸吮的声音。

手臂噘起嘴唇。

沙卡发出不满的声音，越来越大声。手臂眨眨眼睛，直视着医生。"你是谁？"他问。

"他醒了！"眼睛大喊。

"我当然醒着——而且我很饿。我想——我想要喝杯温牛奶。"

"太奇妙了。"医生说。

"早安，沙卡。"手臂站起身说，"你听起来也饿了。警察给的奶瓶到哪去了？我得把冰箱里的配方奶拿出来。"他用热开水把牛奶温热，"嗯！闻起来真好喝！"

"手臂，那是婴儿奶粉。"耳朵说。

"而且也很棒。你喜欢那滋味，对不对，沙卡？"他把奶瓶塞进她嘴里，她贪婪地吸着，"我几乎能尝到那滋味。事实上……我的确可以。"

"这正是我所担心的。"医生说,"我一直很注意你们这几个案例。我在医学院里读过。像你们这种突变,只有百万分之一的几率是有益的。你们是值得观察的人。"

"好,那不是问题。手臂到底怎么了?"眼睛问。

医生不改他从容的态度。"你有惊人的眼力:你可以看见雷雨里的一滴雨水。你有神奇的耳朵:对你来说,隔壁房间的耳语跟大声喊叫没有两样。"

"完全正确。"耳朵说,拍拍耳罩。

"告诉我。你们的能力会不会随着年纪越来越增强?"

耳朵和眼睛两人互看对方,然后摇摇头。

"那你呢,手臂?"

手臂走向窗边,把窗帘稍微往旁边拉。眼睛伸手去拿深色眼镜。外头的夕阳在乳牛胃区的屋顶悄悄地滑动。这个时候,出门乞讨的乞丐还不会回来,距离醉鬼买醉喧哗也还有一段时间。"几个星期之前,我看穿了口渴先生的内心世界。"手臂说,"虽然只有短短一分钟之久。我之前不曾把注意力集中在一人身上。这像是看穿灵魂。"

"哎呀!"眼睛说。

"奇怪的是,在底下——发自内心处——我发现了很善良的本质。"

"继续说。"医生说。手臂描述他隐约瞥见米勒人的内心,以及在那次晚餐聚会之后,他如何漫步在马兹卡将军的回忆,打开门,实际走进记忆的深处。突然间,他膝盖弯曲。耳朵和眼睛一把抓住他。医生走到沙卡的婴儿床,把奶瓶从她口中拔开。她的眼睛睁大发亮。

手臂醒了。

"你跟这婴儿有紧密的连接,不是吗?"医生说。手臂点点头。"在婴儿初生的前几个小时,父母和婴儿之间会产生紧密的连接关系,这是最强烈不过的情绪,只不过你不是一般人。对你而言,这些情绪早已超出你所能负荷的。"医生轻轻地摇晃着婴儿,而原本打着盹的手臂突然猛地把头抬高。"你跟这婴儿合为一体了。"他继续说。

手臂用手撑住头。他感觉到沙卡正因无法小睡片刻而急躁。她嗝气。"我该怎么做?"

"你需要保持距离。不要———"这时医生将手举高,"我不是要你把她送走。这样对你们太残忍了。不过必须有人帮你一起照顾,否则我们可能得帮你买成人纸尿布了。"

"想都别想。"手臂做了一个鬼脸。之后陷入沉睡,这一次没有人可以唤醒他了。

隔天,米勒人来了。手臂和沙卡醒着,正享用他们的早餐。沙卡喝牛奶;手臂吃炒蛋,但他老是一脸馋相地望着她的奶瓶。

"婴儿!"米勒人大叫,"我最喜欢婴儿了!啊呦喂啊。噢,可爱的,嗯,小宝贝!"他抱起沙卡。手臂心里有一股莫名的嫉妒。

"他喜欢你。"他道出事实。

"嗯,那当然。谁是全非洲最聪明的婴儿呢?谁长了一个无敌可爱的小圆鼻?"

"走吧手臂,我们去散散步。"耳朵和眼睛合力把他拉到对街的口渴先生店里。

"我想他一定会把她掉到地上,他老是少根筋。"手臂说。

"不会有问题的。现在我们来讨论其他几个小孩。"眼睛跟酒保做了个手势,酒保立即放下擦盘子的布。他急忙拿来三杯果汁,却不小心弄破一个客人手中的啤酒瓶。

"天泰、丽塔和库达搭上那辆被假面人攻击的电车。跟他们一起的还有一个大人,应该就是垃圾工人。"眼睛说。

"你是说就在我们要闯入瑞斯海凡的同时,他们正好在地铁?"

"我想是的。"

手臂阴郁地环顾这啤酒屋。里头的光线微弱,空气不流通。为了圣诞节应景,虽然在乳牛胃区只有少数人庆祝这个节日,口渴先生还是特地拿了一个大浅盘,然后在上面摆了一只羚羊玩具,还用冬青树做装饰。它的头上还顶了一对假的驯鹿角,嘴里塞了一颗苹果。

"不知怎地,我觉得口渴先生没有捕捉到圣诞节的感觉。"耳朵评论说。

"耳朵,我该跟你道歉。"手臂说,"你想要听仔细地铁里的声音,但我却阻止你。"

"那没关系。"

"不,不是的。我太霸道太会支使人。我是有史以来最烂的侦探。"手臂落泪。

"手臂,是沙卡在哭吗?"

"什么?是,她在哭。"

眼睛和耳朵惊慌地看着彼此。"你感染了她的情绪。她大概是肚子痛吧。"耳朵说。

手臂坐着不动,有一分钟之久,接着便大声地嗝出一口气。"你说得对。"

眼睛继续说:"售票员说将军的小孩在布洛谷下车,但是其中一名乘客——利齿帮的旧成员——信誓旦旦地说他们改搭了下一班开往马佐的列车了。"

"自动提供情报给警方不像是利齿帮旧成员该有的作风。"手臂说。

"她说她之前是被偷窃的雪夫给缠住,不过灵媒已经将它驱除。"

"噢,真想不到。"

"不管怎么说,这有点道理。为什么要待在布洛谷?查票员说一个老人给了他们旅费。"眼睛向口渴先生打个手势。他为他们拿来更多的果汁。手臂的杯子上还妆点上了薄荷嫩叶以及一把小雨伞。"警方找到那个老人,不过他记忆很差,他记得曾给他们钱,不过不记得究竟给了多少。"

耳朵摇了手臂。"怎么回事?沙卡又要睡了吗?"

手臂伸直他长长的手臂,隔壁桌的客人赶紧挪了一下位置。"我实在快要睁不开眼了,摇我吧。"

"孩子们不在马佐城。"眼睛说。

啤酒屋的保镖把喝醉的客人抬出店里。他很老练地把这人从桌子边扯出来。那人的一只鞋子掉了,有个人跑去捡起来。过了一会儿,这个贼又跑到外面去偷另一只鞋子。

"你也知道,这不是养小孩的好环境。"手臂说。

"我们之后再来担心这个问题吧。"耳朵不快地说,只是手臂又开始打盹起来。这两名侦探只好扶着这位战友回到公寓。外头那个烂醉的男人已经被一群玩棒球的街童当成三垒包来用了。一回到办公室,手臂把冰块从脖子灌进身子里,借以保持清醒。

"这样行不通。"他用沙哑的声音说,"米勒人,沙卡可不可以托你照顾一下?"

"真的吗?"歌颂者大叫,"我把库达的旧摇篮搬出来——还有摇篮曲机器人——和大象玩偶。天泰以前躺在上面,一睡就是好几个小时。让我想想,我还会弄配方奶……"

眼看米勒人迅速地把沙卡融入生活,手臂心里很不是滋味。"只是几个小时而已。"

"那它将是美妙的几个小时!"歌颂者把沙卡从啤酒箱里高举起来,她朝着他笑。

那不是真正的微笑,事实上那从外表看不出来。但是手臂知道:一旦她懂得如何控制脸部肌肉,她就会发出一个真正的微笑——给米勒人!他默默地把沙卡抱过来,搂在怀里。是的,就是这个:那种既复杂又令人欢愉的归属感。他们的心灵相系,无人可比拟。手臂满足地把婴儿交还给米勒人。"你有那几个孩子的消息吗?"他突然问。

"谁?我吗?"米勒人吃了一惊,他的脚差一点勾到眼睛的睡袋。

"将军会不会提供悬赏奖金呢?我知道那有违他的做事原则,但是那也许有效。"

歌颂者脸色苍白,手臂还以为他快昏倒了。"为什么问我呢?将军什么事都不跟我说。啊呀,我的天啊!我听到高级礼车抵达的声音了。我得走了。"他收拾好婴儿奶瓶,并且用一条毛巾包住沙卡,"我晚上就回来了。再见,你们这些睿智的人儿!"他边说边走出门外。

"怪人。"手臂喃喃自语。礼车一路驶向远方,沉重拖曳的睡意也跟着消失了。

"他那反应似乎是隐瞒了什么事。"耳朵说。

是啊。为什么他对悬赏那么在意?而我又为什么想到要问他?手臂想。他把歌颂者的事抛诸脑后,把注意力集中在更需要帮忙解决的问题,那便是寻找将军的小孩。"我希望他们不在地铁。"他大声地说,

"那是假面人最喜欢活动的区域。"

耳朵挪了一下耳罩,眼睛戴上太阳镜。手臂双手环抱住自己,挡住乳牛胃区纷至沓来的情绪。这些日子以来,连门还没打开,外头那些纷扰就已经触及到他了。

越来越敏感了,手臂心想。很快地,就要不得安宁了。

二十七

"米勒人真正的名字叫什么?"天泰问。他躺在硬行军床上,丽塔则在房间另一端靠窗的位置。她今天似乎好多了,虽然皮肤上还是布满了水痘的小水泡。

"我从来没有想过。"她说,"他没有名字,"库达边说边忙着探索这间小房间。这是一间又暗又拥挤不堪的房间,弯曲的立灯旁有一把椅背塌陷的老旧椅子,每个架子和桌上都摆满了小装饰物,所有的瓶子和篮子也都装满了坏掉的笔、干掉的橡皮糖、失去弹力的夹子和肮脏的橡皮擦。

天泰看到一些动物小雕像。这些也很老旧了。三条腿的狗儿们靠在几只无尾猫旁边。墙上都贴满了动物图片。壁炉台上面排了一整排的奖杯。其中最令人吃惊的是,火炉上还挂了一个填塞玩具做成的马头,下面有一个黄铜奖牌上面写着:

> 钢铁之子
> 我们将无法跟他匹敌

"这肯定会让我做噩梦。"丽塔第一次看到时便说。
"你不觉得很奇怪,她都没有摆人的照片?"天泰说。
"我不知道。我从来没有到过英国人的家里。"
这当然是真的,父母亲几乎没有认识什么英国人。米勒人几乎算是家族的一员,很难把他想成一个外人。
"噢,你看!"丽塔指着窗外。
传来一个尖锐的声音说:"马上住手,你这恶心的家伙!"
这时垃圾工人正从窗前阔步经过,嘴里叼了一块丁骨牛排。
"那是生的。"丽塔恶心地说,她打开窗户。库达努力爬出窗台,摔到草堆上。天泰头很痛,他得先休息一会儿才站得起来。

米勒人的母亲手里拿着一只扫把,生气地走过去。"乱砍者!利齿!攻击这个怪物!"回应她的是一阵悲嚎声。天泰看到两只杜宾犬高挂在蓝花楹属树的上头,一定是垃圾工人把它们放到上面去的。它们正紧紧地抱住一段树枝。

垃圾工人跳来跳去,到处闪避扫把的攻击。他看起来心情很好。他拿开嘴边的牛排,喋喋不休地说着话。

"他说他拿了狗儿们的晚餐。"库达翻译说。

"我看得出来!告诉他趁它们还没有受伤之前,赶紧把它们放下来。哈!"她用扫把对着垃圾工人挥舞,垃圾工人却高兴地叫喊。

库达把这女人的话解释给垃圾工人听。垃圾工人再度把肉挂在嘴边,抓住两只狗儿的颈背。它们怒吠个不停,直到垃圾工人用力摇晃后,才开始哀嚎。之后他把它们丢到一堆草堆上,它们夹着尾巴落荒而逃。

"我希望你还有备用的肉。"丽塔从窗边大声说,"垃圾工人不知道他不可以拿,他头脑不是很灵光。"

"我想他比弱智来得聪明。"米勒人的母亲说,"至于你,小姐,如果你已经好到可以闲扯,你应该可以工作了。小男孩,你从窗户爬回去吧。"她跟着狗儿走开。

"我还没有完全恢复。"丽塔说道,"你想想!我可是得了水痘!那是历史书上才会有的东西呢。"

天泰爬回床上,用毯子盖住全身。如果那属于历史,他倒希望不要跟它有任何瓜葛。丽塔高兴地谈论着病菌的话题,库达则继续探索这间小房间。他在一张椅子上发现一只体型巨大的猫。它毛很长,有着扁扁的、笨拙的脸蛋。他想要抱它,不过它对他发出嘶嘶声。

"离帕夏宠儿远一点。它可能会咬你!"米勒人的母亲走进房间时说。库达放开那只猫,它被激怒得尾巴直竖。

这女人端来了一个托盘,上面装了牛肉高汤和饼干。她先摸摸大家的额头,然后再给他们东西吃。"现在你也被传染了。"她告知天泰。"不要抓破皮,小姐,除非你想要留下难看的疤痕。这是长水痘的第一守则：抓破一颗水泡，留下一个凹洞。不久之后，你就长得跟瑞士乳酪一模一样了。"丽塔绝望地看着已经被她抓破的水泡。

"谁是钢铁之子？"天泰问。

"哈拉雷最好的障碍比赛马。它的父亲是来自马达加斯加的斑点骄傲，它为我赢得了那些所有的战利品。"她指向壁炉架。

"你骑马吗？"丽塔问。

"当然，我可是轰动一时的女骑师。小男孩，如果你让帕夏的嘴巴打开，后果我可不负责。"库达放开猫的头。它突然对他怒视，下嘴唇还紧咬着一颗利齿。

"帕夏宠儿连续三年在哈拉雷猫展获胜。"女人继续说，"它的父亲是来自午夜疯狂的缎子闪电。"

"那是什么意思？什么来自什么？"从丽塔吃东西的方式，看得出她的病已经痊愈了。天泰的喉咙很痛，根本无法把那些高汤吞下去。

"那是说明动物的父亲是谁的方式。"

"你认识它的父母？"丽塔充满兴趣地说。

"我认识它的父母、祖父母以及曾祖父母。"米勒人的母亲说，"举例来说，刚刚那只乱砍者，它的真正名字是乱砍之野兔猎人三世。它的母亲是来自咬牙之野兔猎人二世的德菲娜手砍者。咬牙是德菲娜的父亲。"

天泰对于这些讨论动物的事很不耐烦。当这女人停下来歇口气时，他迅速地打断说："你打电话给我们父母了吗？"

"当然有。"她回答说，"但是他们恐怕不在家。他们得出席北京一个重要的会议，非常非常的神秘，跟防御协定有关的事。我确定他们会辗转地听到我的留言。"

"你告诉米勒人了吗？"

"米勒人！"这女人探问说，"你们都这么叫他吗？在你们家他也许是一个米勒人，不过在这里他都是用他真正的名字。"

"告诉我，我不知道他真正的名字。"

"这不是很典型吗！他在你们身边这么多年，你们却懒得知道他真正的名字。我想你们只是把他当成其中一个机器人罢了。哎！他本名叫做安东尼·马池·沃辛汉,而这是个好名字。"

"对不起。我太无礼了。"天泰说。

"想当然,你也不知道我的名字。碧玉·马池·沃辛汉。我的母亲曾是位议员——薇拉·布拉沃辛,而我的父亲是高等法院法官斯提顿·马池。"

"来自斯提顿·马池的碧玉·马池·沃辛汉。"丽塔满意地说。

米勒人的母亲睁大鼻孔,生气地说:"这种描述血统的方式只能用在动物身上——我猜你早就了解这一点了,无礼小姐。要不是我多懂一些,我猜大家会在玛巴·姆兹卡的一个篮子里发现你。既然现在你的舌头已经这么灵活,你的身体也应该可以跳下床了。走去浴室——你浑身都是臭味。你晚点再把盘子洗干净。不,别抓破皮了。你看起来将会跟月球表面一样坑坑洞洞的。"

当马池·沃辛汉太太把丽塔赶到走廊时,她说话的声音变得越来越小。天泰躺回硬邦邦的行军床上面,身体打战。他很不舒服,根本睡不着。连毛毯也会弄伤他的皮肤。他看着库达把帕夏宠儿翻身,让它背面朝下。那猫爪在空中挥舞,慢慢地转过身。库达再把它翻到背面。

丽塔回来时,换上米勒人以前穿的旧T恤和短裤。她开始收拾盘子和杯子。

"那是什么味道?"天泰说。

"橄榄油。"丽塔做个鬼脸,"马池·沃辛汉太太说那可以避免我的皮肤留下疤痕。我闻起来像个比萨。"

那让天泰觉得恶心。他很高兴她走开了。他昏昏地睡着了,当他醒来时发现午餐已经送来了,那是一杯茶以及涂上一层薄薄橘子酱的奶油饼干。

"那东西已经不新鲜了。"丽塔皱着鼻子说。天泰认为她已经复原得差不多了。当马池·沃辛汉太太用一把银剪刀剪生肝脏时,库达蹲在猫碗旁边观看。他想要伸手拿一块,但她啪地打了他的手。

"生肝脏里头都是绦虫,小男孩。一旦它们进了你的肚子,它们会长得跟足球一样大。"

"难怪这猫那么肥。"库达领悟地点点头说。

"小孩的嘴巴应该装上拉链,然后再贴上一张标签,上面写着:'十八岁以后才可以打开'。"马池·沃辛汉太太生气地说。

下午,天泰听到她尖声大骂垃圾工人,要他离芒果树远一点。丽塔回房睡午觉,但是库达没有待在床上。他爬出窗户去找垃圾工人。他们一起坐在树下吃水果。

晚餐是脱脂牛奶、煮红萝卜和涂上鱼酱的吐司片。他们在小房间里用餐,因为天泰很不舒服,无法走动。"不要浪费食物。"米勒人的母亲说,她看到丽塔想要把鱼酱刮掉,"在我们那个年代,人家给我们什么,我们就吃什么,否则什么都没得吃。把你们的盘子洗干净,之后就可以享受你们的饭后点心——全麦饼干。"

"为什么我们不能跟那些狗一样吃牛排呢?"丽塔抱怨说。

"那些是参展狗。它们得保持最佳状态,才能获奖。无论如何,清淡食物对小孩的健康有益。它有助于锻炼品格。库达,你只会把自己搞得肚子痛而已。吃青芒果一定会有那样的下场。"

天泰睡睡醒醒地听着。有时候床好像漂浮在一片黑暗的大海里,上面有许多光点,但是当他聚焦一看,那些光点又还原成那盏弯曲的立灯。他没办法进食。有一次他看到丽塔眯着眼在修补东西,那是马池·沃辛汉太太指派给她的工作。还有一次他看见当库达被抬上床时,他顽强地踢来踢去。小小的光点飘远了,四周一片漆黑。

他看到一道月光中出现了一个马头,其中一颗玻璃般的眼珠闪闪发亮。外面那几只杜宾犬在花园里大步慢跑。天泰下了床。他看到垃圾工人躺在一堆干叶子上面。狗儿从他身边匆匆跑过。它们的眼睛闪闪发出红光,隐约现出长长的牙齿。他屏住呼吸。

它们一下子偏离那堆干叶子。之后,它们哀嚎一声,又跑回来。它们继续在黑暗中奔跑,巡逻这栋房子。

它们没伤到垃圾工人,但是天泰不知道它们是否会对他友善。他叹了一口气,回到床上。

三天之后,他才能够爬下床,到厨房餐桌上吃早餐。但是这之前,却换成库达病倒了。丽塔在炉边忙得不得了，一会儿调整温度，一会儿移动茶壶，一会儿又用长叉子把吐司翻面。悲伤的机器人在她背后发出吱嘎声。

桌上铺上了僵硬的布，看上去很不错——不过还没有装盘分配。机器人在每个盘子里各摆上装了小颗鸡蛋的磁杯，它又在水晶杯上注满柳橙汁。天泰看到这幅景象时很开心。

马池·沃辛汉太太坐在桌子前方的主位。她熟练地敲开蛋壳的顶部。"这是什么？好硬！我要的是三分熟水煮蛋。"

"我的计时器坏了。"机器人哀怨地说。

"真是好借口！你一定又喝机油了。不要说谎！我昨天才检查过。"马池·沃辛汉太太用汤匙拨弄她的蛋，"你这个机器人只会说谎和喝机油。我应该要把你送到垃圾场。"

"是的，夫人。"机器人说。

丽塔把装燕麦片的碗都洗干净。她在大水壶里装满脱脂牛奶，但是由米勒人的母亲来斟酌糖的分量。她说："当我还是个小女孩时，只有星期日才能吃到糖。"丽塔在她后面做鬼脸，天泰对妹妹皱眉。毕竟马池·沃辛汉太太是在照顾他们。她完全可以拒他们于门外，不理水痘以及其他种种。

"我们何时可以回家？"他问。

"时间还没到！天啊，你们到处散播病菌。如果被医疗单位知道，他们会把你们隔离观察一个月。今天早上那片吐司的人造奶油涂太多了，丽塔，下一片你得吃干吐司。"

"我们可以用声音全息记录器跟父母亲讲讲话吗？"天泰一想到他已经好久没有真正看到父母亲的脸，喉咙便干涩起来。他深吸一口气，不让自己在丽塔面前哭起来。

"他们还在北京。据我所知，他们趁此机会游了一趟黄河——非常奢华的旅程，附了三十道菜肴。"马池·沃辛汉太太露出渴望的表情。

"你是说——你是说他们出外度假？尽管我们失踪？"丽塔倒吸一口气说。

"你们不可以那么自私。"这女人边说边啜一口茶，"大人总要休个假,他们确实有这个需要。那么,如果我没有坚定立场的话,也许我就得对安东尼唯命是从了。"

库达在后面的房间里哇哇大哭。丽塔跳了起来。

"这应验了我刚刚讲的话!坐下。他不会因为你的溺爱就好得比较快。"丽塔不安地望着门口。库达的哭声听起来是在发脾气,而非出于恐惧。丽塔终于回到桌子边。"你也知道,他只是要引人注意。"马池·沃辛汉太太解释说,"安东尼以前也常这样,但是他很快就被我摆平了。"

天泰提醒自己安东尼就是米勒人。天泰回想起有一次上武术课时,他摔断手臂。米勒人日夜照顾他。他说故事给他听、喂他吃点心,还从玛巴·姆兹卡抓来了一只变色蜥蜴送给他。他很难相信眼前的这个人就是他的母亲。

后面的房间传来一声巨响。马池·沃辛汉太太跳了起来。她、丽塔和天泰都往声音的方向冲过去。玻璃哐当声、成堆绽开的木片、墙边传来的呻吟声。库达不再大吼大叫。

天泰以为是杜宾犬,心脏扑通扑通地跳。但是当他们进到后面的房间时,根本看不到狗儿的踪迹。反倒是看见垃圾工人裂齿而笑,库达正跨坐在他宽宽的肩膀上。窗户太小,他钻不进来,因此他干脆把墙挖出一个洞。马池·沃辛汉太太生气得说不出话来,她的嘴巴像鱼一样,一张一合。

"他很强壮,不是吗?"丽塔评论说。

这女人终于发出了声音:"你这个巨型怪物!你这个恐龙!看看你做的好事!啊,我可怜的房屋!"她跪在塑料和玻璃碎片之中,"我是个没钱的穷苦老女人,我怎么负担得起这修补费用?噢,为什么当初我要收留你们?"

"巨型怪物是什么意思?"丽塔问。

"现在不是解释的时候。"天泰嘘声说。他跪在米勒人母亲旁边,试探地轻拍她的手臂。她把他的手推开。"我确定父亲会支付补偿的费用。"他说,"父亲总会做对事情。他甚至还会给你一笔奖赏。"

马池·沃辛汉太太抬头一看,天泰不喜欢她脸上那个表情。

"他不会那样做。他说奖赏只会鼓励帮派分子绑架，勒取赎金。"丽塔说。

天泰掐了她的脚，她回踢他一腿。"这不一样。我们又不是被绑票。这比较像是付房租。是的，应该这么说。使用房子和食物的费用。"

"还有照顾小孩。"丽塔补充说，"保姆的费用是怎么算的?"

"保姆!"马池·沃辛汉太太回答说，"我要谢谢你提醒我自己是谁!我母亲是议员，父亲是高等法院法官。保姆喔!我过世的先生沃辛汉曾经参选过十次市议员选举。"

"他有没有选上?"天泰还来不及阻止，丽塔便说。

马池·沃辛汉太太的鼻孔睁得好大，苍白无血色。"我要把你们都赶出去。我这辈子没有这么倍受羞辱!我要给你们一个二十五分的铜板，让你们打公共电话——公共图书馆里就有一个。你们可以打电话给市立医疗单位，请他们先在传染病医院准备几张病床!"

"不要，拜托。"天泰说，"我们不认为你是保姆，对吧，丽塔?"

丽塔道歉，他松了口气。她道歉时，姿态很低且充满诚意。马池·沃辛汉太太也缓和下来。"很好，你们可以留下来。不过那个家伙必须待在花园里。只要再有一个意外——再一个——那你们就得离开。现在!你们把这些混乱清理一下。天泰、丽塔，好好照顾弟弟。显然，我得采取行动，以免这屋子被拆掉。"

要说服垃圾工人把库达放下来并不容易，无论如何，天泰终于让这个人从墙里的洞钻回去。机器人去拿工具过来；天泰在小洞和破掉的窗户周围都钉上胶合板。房间变得很暗，不过在父亲付钱修理之前，暂时只能维持这样。而父亲肯定会愿意的。只是他是否会给马池·沃辛汉太太奖赏，到时候才会知道。

我们现在没办法走，天泰告诉自己。库达还在生病。不过他知道自己内心还不想离开。他还是很虚弱，皮肤布满了痒痒的水痘疱疹。米勒人的母亲在他身上涂上橄榄油。

"一瓶两块钱。"她一边检查天泰的胸部，一边不满地说，"尽管如此，我们不能让你回去时像个乳酪磨碎器，对吧?"

二十八

对马池·沃辛汉太太而言，隔离并不表示可以游手好闲。丽塔和天泰的烧一退，她马上要他们除草、擦东西、打扫和涂油漆。天泰很想知道，只有机器人在时，她自己做什么事。

花园可以任由它生长，不过前面通道两旁除外。现在孩子们开始割草和挖花床的工作。他们辛劳地工作着，汗如雨般滴落到他们眼睛里。

不过对天泰来说，把手伸进肥沃的红土壤里，是件愉快的事。他快变成专家了。死人沼泽的土壤既无光泽又缺乏生气。瑞斯海凡的土壤则富含黏土：在阳光下还是很难干。马池·沃辛汉太太的花园多年来都被她施肥精心照料，在他指间的土壤像是碎掉了的浓醇蛋糕。

"土壤之所以是红色是因为含有铁的成分。"她告诉他，"那对血很重要，对树液也很有益处。"这一定是真的，因为周围的草都长得很茂盛。偶尔在高高的草丛里，会有一些小人的雕像。当丽塔看到第一尊雕像时，她吓得尖叫起来。

"我以为那是杜宾犬。"她解释说。天泰好奇地研究一番。它有两英尺高，头上戴了一顶针织帽，还留了白胡须。

"这是花园的守护神①。"米勒人的母亲说，"他守护着这些植物。"

天泰和丽塔赞赏地点点头。"那是物神崇拜。"丽塔轻声说，"我不知道原来英国人也有这样的习俗。"他们小心翼翼地修剪物神周围的草坪，他们后来发现共有十五尊的物神。他们种万寿菊时，还刻意在每个雕像旁做出花卉图案的边界。

至于屋内，他们用砂纸和抹布磨掉家具上面的刮痕。他们把地板打蜡、把窗帘拆下来清洗，还整理了摆在书架的书籍。丽塔把钢铁之

---

① 守护神（garden gnome），一种英国人崇拜的物神，为了让植物成长茁壮。

子的眼睛擦亮，看起来像珠宝一样闪闪有神。

"这很有趣。"丽塔边说边从屋顶排水槽把一大把小树枝往下丢到庭院里。这时天泰把腿钩住壁炉，砍掉将要把壁炉压垮的紫藤。他微笑着表示赞同，同时把脸上的汗擦去。

在底下，马池·沃辛汉太太拿了一颗石头往垃圾工人丢过去。此时，垃圾工人正要往芒果树的方向走过去。石头从他宽阔的背上弹开来。"她应该不要管那么多。"丽塔小声地说。垃圾工人被驱离果树，但接着便打开杜宾犬的笼子，拿走里面的牛排。这举动让米勒人的母亲忍无可忍，她退回房子较远那端的侧厅。

天泰很好奇她在那里做什么。这栋房子占地很大，他还没有探索完。加上马池·沃辛汉太太也不会喜欢他这么做。这没有什么稀奇的。父亲也从不让他在图书馆里头玩。大人们有他们的秘密，而小孩可能造成妨碍。但他还是很好奇放下雪莉酒的她，走过紫藤遮阴的通道之后，又要做什么。

例如，声音全息纪录器在那里？她一定有一台，这样才可以跟米勒人联络。为什么她不允许他借用呢？水痘又不会经由电话传染。天泰越想越能确定一件事：马池·沃辛汉太太不想让他们跟家人联络上。但是她为什么要这样做呢？

"天泰！丽塔！来准备晚餐。"这女人在窗户边大叫。丽塔把最后一批小树枝丢下去，拍掉她手上的灰尘。天泰看着一只蓝黄条纹相间的蜥蜴急忙爬过紫藤，扭动着越过屋顶的瓷砖，之后他才随着丽塔爬下梯子。

"你猜我们晚餐要吃什么。"当他们用草坪洒水器洗手时，丽塔高兴地说。

"别说了。"天泰说。

"美味的罐装豌豆、好吃的水煮南瓜，以及涂上——你准备好了吗？鱼酱和人造奶油的饼干。最棒的是，还有小骨头在里面。"

"我们吃过更差的。"

"点心是一片全麦饼干，涂上炖浆果，浆果上面的蛆大部分都被挑掉了。"

"你在抱怨我的食物吗?"马池·沃辛汉太太从窗户探出头来说。

"真的不是。我很期待呢。"丽塔边说边鞠躬。

"我赚钱可不像你父亲那么容易。如果你们想要吃云雀舌吐司,那你们是没指望了。"那女人用力把窗户关上。

"为什么你要那样做?"天泰无力地说,"因为这屋子里有一大堆好东西。给狗儿吃的牛排、猫吃的奶油,以及给讨厌客人吃的蛋糕。"讨厌客人指的是那些隶属动物育种学会的女人。她们三三两两地来,啜饮名贵的茶,吃着小小的杏仁蛋糕塔。

当这些女人来的时候,丽塔和天泰都被赶到一个偏僻的房间,但是他们总是会偷偷地爬回去。这是一个游戏。他们悄悄地在篱笆和窗户之间移动,从暗处偷偷地观看茶会的进行。他们对英国习俗充满了极大的好奇心,丽塔还说如果他们记笔记,说不定他们可以因此得到童子军的人类学勋章。

访客对他们宠物的殷切呵护,不下于戈力卡易宗族的人对牛只的照顾。他们快乐地描述他们家的每只狗或马儿。这些女士共同享用一大盘的点心,不过他们会把食物放到个人的碟子上。为了礼貌起见,他们吃的时候会刻意留下半块的蛋糕塔。这习俗让丽塔抓狂。这些剩下的食物之后都会喂给乱砍者和利齿。

"这是她的房子。我们没有资格要她怎么做。"天泰说。丽塔拉直下巴,那表情跟老奶奶被母象刺激时一模一样。

丽塔和天泰把厨房的老旧炭炉生起火,除去浆果中的蛆,把南瓜煮熟。傍晚的阳光斜射到墙上,凸显出窗边玫瑰树上的火红花瓣。燕子在屋檐底下的黏土鸟巢飞进飞出的。

天泰满足地叹了口气。他当然希望这时候能待在家,然而他们已经离家这么久了,他脑海中的家已经有点模糊。在这段期间,一天辛劳工作之后,他最喜欢在马池·沃辛汉太太的厨房里打发时间。茶壶在炉子上呼呼作响。炖煮的南瓜也发出噗噗的沸腾声。帕夏宠儿打了个饱嗝,他的胃正在消化午餐吃的沙丁鱼。

"我该休息了。"马池·沃辛汉太太从食品储藏室里拿出一瓶雪莉酒,"晚餐好了再摇铃叫我。"她走出厨房,走向天泰从未探索过的侧厅。他起身要跟，但是丽塔拉住他的手臂。

"库达。"她说。当然她是对的。照顾库达比满足好奇心来得重要。

要不是因为弟弟，天泰在这里没什么不快乐的。库达后来也得了水痘，而且比他和丽塔来得严重许多。更糟的是，他完全没有耐心面对。"我讨厌生病！"他尖叫，"我要妈妈！现在就让我舒服一点！现在！现在！现在！"再加上，为了避免垃圾工人又把墙挖破一个洞，库达被移到一间位于整栋屋子正中央的狭小房间。

那房间被叫做病人房。

这是一个错误。米勒人的母亲一边解释，一边领着天泰和丽塔来到这黑暗的小房间。"很久以前，我的曾曾曾祖父——副总统达希威尔·马池——你们一定听过他的名字，他亲手建造了这栋房屋。不知何故，他在正中央的地方，留下一个空间。也许那里是他忙碌之余，稍微停下来喝杯茶的地方。不管怎么说，当一切都结束时，这个地方被闲置了下来。这个空间当衣橱太大了，改为一般的卧室又太小。"

"这个房间，"她降低音量，"是我所有亲人过世的地方。"

"不！"丽塔大叫说。

"很适合当病房——既温暖又安静也很舒适。没人在意这里没有窗户。"

"就连病人也不会喜欢这里的。"天泰说。

"胡说八道。重点是这里不会有细菌飘进来。像你这么一个伶俐的男孩子，却如此缺乏智慧，真是悲惨。我有好几个亲人都在这里痊愈了。"

"听起来你好像有点失望。"丽塔批评说。

"因为你的无礼，罚你明天把炭炉擦干净。这个房间很适合吵闹不休，我想被宠坏的小暴君就适合在这里独自生闷气。"

然而，最惨的还不是这个，而是那张病床。原本放置的那张大人床被移走了，据马池·沃辛汉太太说："我先生在这上面呼出他最后一口气"。丽塔和天泰连碰也不敢碰一下。取而代之的是一张全新的儿童床。它像是一个附了轮子的牢笼，四面都是钢网，顶部还罩上盖子，还加了一把挂锁。这东西叫做小库普。

二十八

"安东尼以前也常爱生气。"米勒人的母亲说,"这东西很快就把他搞定了。过了一阵子,只要我说'小库普',他马上就变乖了。"

天泰相信她。只是眼看库达被关在又黑又不通风的房间里,还要被锁在笼子里,他就于心不忍。丽塔又哭又威胁,却仍然改变不了马池·沃辛汉太太的决心。她一天有好几次把"小库普"打开,让库达去上洗手间。她给他东西吃、帮他洗澡、用橄榄油搓揉他的皮肤,也会喂他吃药。他的生理需求得到了满足,但是天泰相信他弟弟的病情因为不快乐而加重许多。

库达一被移进病人房后,丽塔和天泰就被禁止接近那个房间。不过每当米勒人的母亲在忙时,他们便会趁机跑进去。现在,天泰猜想她会离开半个小时左右。库达在"小库普"里面坐得直直的。他的脸上满是汗水,眼神因为发烧而闪烁。不过他终究是马兹卡将军的儿子。四周的钢网都被他踢得凹陷下去。当天泰走进来时,他尖叫说:"放我出去!"

天泰把手压到钢网上面,他弟弟在里面也用手压住钢网。"我要妈妈!"他大叫,"我恨你!我恨每个人!"天泰没有因为他的暴怒而伤心。他知道这是被关起来产生的愤怒,不是真正针对他。他开始唱一首在瑞斯海凡学会的摇篮曲:

> 美丽的鸟儿,你要去哪里?
> 来吧,来到我身边。
> 我要直入云霄
> 这样我就可以成为它们的一部分。

他一再地重复唱,如同米雅达唱给戈力卡易的初生婴儿一样。他一想到米雅达,心情就沉重悲伤,库达躺在床垫上看着他。他吸着他的拇指。这时候他闭上眼睛,睡着了。

最让天泰担心的是这个房间里隐隐存在的鬼魂。马池·沃辛汉太太的亲人鬼魂也许正想要找人附身。通常,被附身并不是一件坏事:像米勒人就拥有一个说故事的雪夫。雪夫是一个善良的灵魂,它会赠与你特殊的技能。但是有些人是生气而死的。它们在人世间还有未完成的事。这魂魄变成了恩高辛①,会对被附身的人做出可怕的事。

  天泰拿出恩多罗,把它放在"小库普"上。他跟不知名的祖先解释说,这是他的子孙。"请告诉恩高辛,离他远一点。这是绍纳族的子孙,请他们另外找英国人。"比方说是马池·沃辛汉太太,他心想。他站在原地,把手放在恩多罗上面,恩多罗在他指间慢慢温热。库达轻轻叹息,翻个身仰卧着。这也许是他的幻想,但天泰觉得弟弟看起来烧退了。

  最后,他得走了。他想把恩多罗留下来,不过如果马池·沃辛汉太太觉得那有价值,可能就会被她拿走了。

---

① 恩高辛(ngozi),绍纳语,复仇心切的神灵。

二十九

手臂站在瑞斯海凡的大门前面。四周一片沉静，就像墙上的石头一样静止不动。没有人来应铃。不管消息是好是坏，都没人知道摩洛曼塔巴国度的现况。"你有听到什么声音吗？"他问耳朵说。

耳朵从门缝里偷听。他摇摇头。

"这有很多种可能。"眼睛说，"有传闻说他们在墙的另一端堆砌了圆卵石。他们已经决定暂时不理会外面的世界。"

"也许是因为他们生病了，或是闹饥荒，要么就是相互残杀。"手臂把他敏感的手指放在门上，但是连他也察觉不出任何的蛛丝马迹。

"马兹卡将军夫人说以前也发生过同样的事。大约一个世纪之前，他们曾经一度与外界隔离了十五年。"

"我想要告诉米雅达，沙卡过得很好。"

"我想我们只会为她带来伤害。"眼睛温和地说。

他们走下地铁。每次他们走进地铁——这大概是他们第十一或第十二次来到这里——都会发现假面人骚动的迹象越来越频繁。灰色的墙壁刚喷上字："不要看面具底下的东西。"一节列车猛地冲进站，大家才发现列车的司机被割断了喉咙。走道的尽头已经遭到摧毁，但人们依旧挤进其他没有受损的区域。

耳朵、眼睛和手臂步行有点困难，因为周围的人们纷纷闪避。手臂的视线可以越过人们的头，只可惜他的眼力不如他的战友。他认为他看到一个异常巨大的女人，摇摇摆摆地挤过人群。

"是她！是她！"眼睛突然大声喊叫，紧紧抓住手臂的袖子。

手臂拔出涅瓦纳枪，周遭的人立即退开。有人大喊："他们有枪！"

"是假面人！"其他人跟着大叫。人们躲到椅凳下，找寻遮蔽物。男人们在水泥地上双脚打滑，女人失声尖叫。他们用力抱住小孩的头，借此保护他们。当小孩被这些突然蹲下来的母亲、奶奶、阿姨和姐姐们挤压时，他们哭得更大声了。就在这时候，有两节列车分别从月台两侧轰隆隆地进了站。人们迅速地涌入车厢，仿佛一群进入青蛙嘴里的苍蝇。门铿锵地关闭起来。整节列车往另一侧倾斜，警卫则紧张地从窗户看着他们。才一会儿工夫，月台上的人全都不见了。

"嗯，这招很高明。"眼睛说。

"是你大声嚷嚷母象的。"手臂把涅瓦纳枪塞进肩膀上的枪皮套。

"别怪到我头上。我可没有像恰卡祖鲁①跟他的部队一样突袭月台。"

"喔，是啊！你在拥挤的戏院里大喊'失火了！'人们因此受伤，而你却觉得莫名其妙！"

"同志们！同志们！"耳朵大叫，"吵架没有什么好处。重点是母象来这里做什么？"

手臂和耳朵立刻不再争吵。他们四处找寻线索。有少数人下了车，准备搭下一班列车。

"将军抓到了刀子、拳头和老奶奶，目前她是通报的首要追缉要犯。你预料她会轻易就范？"耳朵盖住耳朵，因为这时候有一个小男孩正在糖果贩卖机旁边大发脾气。

"你看看。她要买糖果给他吃了。"当男孩的母亲把钱塞进贩卖机时，手臂不满地说，"我不会让沙卡这般任性的。"

"等着瞧。到时候你会任由她摆布，像是被揉烂的面条。"眼睛说。

"注意听我说。"耳朵生气地说，"母象走下来这里。你猜她是要去找那几个孩子吗？"

"我从不相信那旧利齿帮的人提供给警方的情报。从她那利齿说出来的话，分明就是谎言。"

这时，那个小男孩发出尖锐刺耳的声音，还把垃圾桶踢倒，手臂看了眉头紧皱："沙卡绝不会那样做，她可是很有气质。"

"她才三周大。"眼睛说。

"请你们专心办事！那些帮派分子可能在帮母象——或假面人做

---

① 恰卡祖鲁（Shaka Zulu），祖鲁族军事领导者，曾在非洲南部建立专制帝国。

事。我认为母象也许知道孩子们到哪去了。如今,这是我们唯一的线索。真希望我们知道她到底搭了哪一班列车。"耳朵把耳朵张到最大,那对招风耳朝着那个小男孩摇来晃去。他吓得失声尖叫,把头埋进他妈妈的裙子底下。

"我们当然知道她往哪里去了!"眼睛说。他当然看得到挂在月台最尽头阴暗处的列车时刻表,"现在是尖峰时刻。事实上,大家都要出门。四点五十一分的两班列车都是开往布洛谷的,因此不管她搭上哪班列车都不重要。"

"很好,很好。"手臂喃喃自语说。五点零二分,他们挤进了另一班载满忧郁乘客的列车。一路上,他们喋喋不休,身体随着行驶的列车一同摆动。到了布洛谷之后,他们在月台上上下下,他们以前出任务时也经常这样做,看看有什么事会发生。

"布洛谷大部分都是住英国人。"耳朵说,他自己也有英国人血统,"有没有将军的朋友住在这里?"

"我们查过了。在军队里,当然有一些英国人,但都没有人跟马兹卡家是熟识。"手臂说。

"我们差点漏掉了它。"眼睛低声说。他走到月台的尽头,把清洁机器人没有扫到的垃圾踢到一边。

"嘿!那是什么?"他在月台边缘蹲了下来。

"小心点!那些铁轨可是会让你送命的!"耳朵抓住他的朋友。磁性铁轨附近的空气随风拍动,带着一股致命的杀气。

"我看见了一个袋子——"

这时有一班列车从隧道里轰隆隆地进了站。它正好停在离那磁石轨道①几公分之远的地方。耳朵、眼睛和手臂等它开走。那些通勤的人在匆忙上楼梯之前,还不安地看着他们三人。

"我捡不到。"当列车启动时,眼睛说。于是手臂趴下来,对准那袋子,伸长他的长手臂。他的指尖感觉到一股冰块的水汽。如果他碰

---

① 磁石轨道(magnetic rail),一种初期的反重力运输模式,列车可以漂浮在温度近于零度的磁性陶瓷轨道上面。

到铁轨,他的手势必会结冻受伤。他稍微往前移动一些,碰到了那只布袋,这时候冰冻的感觉也穿透了指尖。

"当心。"眼睛轻声说。

手臂发现袋口的细绳绑得很紧。他用一根手指头把它勾起,往上用力扔。突然间,他在月台上滚来滚去。

"好痛!"他大叫。

耳朵赶紧投了一个硬币到贩卖机,把手臂的手指头放进一杯滚烫的咖啡中。当高温和极寒缠斗时,手臂痛苦地呻吟。"啊呀,好多了。"最后他轻叹说。

"这个是我从城市童子军手册中学来的。"耳朵骄傲地说。之后他们准备检查那个小袋子。它已经被冻成硬块,不过冰块已经开始融化了。

"那闻起来,你也知道,有点腐臭。"眼睛议论说,"这让我想起我们从小生长的村落。"

"鸡。"耳朵说。

手臂把袋子里的东西倒进他手中。里头装的东西出乎他们的意料,不过那布料更是令他们震惊。那是一小块古老的树皮,上面绑的绳子是用西沙尔①捻出来的。手臂只有在博物馆看过这样的东西。"我想这是瑞斯海凡的东西。"

"终于!"眼睛大叫。

"可以请警方再做鉴定。不过我认为我猜的没有错。这证明了孩子们就在这里。"

"让我们找一台电脑终端机,重新检阅马兹卡亲朋好友的资料。"耳朵说。

手臂抬头看着地铁阶梯上面的夜空。"我真不喜欢母象在这里四处搜寻。"而在手臂的脑海中,他看到她走在布洛谷宁静的街道上,街道的两边还种满了树。她穿着一身黑,因此当夜晚来临时,她整个人都融入了漆黑的夜色里。她伸进口袋,拿出那瓶卡恰苏酒。手臂感觉到她用牙齿拔起软木塞,然后直接整瓶拿起来喝。当烈酒从她喉咙滑下

---

① 西沙尔(Sisal),一种麻植物,用于制作麻绳或麻布袋。

二十九

去时,手臂的眼睛里都是泪水——

"走路要当心。"耳朵边说边领着他进入一节车厢。

他脑中怎么会有那些影像?手臂心想。

"我已经打电话给将军,要他留意布洛谷。"眼睛告诉他。

他怎么没注意到时间过去了?手臂心想。我不记得眼睛打电话的事。我刚刚真的跟母象在一起!我可以找到她!但是列车已经离站,驶向乳牛胃区。手臂想到沙卡很快就会回来了。

一想到婴儿,手臂立即忘了找其他那几个小孩的事。他只想到能够再回到家里是一件多么棒的事。

"我猜米勒人忘了帮她温牛奶。"他大声地说,"她昨天告诉我说,他给她喝冰冷的牛奶。"

眼睛摇摇头。耳朵假装感兴趣地看着外头飞逝的漆黑隧道。

米勒人没有忘了温牛奶。当歌颂者抱她进门时,沙卡散发着满足的表情,窝在米勒人绑在胸前的育儿袋。她脑海中正唱着一首歌:

牛奶、牛奶、美妙的牛奶。
温暖、温暖、棒极了的温暖
快乐、快乐、快乐、快乐。

手臂为之着迷。他把她从育儿袋抱出来。她喘着气,身体变得僵硬。那首歌变成了:

轰轰作响的东西,
超级讨厌的东西!
不要,不要,不要,不要!

她尖叫着握紧小拳头。他仿佛被人打了一拳。沙卡把他推开!米勒人立即把她抱进怀里。"好啦。好啦。那个恐怖的家伙有没有把你给吓坏了?噢,呼!我们不能那样。现在公主安全了,是的,没错。"他把她塞进育儿袋里。

"你——偷了——她的——爱。你这个贼!"手臂气得说不出话来。

"如果公主喜欢我,我又能怎么办?不要伤害我!"歌颂者后退一步,避开手臂伸过来的长手臂。

眼睛站在他们两人中间。"你不能揍一个抱着婴儿的人。"

"流氓!"米勒人站在眼睛的背后说。

手臂倒在沙发上,他开始哭了起来,他的哭法不像是大人,而是像个婴儿那样猛烈,仿佛世界末日将要来临般的号啕大哭。沙卡也用同样绝望的哭声来回应他。眼睛立即将她从推车里抱起来,凑近手臂身边。

"你确定这样好吗?"耳朵问。

"相信我。"

手臂搂住婴儿,他们俩在同一时间都不哭了。他感觉到婴儿又开始唱歌:

我的!我的!我的!我的!

他们陷入了一种狂喜之中。"没事了。"手臂轻声说。

"不,才不是这样。"眼睛说,"你看不出来现在究竟是怎么回事吗?你把你的想法投射给他了,就像你对口渴先生做的事一样。当你进入房间,当时你在想什么?"

"电车。"手臂说。沙卡的脑海中立即浮现出嘈杂的警报器。接着,当他把嘈杂地铁电车的影像换成一架木马时,沙卡不再感到惊吓,反而充满了好奇心。他来回摇晃那匹木马,惊奇的沙卡叽里咕噜地叫着。

"我们有麻烦了。"眼睛说。

于是手臂明白了。他如何能让自己的脑海光想着那些童贞的图像?何时沙卡将被那些大人世界的纷扰给吓坏呢?她还太小。

他生硬地吞下口水,把她交还给米勒人。婴儿又回到熟悉的育儿袋,但好像有点失落,因此不太安分。

"我会好好照顾她的。"米勒人承诺说。手臂这时才注意到这人愁容满面,他变瘦了,他的嘴边刻画出深深的线条。

不久之后，这三个侦探坐在口渴先生的店里喝着木瓜汁。手臂把酒保放在他杯子里的小雨伞给撕碎了，任由乳牛胃区的野蛮情绪占据他的心。我很高兴米勒人正在受苦，他痛苦地想着。不管他为什么苦恼，我希望那东西好好地侵蚀他。

三十

"啊呀!"一天清晨,马池·沃辛汉太太大声尖叫,"你这个寄生虫!败类!我的草莓全没了!你那贪婪的肠胃!"

垃圾工人大声叫喊,从窗边飞奔过去。

"他居然在这个时候犯事。"丽塔打个哈欠说,"那些草莓原本是下午做奶油水果塔时会用到的。"

这时候天泰才想起来,今天下午整个布洛谷动物育种协会的人都会来这里聚会,他和丽塔要负责烤蛋糕。"我们只好改用浆果了。"

"那个也所剩不多,根本不够用。"丽塔调皮地笑着说。垃圾工人不只爱吃浆果,他也喜欢里面甲幼虫的恶心味道。

每次丽塔去看库达时,天泰就负责在厨房分散马池·沃辛汉太太的注意力。"他得离开。"她边说边吹着天泰端给她的那杯热咖啡,"我不应该容忍他这么久。你知道这是因为我心肠太好。大家老是会对我说:'你心地太善良了。太容易相信别人,对于缺陷也过于宽宏大量。'不!不!是放两汤匙燕麦到水中,不是三汤匙!"

天泰搅拌着稀薄的燕麦粥,同时避免脸上表现出不悦。垃圾工人也许是有点烦人,但是经过了这几个星期,他似乎已经成为这里的一部分了。

当丽塔回来时,米勒人的母亲叫他去采集水果。"我在聚会上很难抬起头来。"她悲哀地说,"他们会说:'真可怜,除了浆果之外,你能不能换点别的东西?'这可恨的流浪汉!"天泰希望马池·沃辛汉太太能在话头上发泄掉所有怒气,而不要表现在行为上。有时她的确如此。

他要端燕麦粥给她,但她挥手拒绝。"我现在好烦!先搁在后头的炉子上,待会再吃。"她往那个未被探索的侧厅方向走去。

天泰稍迟疑一下,便跟了过去。她走过一条有阳光的走廊,经过几间储藏室。这栋房子到处都堆满了昔日繁华的痕迹:豪华的地毯、

三十

原版画作、雕像、马池和沃辛汉家族的昏暗半身像、古董家具，以及一匹天泰不敢碰的青铜马。那匹马是藏身的好地点。

马池·沃辛汉太太进入一个小房间，然后把门关上。门的上面是一块扇形窗，上面镶了彩色玻璃，其中有一块破掉了。天泰爬到一架大钢琴上面，那上头还摆满了雉鸡玩偶和一只当作伞架的河马脚。他把身体靠向那块破掉的玻璃。

那女人站在一台声音全息纪录器面前。

终于发现了，天泰心想。

她呼叫了一组号码，天泰认出那是他家的电话号码。过了一会儿，屏幕上现出米勒人那张忧愁的脸。"噢！妈妈你好。你能打来真好。好细心！"

"不要用那种米勒人无厘头的口吻跟我说话。听着，旁边有人吗？"

歌颂者脸色不是很好。他的皮肤下垂，嘴边出现了深刻的线条。天泰吓了一跳。"马兹卡夫人现在躺在床上。她昨晚没睡好。将军现在正跟总统在讨论一件国际紧急事件。我想是冈瓦纳人把一架津巴布韦的飞机打下来了。"

"我不管什么飞机！你想出了要求赎金的点子了没有？"

天泰顿时头皮发麻，原来他的父母根本没去北京！他身体倚着那片扇形窗，从彩色玻璃看过去，马池·沃辛汉太太的身影变成了黄色，米勒人则变成蓝色。他看起来确实给人蓝色忧郁的感觉。他的双唇往下抿，还不时用一块疑似尿片的大布轻擦眼睛。

"我……我试过了。趁着马兹卡夫人心理治疗的时刻。"

"心理治疗，呵！你说的全都是些毫无掩饰的奉承话——他们用一把小抹刀把那些话全都吃进肚子里。真恶心！为什么你不能像你父亲一样从事法律呢？"

"拜托，妈咪，别说下去了。我没有上法庭的勇气！"米勒人用他的指头拂过那长而无鬈曲的金发，他的头发比天泰记忆中的要稀疏很多。"无论如何，那是心理治疗。那会让人们觉得很舒服。"

"海洛因也一样。"马池·沃辛汉太太讥讽地说，"我很高兴你父亲不用活着看到你阿谀奉承和卑躬屈膝的模样，活像一只哈巴狗。"

"妈，我还有事要忙。"

"你听着！"马池·沃辛汉太太有几种说话的方式，但是有一种口吻，只在特殊时刻派上用场，比方说小狗把地毯弄得一团乱时，或者是丽塔打破一只名贵的骨瓷杯时。她现在就是用这种口吻说话。天泰畏缩了。

"是的，妈咪。"米勒人说。

"我要你催眠马兹卡夫妇，要他们用一大笔赎金来换回他们的孩子。"

"好残忍！"歌颂者用一种天泰想象不到的气魄回答说，他的脸色跟粉笔一样白。

"胡说！我只是要重新分配财富。我需要修补屋顶、修理机器人、整理网球场，并替换掉喷泉的水管，还有马厩也快要坍塌了。"

"那很残忍，而且是犯罪！"

"闭嘴！你这个胆小的米勒人！"马池·沃辛汉太太用她那特有的口吻说，"我打算把小孩留在这里，直到将军提供奖赏为止。如果你举报我，我就会坐牢。这是你想要的吗？你可怜的老母亲在监狱里发抖，全都是因为你太自私，嘴巴闭不紧的缘故。这样你也很残酷，你那不知感恩的毒牙！"

米勒人握紧双手，直到拳头关节发出声响。天泰看到他的指甲已经彻底被啃光了。"妈，为什么你不打电话给将军呢？我保证他一定会很感激。"

那女人发出刺耳的笑声。"你真是一个了不起的保姆！感激又不会让你荷包的钱变多。将军也没有付你值得的身价，他给你的钱根本不多。记住我说的话，人活在世上，只要当机会来临，就要紧紧抓住。"

电话那端有婴儿的哭声，米勒人迅速转头往声音的方向看过去。"我得走了。"

"用你奉承的方式，在他耳边说一句话。巧妙地建议他提供赏金也许会有意想不到的效果。"

"我得遵守我的职业道德。"米勒人说，他试图用他水汪汪的蓝眼睛制服他的母亲。

三十

"道德，荒唐！"马池·沃辛汉太太边说边用她冷酷的灰眼睛怒视着他，"你不会希望你可怜的老母亲遭遇到什么不测，孤单地待在一座快倒塌的棚子里吧；你不会希望她在阴冷的牢房里缝制邮袋，度过余生吧？"

"不要说成那样！我当然不希望！"

婴儿的哭声越来越大。

"啊，我不知道应该怎么办！"米勒人没跟她母亲说再见就挂断了电话。

当那女人锁上小屋的房门，走回主屋时，天泰的身子保持静止不动。她也许把他当成了另外一只填充玩偶。他抱住自己，压抑住那股愤怒的情绪。他的第一个反应便是揭穿马池·沃辛汉太太的真面目，丽塔一定会这么做。然而第一个反应不一定是明智的。

我希望米勒人跟这件事没有关系，他想。事实上，这不是他的错。如果我母亲要我做坏事，我大概也会答应。不过母亲不会要他那样做。

天泰的心很乱。不知道父亲会如何处置马池·沃辛汉太太？虽然她很不老实，但她收留他们，还照顾他们。她对库达很残忍，只是她自己是否真的知道？每次他们向她抗议时，她总会回答说："我这是在锻炼他的品格。"父亲也会逼他们做一些他们不愿意做的事，也是为了锻炼品格。还有他要拿米勒人怎么办？

我必须得下定回家的决心，他想。他检视了扇形窗：他人太大了，即使那上面的玻璃全破了，他还是没办法钻进去打声音全息纪录器。最快的方式当然是直接和马池·沃辛汉太太摊牌。不过他一想到一件事就不得不放弃：她年纪很大了。他们懂事以来，一直被灌输一个观念，那就是你绝不能和老人家发生严重的争执。你可以说话刺激他们或者发牢骚——丽塔对这个很在行——但是你不能太过分。而且老人家年纪越大，你就越要谨慎。

马池·沃辛汉太太有白头发！她又是米勒人的母亲，米勒人在他们心目中的地位跟父母亲没有两样！

他决定先去病人房看看库达。或许，他郁闷地想，他只是在延迟一场难看的冲突场面罢了。

当他进入房间时,小男孩还在睡觉。他的脸看起来很平和,没有发烧流汗。天泰感激那个未知的祖先,也就是恩多罗的主人。丽塔冲进来说:"赶快过来!她正要把垃圾工人赶走!"

"我不知道她接下来要怎么做。"他们急忙跑出去时,丽塔说。他们来到了花园,天泰马上掌握到状况。

马池·沃辛汉太太站在高梯的上头。机器人在打开的前门等候着。那女人拿了一条钓鱼线,抛到外墙,然后在那一头绑上一块丁骨牛排。就在他们赶到时,垃圾工人已经漫步穿过门口,朝那块牛排扑过去。机器人砰地把门关上,接着它把门锁咔嗒地锁上,同时启动防盗警铃。马池·沃辛汉太太切断钓鱼线,从阶梯走下来。

"马上把门打开!"丽塔大叫。

"可别想在我家指使我。"米勒人的母亲说。

"他是我们的朋友!"

"那么,我会说你们交友的品位很差。丽塔,我从这里就闻得到奶油水果塔烧焦的味道。你是我见过的做事最散漫的小孩。"

"我希望那些都烧成小煤炭!"当天泰把丽塔拉走时,她大声尖叫。"你为什么不抗议?你怎么可以让她那样得逞?"当天泰把她拉到花园的另一端,她对他大吼说。

"听我说,我有很重要的事要跟你说。"他说。他告诉她那女人打电话给米勒人的事。丽塔的嘴巴张得大大的,眼睛睁得圆圆的。

"所以他们没有去玩。噢,天泰,你不知道我有多担心。我原本以为他们……以为他们尽情欢乐,而我们正在……"她开始哭了起来,天泰很讶异,他从不知道她为此苦恼。"每当我上床睡觉时,我都会想象他们享用三十道菜的晚餐情景,像马池·沃辛汉太太告诉我们的。"她打了嗝,然后用她T恤的袖子擦拭眼睛,"我以为他们很高兴我们不在家。"

天泰拉着她的手说:"他们当然不会这样。"

"因为时间太长了,长得我都忘了。"

他等她心情平复下来。

三十

"不要担心垃圾工人,他没遇到我们之前也过得好好的,他现在也许正要前往瑞斯海凡。等我们回到家,我会要求父亲帮我们找到他。"天泰小声地说。

"可怜的强杜,他大概不记得我们了。"丽塔泪汪汪地对着天泰笑。

天泰解释说他要直接找马池·沃辛汉太太理论。

"她只会替自己编造借口!"丽塔激动地说,"她会告诉父亲,她救了我们——而他一定会相信她说的话。他从来就不相信我们!"

"只要我们能回家,这些事也许都不重要。"

"这真的很要紧!她应该为她所造成的痛苦付出代价。"

"你真的希望她被关进监狱吗?"

丽塔盯着一尊花园守护神看。这物神在清晨的阳光和万寿菊之中跪得笔直。当丽塔沉思时,他对着她微笑。"不,"她最后回答说,"我有个点子,她可以在这里受到处罚,之后我们再回家去。"

这是一个好计划,天泰被这个计谋打动了。虽然这将严重违反人道,却不会有警方干涉。唯一的问题是他们得再多等几个小时,才能付诸行动。不过他们已经等了好久,再多等几个小时应该也无妨吧?

为了大吼的事,丽塔很有礼貌地跟马池·沃辛汉太太道了歉。天泰重新调了一批新的奶油水果塔。他们耙了前院的土,又摆好了茶桌,还把餐巾折成装饰性的形状。他们甚至没有抱怨马池·沃辛汉太太给他们不新鲜的饼干和鱼酱当做午餐。她非常惊讶,因此给他们每人一块奶油水果塔当做奖赏。他们把水果塔留下来,一点点一点点地,利用"小库普"上面的盖子和四面之间的空隙,喂给库达吃。

三十一

虽然手臂就坐在声音全息纪录器旁边,但却是耳朵接起了电话。电话响时,手臂的眼睛连眨都没眨一下。他沉浸在郁闷中,其他两位侦探则蹑手蹑脚地在附近走来走去。

"这里是耳朵、眼睛和手臂侦探社。你弄丢他们,我们把他们找出来——啊,你好,马兹卡夫人。"

"你有什么新消息吗?"母亲说。

虽然手臂情绪低落,但依旧注意到她伤心的口气。

"对不起。"耳朵说。

"事情是这样的……"母亲停顿了一下,一时不知如何继续说下去。手臂三人警觉起来,盯着银幕看母亲设法用言语表达。"天泰的生日快到了,他就要十四岁了,我的意思是说快要满十四岁。我一向会带他去星光餐厅……搭电梯……吃晚餐……"

手臂感到很羞耻,并对米勒人拥有沙卡而生气。沙卡过得很好,而马兹卡夫人却失去了她所有的孩子。

"我需要你们的意见。"她接着说,"阿玛迪斯不赞成我这么做,但提供赏金是一件轻而易举的事,而且可能会有效果。能够让他们回来,这才是重点,不是吗?你们可以帮帮我。大学那边有给我薪水。我知道阿玛迪斯会生气,但只要他们能够回来,其他的都不重要……"她没办法继续说下去,一颗泪珠从颊边滚了下来。

手臂接起电话:"马兹卡夫人,最近有什么让你觉得烦心的事情吗?"

"为什么这么问……"她迟疑了一下,"我想不出什么事。不过,今天早上歌颂结束后,我的心情很抑郁,通常会让我感到愉快才是。我想起了天泰的生日。突然间,我发现有钱却不用钱把他弄回来是一件很愚蠢的事。我是说,没有了孩子,再怎么有钱也没意义。"

"这次歌颂的主题究竟是什么?"

马兹卡夫人似乎很困惑。她不再是手臂见过的那位勇敢、自信的女性了。"我——不太记得了,没什么不寻常。歌颂就像一首美妙的音乐,带走烦恼,让人觉得心情舒畅。"

"听我说,"手臂说,"我确定孩子们没事。事实证明,他们应变能力很强。我保证会找到他们。现在帮我一个忙,不要再听任何歌颂。如果心情郁闷,就去看医生或灵媒。"

"阿玛迪斯也这么说,不过歌颂一向会让我快乐。"

"不再是这样了,拜托你不要再听任何之后会想不起来的东西了。"

"嗯……好吧。"见她似乎有点茫然,手臂再三叮嘱。挂断电话后,他立刻走到将军帮办公室装好的电脑前。

"该死的米勒人。"他压低嗓子说。

"你确定不是因为他抱走沙卡才生气?"眼睛说。手臂恶毒地瞪他,他马上闭嘴巴。

"我是在生自己的气。所有的线索都呈现在我面前,而我竟然因为太在乎婴儿的事而疏忽了。我们看到米勒人越来越衰弱。原因是什么?因为他太苦恼了。为了什么?赏金!这一切真是该死。那个畜生叫什么名字?"手臂用拳头捶打电脑旁边的桌面。

"我不知道。"眼睛说。

"真可笑。我从没想过他会有个名字。"耳朵评论道。

手臂叫出在哈拉雷的职业歌颂者名单。缩小范围,只锁定那些在私人家庭工作的人。结果有五十笔资料,其中只有一个人在马佐城,名字叫做安东尼·马池·沃辛汉。

"他跟这家人很亲近,就像是家人一样。我们还没有调查马兹卡太太的姐妹们,对吧?我们假设一旦她们找到孩子们,就会把他们送回来。米勒人像堆积在后院的该死蜘蛛网,净说些没有人会记得的挑动话语。"

"那么,那么……"耳朵说。

"你瞧!"手臂按下一个钮,叫出歌颂者居住多年的联络地址。马池·沃辛汉太太布洛谷的住址在屏幕上闪动着。

"我不喜欢孩子们在跟前碍手碍脚的。"马池·沃辛汉太太说,"你们到晚上之前都可以自由活动。如果觉得无聊的话,可以跟帕夏宠儿玩。"

"那像是在玩弄一袋水泥一样。"丽塔举起猫的一只前爪,然后把它放掉。猫爪重重地落下,帕夏宠儿仍打着盹。

客人们一一来到,米勒人的母亲开始忙碌起来。天泰和丽塔爬到窗边观看。

客人们全是老女人,也都是英国人。有些人穿着紧身的裤子和马靴,丽塔觉得很新奇。她从来没有见过绍纳女人这样打扮过。

"我在外头看到一个超级可怕的流浪汉。"其中一个女人抱怨说,"你应该打电话叫警察。"

"我不想被打扰。"马池·沃辛汉太太说。

"垃圾工人。"天泰轻声说。

"我们都知道她之所以不能打电话给警察的原因。"丽塔怨恨地说。

很快地,所有女人都围着野餐桌坐下,用尖锐的声音聊天。机器人端着点心盘,来回穿梭。

"我今天带来了最棒的斗牛犬。"其中一位女士说,"它不光是血统纯正,面颊大而下垂,还可以咬断花园闯入者的手指头——然后吞下肚。"

周围的人尖声笑了出来。

"我还是无法平复。"另一个女人擤着鼻子说,"可怜的高马蹄,这么完美的一匹马。"

"它已经超过二十岁了。"马池·沃辛汉太太温和地说。

"我发了一篇告示给报社,你知道吗,他们竟然没有把它放在讣闻版,而是移到了宠物版。"

"真是的。"

"够了!你故意把茶洒出来了!"那个失去马儿的女人大叫说。

"对不起——对不起——对不起。"机器人说。

"你是不是又喝机油了?"马池·沃辛汉太太说,"过来这里,让我闻闻你的关节。"

三十一

天泰和丽塔惊奇地看着这场聚会。这些女人说起话来像是一群八哥鸟,闲聊着狗、猫、虎皮鹦鹉和马儿。有一回,马池·沃辛汉太太大叫:"猫儿,猫儿!来吃你的奶油。"帕夏宠儿就醒过来,以惊人的速度往聚会的方向冲过去。

"她们没有孩子吗?为什么她们从来没有提过这样的话题?"丽塔问。

"马池·沃辛汉太太生下了米勒人。"天泰狐疑地说。

"哼!我真不相信她是他的母亲。她是一个丑陋的老巫婆。"

"时候到了。"天泰看着她妹妹,两人不怀好意地相视而笑。他们走到病人房,这时库达正把床垫一一撕成碎片。他们把小库普推向前厅。

"我要出去。"库达说。

"嘘!我们正在努力。"丽塔把门打开,让天泰把他推到走廊。在他们下方,那群动物育种协会的会员正围坐在干涸的喷水池旁,啜饮着茶,都没有察觉孩子们在那里。

他们的计划是直接把库达推到聚会,然后说出马池·沃辛汉太太绑架他们,要求赎金的事。天泰和丽塔长期观察过英国人,得知他们彼此互动紧密。他们不会跟父亲说任何事,因此米勒人和他母亲都不会被关进监牢。

同时,在他们的荣誉感坚持之下,马池·沃辛汉太太将被迫打电话给父亲。然后,英国人会用他们自己的方式来惩罚她。他们不但不会再到这里来喝茶,也不会邀请她到他们家去。他们的互动方式跟瑞斯海凡的戈力卡易家族有很多相似处。马池·沃辛汉太太将被宣告是一名巫婆。

天泰在走廊想起村民对待米雅达的方式,因此有点犹豫了。

"也许这不是个好主意。"他轻声说。

"这很公平。"丽塔小声回答,"你会认为母象将因为她的罪行而受到处罚。那米勒人的母亲又有什么差别?"

"你看。"天泰指着前门。那里有点不对劲。门在震动,一条铁丝绕住了铰链,在来回拉锯移动着,但是女人们说话的声音太大,因此都没听见。其他的铰链也被一一锯开。天泰看着最后一个铰链一分为二。

门砰地倒下了。窃贼警铃开始嗡嗡地响起。女士们摔破了杯子、打翻了茶,水果塔在草坪上滚落一地。

母象高大的身影站在那里,几乎占满整个门口。

三十二

突然间,大家都吓得目瞪口呆。机器人走向前,问说:"你事先有约吗?事先有约吗?"母象把它摔到一边,冲进花园。

"你!"她大吼,天泰把丽塔抓到背后。她把小库普推进屋内,一时慌张撞到了门框。库达大喊:"垃圾工人!"动物育种协会那群女士们挤到干涸的喷泉里,纷纷想要爬上美人鱼。马池·沃辛汉太太一把抓起靠在廊边的草耙。

她走到孩子们和母象之间,把草耙举得高高的。"你马上离开。"她用严厉的口吻说。

母象止步,往后退。结果,不小心被花园里一尊守护神给绊倒了,啪嗒跌落到刚洒了水的万寿菊上面。她生气地怒吼,爬起来,往米勒人的母亲冲过去。马池·沃辛汉太太冷静地拿起草耙往她身上戳过来,母象身上的黑色衣服被扯出了一个大洞。

动物育种协会的成员挤在喷水池里,大喊着:"噢喔!"

母象暴怒,在花园里翻倒茶桌,踢了踢花园守护神,还骂着一些十分难听的粗话。每次她打破东西,喷水池里的女士们就会连声说:"噢喔!"像是一群吓坏了的鸽子。

马池·沃辛汉太太仍然努力想把她赶出门外。"到里面去,把门锁起来。"她斩钉截铁地命令天泰。天泰试着把小库普推到安全的地方,然而这时候,丽塔不小心弄坏了一颗轮子,破掉的尖铁插进走廊的地面。"垃圾工人!"库达哭喊着。突然间,那人出现,将小库普往相反的方向用力猛拉。

"叫他住手!"天泰大叫。库达很害怕,只顾着哭。垃圾工人把手指头塞进盖子里,使劲拉扯。锁头断裂了,盖子从接合处裂开。垃圾工人把小男孩抱出来,高兴地跳来跳去。

母象这时候几乎快把马池·沃辛汉太太手上的草耙抢过来了。那个娇小的女人躲开,又从她身上撕下另一块碎布。天泰知道这场打斗维持不了多久。米勒人的母亲喘着气。天泰从过去那段不幸的经验得知,她之所以能撑这么久,是因为母象喝醉了。

他冲到后花园,利齿和乱砍者正努力推挤笼子里的铁丝。天泰深吸气。他很怕这两只狗。他们非常兴奋,说不定会误把他当成敌人。但这是马池·沃辛汉太太唯一的希望。

他用发抖的手把笼子的锁打开。狗儿快速冲出来,把他推倒,还用指甲抓伤天泰。他们往前院飞奔过去。利齿紧咬住母象的左脚踝,乱砍者则咬住右脚踝。她激动地乱踹,想把狗甩下来。马池·沃辛汉太太靠在草耙上喘着气。

个子高大的母象蹒跚地走来走去,最后她掐住两只狗的颈毛。大声咒骂着,并把它们丢到花园的另一边,撞向灯笼果树的篱笆。

"噢喔!"动物育种协会的成员挤在喷水池里悲叹。

接着,她夺走马池·沃辛汉太太手中的草耙,把它转了个方向。米勒人的母亲往后退——然后不小心绊到了帕夏宠儿。这只猫肚子里才刚塞满奶油,像一片培根似的躺在茶会的正中央。这个子娇小的女人一屁股压住它,猫儿喵喵地叫。草耙嗖嗖地朝他们的方向扔过来,他俩纷纷躲进树下。

母象不打算把草耙捡回来。她往丽塔的方向走过去。"救命啊!"当丽塔被这女人塞进腋窝时,她大声尖叫。

"你也是!"母象对着天泰怒吼,这时他正跟着狗儿走到前面的花园,"过来这里,不然我就扭断她脖子!"

天泰知道她不是在开玩笑。他走向这个母象,并被她一把抓起来,他倒吸了一口气。她把他挂在臀部,把他从腰部弯成两截。这时从瑞斯海凡带出来的小袋子——米雅达给他的那个袋子——从口袋掉了出来,落在被翻倒的花园守护神脚上。当他被架出去的时候,地面砰砰地震动着。垃圾工人把库达扛上肩膀,匆匆地跟在后头。

母象踩在人行道上的步伐沉重,天泰的头快速地上下摆动。丽塔想要大叫,但是这个母象紧紧地掐住她,害她无法呼吸。天泰很怕她被弄伤。过了一会儿,他听见妹妹咳嗽的声音。"肥牛——噢!"丽塔

三十二

不满地说。她从不知道什么时候该闭上嘴巴。

他们走到计程车候车处,刚好有一辆计程车停在那里。一个穿着三件式套装的高雅绅士下了车,他抬起头来看着母象。"喂!"她把他一脚踢倒,他大叫。母象用天泰的头抵住车门,硬挤进车里。

"照我说的话做,否则我就割断你的喉咙。"她对着司机大吼。她把丽塔压在一只脚下,用一只大手掐住吓坏的司机的气管。

"拜托,女士。我没办法呼吸,女士。"他哇哇大叫。母象挪了个位子,让垃圾工人和库达也进到车内。她把手稍微放松,按住那人的脖子。

"别耍花样。如果我看到你碰那个紧急钮,你就要跟你的扁桃腺说再见了!"

"真是超级没礼貌。"人还在车外的高雅绅士说,"没有理由要这样拦计程车,现在又不是尖峰时刻。我说,大好人,我到底哪里欠你了?"

"这次算免费搭乘。"母象咧齿而笑,"开车吧!"

"我有老婆和小孩要养。"司机边启动车子边悲叹。

"谁在乎?载我们到穆法库斯,还有,不要超速。"母象往后一躺,司机摸摸他喉咙的淤青。垃圾工人和库达兴奋地用鼻子抵着玻璃窗,讨论窗外的景色。

"你是怎么找到我们的?"天泰问。

"小鸟告诉我,你们在布洛谷下车。"母象将手伸进口袋。当她发现马池·沃辛汉太太把她衣服扯出一堆破洞时皱起眉头。她摸到一瓶卡恰苏酒,用牙齿咬去软木塞,开始痛饮。计程车内充满了难闻的酒味。"一个利齿帮的旧成员被警方侦讯。她告诉说你们去了马佐。不过,她告诉了我你们真正去了哪里——那是用钱换来的情报。你们这几个臭家伙让我花了不少钱,我要把每一分钱都拿回来。"母象喝光卡恰苏酒,然后把酒瓶扔到地上,"我来回找了好几天,直到看到他。"她朝着垃圾工人点点头,这时他正对着一辆经过的巴士招手。

"他坐在门外,那失落的表情仿佛是被人夺走了最后一颗弹珠。我问他:'怎么了?'他用力拍门回答:'库达。'虽然出乎意外,但真是太好了。我不知道他会说话。"

"库达。"垃圾工人从窗边转过头来对着小男孩笑。库达也冲着他笑。

"为什么你要费尽工夫找我们?"天泰无力地说,"你在死人沼泽拥有想要的一切。事实上你根本就是个女王。"

令天泰惊讶的是,母象的脸悲痛地扭曲起来。"你们父亲夺去我所有的一切!"

"很好!"丽塔说。

母象的脚用力地往下踩。"你们这些被宠坏的小蛆虫根本不了解。我们从前很快乐。"

"当然。经营一个奴隶集团——噢喔!"丽塔在地上说。

"你知道沼泽居民到哪里去了吗?他们在恶心的医院里,呼吸不到新鲜的空气,也不能工作,得靠毒物注射才能静下来,以后也不可能再工作,更不能在大学里教书。"

天泰心想她说的没错,因此感到不太舒服。"老奶奶不快乐。"

"你别相信!她总是不停地发牢骚。'是的,你们全都会直接下地狱。'"母象模仿。

"唔,你偷人家的小孩。"

"为什么不行?"她讶异地质问这件事哪里不对,"别人要小家伙,我提供啊。"

"但是伤到孩子的父母!"

"我的看法是,我造成一些人忧郁,同时却让另外一些人快乐。你看,这样不就平衡了?而且我还有赚头。现在别再鬼叫了,我想休息。"母象把手指头插进计程车司机的脖子,他痛苦地尖叫。"只是提醒你,别妄想开到警察局。"

当他们抵达穆法库斯时,车速缓了下来。在母象的指示下,计程车停在一座废弃无人的停车场。她拿出玻璃小瓶子,劈啪往司机面前敲下去,他马上倒地不起。

"你没有……"天泰开口说。

但这女人在他面前弄碎了小玻璃瓶,他还来不及往下问:"你没杀他,对吧?"

三十三

当天泰醒来时,发现又趴在某人的肩上。他头痛,嘴巴不能说话。他觉得自己像是被带往死人沼泽,只是这一次没有被装进袋子里。太阳正从一堆矮房子的后方沉下去。现在是傍晚时分,路人们正下班,赶着回家。

穆法库斯的人潮拥挤,聚集了贩卖食物的小贩,以及玩牌和瓶盖的赌徒。木炭烤炉里正烤着花生。女人们坐在一堆鲜艳的布料和芒果的后方。街头艺人击着鼓,舞者在尘土飞扬的路上跳着舞。不过这里却不像玛巴·姆兹卡那样喧闹。这里全是些在一天辛劳工作后,下班想要放轻松的凡夫俗子。

天泰眨一下眼睛,努力让迷糊的脑袋清醒过来。接着,他看到那个从未预料会再见面的动物。蓝猴子来回踱步,链子拖在地上。它数着手里紧握的那卷钞票。这只动物抬起头,瞪了他一眼,露出牙齿,又继续数钞票。

右边是母象抬着丽塔,紧跟在后面的是垃圾工人和库达。库达手里捧着一个装满烤花生的纸筒,他把这些花生全塞进那个人的嘴里,垃圾工人边嚼边把壳吐出来。

"这点钱只够我在街上玩乐。"蓝猴子抱怨。

"等我拿到钱再说。"母象说。

"我现在就要,不然我就拉下最近的火灾警报器。"

母象边抱怨边从口袋那一沓钞票中,抽出更多的纸钞。

"这件衣服不错。"蓝猴子评论说,"上面有中空的洞是当季新款式吗?"

天泰心想,在穆法库斯,他们几人看起来一定很突兀。周围看起来都是正常、守法的人,他们坐巴士回到这里,跟三五好友在人行道上散步,打发时间。孩子们从狭小的房屋出来迎接他们。

耳朵、眼睛和手臂

母象像个流氓似的,大摇大摆地走在人群里。蓝猴子遭人侧目,但它不甘示弱地以粗鄙的手势回应。天泰看到穆法库斯的人们皱起眉头:他们不喜欢街坊有这样的访客。

而这样的街坊正好对他有利。"我们被绑架了!打电话叫警察!"天泰大叫。但是从他口中发出来的只有嘶嘶的声音。他的舌头不听使唤!他一试再试,他嘴里流出了一长串的口水,滴落到地上。他用力捶打扛着他的人。

"现在你终于明白当一只哑巴野兽是什么滋味了吧?"蓝猴子一边说一边狂笑,"跟我在动物园里的小弟妹们一样。"

"醒过来了,是吗?"母象说,"我给司机的那玩意儿有些小副作用。他有段时间都不能唱歌了。"

天泰努力想要挣脱那不知为何物的摆布。扛他的人把他换到另一边的肩膀。天泰看到一只浮肿的眼睛和一个绑了绷带的耳朵:他是蓝猴子的主人。

"他们认为你跟垃圾工人一样是智障。"蓝猴子说。

丽塔伸手去碰一名妇人的袖子。

"住手!"这女人大叫,"他们是扒手。"她跟一名扛着一篮干鱼的男人解释说,"现在这年纪大的正要教那年纪小的。"

母象拍拍丽塔的头,说:"这可是这孩子有史以来最沉默的一次。"丽塔踢她,母象笑了笑。

母象跟街头摊贩买了一堆热面包和几杯甜奶茶。他们全都坐在肮脏的地上吃了起来,不过天泰进食有些困难。他吃面包时被噎到了,又把茶洒到衣服上。蓝猴子觉得他这样子可笑极了。

现在太阳已经下山,天空一片纯净的深蓝色。炭炉的烟飘了过来,渗入他们的衣服和头发。天泰感觉到自己的嘴巴依稀有了知觉。"你叫他们何时过来?"母象突然问。

"他们已经在这里了。"蓝猴子伸出毛茸茸的手指,指向夜空。一堆加长型礼车在远方一栋建筑物停了下来。他们一身黑——或许只是因为背后的夕阳西下造成的效果。他们勾起了天泰某种记忆。他试着说话,口中发出了一个可以听见的声音。

"太快了，这小子的声音快要恢复了。"母象抱起丽塔，拍拍垃圾工人的肩膀，他乖乖地抱起库达。他们迅速地走开，把人群甩在后头。他们很快就来到一条无人的街道，周围都是老旧的工厂。他们继续往前走，最后母象把他们带到一条暗巷。

"啊！"天泰低沉地叫出声。

"咿！"丽塔也发出尖锐的声音，但说不出话来。这条巷子弯来弯去，让人混乱。然后，他们来到一个黑暗的入口。

"我该走了。"蓝猴子宣布。

"等等，你不是该帮我的吗？"母象说。

"我才不要爬上那些楼梯呢。"

"但我可是付了钱——"

"你付钱给我，要我联络买家。我才不想靠近他们那些人。他们肯定喜欢在墙上挂上一张蓝猴子皮。"

母象又是诅咒又是威胁，但猴子依旧命令他主人把天泰放下来。天泰还来不及逃跑，就被她用一个铁钳子夹住。"救命啊！救命！"他大声叫喊。他终于又可以发出声音了，不过他的声音却被废弃无人的巷弄给吞没了。他看着蓝猴子和它的主人消失在黑暗之中。母象把他拖进门内，把门关上。这时，四周没有其他人——天泰、丽塔、库达、母象和垃圾工人——站在一个又黑又长的阶梯下方。

楼梯往上一直延伸，随着大楼的内部盘旋而上。在墙上处处都有一些嵌板，散发出冰冷的绿光。它让天泰联想起雨夜出现的萤火虫。这些灯光的亮度只能让他们免于跌倒，却没办法让人提起劲来。

空气又潮湿又冷，墙上到处都有裂痕的记号。大概每隔十三个阶梯左右，他们会爬上一个平台，旁边有铁门可通往大楼的内部。不过这些门都生锈了，而且紧闭着。天泰注意到门的外侧没有把手。

母象在平台处停下来歇口气。"该死的蓝猴子。"她小声抱怨说。她一手把丽塔夹在腋下，另一手拖着天泰。她精疲力竭地喘着气，而且丽塔不断地踢来踢去，对她的心情更是没帮助。每当她休息时，垃圾工人就会站在上面的阶梯等她。

"去找妈妈。"天泰小声说。垃圾工人往上看。

"你再试一次,我就把你的宝贝妹妹丢下楼。"母象说。

有一度,大概经过了第四或第五次的休息时,他们惊动了一群蝙蝠。这群动物从一个裂缝中冲出来,在空中不安地盘旋。

"再来!再来!"库达拍手大叫。

他们继续往上爬,有一些比较胆小的动物匆忙跑出来。一只老鼠在一盏灯旁边的碎裂洞口看着他们;还有一只蝎子在他们脚底跳来跳去;巨蜘蛛①蜷伏在一道裂缝里,尖牙靠着边缘。当他们靠近时,它张大嘴巴。

"走吧。"母象边说边把天泰拉走。最后他们来到一个靠近屋顶的等待室,周围只有从嵌板发出的冷绿灯光,最上头的是石头天花板。面前有一扇铁门,不过这次顶部装了一台摄影机。摄影机吱嘎作响,来回转动观察他们。

"那个人是谁?"从摄影机发出一个深沉的质问声。

"一个呆子。"母象回答说,"他没有问题。连他早餐吃了什么都不记得。"摄影机对准垃圾工人,而垃圾工人一边冲着它笑,还一边拍打。母象把丽塔放下来。摄影机一一查看他们每个人,轮到天泰时停顿了一下。

"他长得像他父亲。"

"咳……说的没错。"母象惊讶地说,"真好笑,我之前没有注意到。"

天泰听到很多锁被打开的声音。不管里头的人是谁,他都不喜欢跟外界打交道。不过他当然知道里面是何方神圣。他拍拍垃圾工人的肩膀,小声说:"库达要找妈妈。"

"闭嘴!"母象转过身怒吼。天泰用身体挡住丽塔,垃圾工人转向楼梯。

"库达要找妈妈!"天泰大叫说。原先以为母象会攻击他,但她却往垃圾工人的方向猛冲过去,把小男孩从他肩膀上抓下来。垃圾工人

---

① 巨蜘蛛(Baboon Spider),一种体形庞大、牙齿尖利的猎食蜘蛛。

张开双臂,不安地说些模糊不清的话。

"妈妈!妈妈!"库达尖叫。母象往后退,垃圾工人抓住男孩的腿。当他们拔河时,天泰吓呆了。就在这时候,库达扭动身体,用拳头捶打母象的脸。她大吃一惊,把手放开。垃圾工人在灯光微暗的等待室里胜利地跳跃着。

"不!不!库达要妈妈!"眼看他已经忘记接下来该怎么做,天泰大声嚷嚷。

"快点!"丽塔尖叫说,但这时,铁门的最后一道铁链已经被解开。门打开了。垃圾工人被那声音给吸引,好机会就这样溜走了。天泰还来不及阻止,他就已经往里走。

一群绑着头巾的人窜出来,把他们团团围住。"嘿!我跟你们同一边。"母象大叫。

"她跟我们站在同一边!她是!她是!"那身影轻蔑地说,一边把他们赶进门内,"噢,母象,你是站在里边,还是外边呢?你是骑土狼,还是被它吞下肚了?"

"不要用那种口气对我!我来这里是要跟你们做交易的。"

"交易。"那身影叹息说,同时把数目繁多的锁头和门闩一一扣好,并确定门关紧了。这个房间几乎一片漆黑,一阵恶臭使天泰神经紧绷。那让他联想到狗牙、老鼠毛、新鲜骨头以及旧疮痂的味道。那身影不停地、如催眠一样在黑暗中到处移动,像是在跳舞一般。他从凌乱的脚步声中得知这个房间挤满了人。他们遍布四周。他得看清楚那些人是谁或者他们在尖叫些什么。

他们把手放在他身上,他拼命地挣扎。阵阵的笑声在墙壁间回荡着。他看得见那些驼背的身影四处晃动。"放开我!"丽塔在不远处大声尖叫。

有人点了一根火柴。

天泰看着火柴往下点燃了一排黑色蜡烛。光线往下一沉,并快速地来回摆动,在地面上制造出令人错乱的影子,但是他还是看得见。墙上黏了一堆干掉的蝙蝠、猫头鹰和压扁的蜥蜴。一大堆灰色的草本植物像是有病虫害的水果一样从天花板倒垂下来。有一只被剥去皮的土狼尸体横跨在祭坛上面。

"这是个巫师窟！"丽塔尖叫。

这时，笑声更加响亮了。驼背的身体突然把头巾掀开，底下是一张肿大的脸、一双细长的眼睛和隆起的前额。嘴边挂着鳄鱼般的牙齿，头上冒出猩猩毛皮和狮鬣。双颊布满斑点、显得阴沉。在细缝中，天泰看到那闪烁的眼睛不断地来回转动。顿时他的希望全没了。他们不可能逃脱。他们绝不可能再被找到。他们的身体和心灵全被带进这个假面人在穆法库斯的秘密杀人基地。

三十四

耳朵、眼睛和手臂来到马池巷二十五号，那花园看起来像是经历了一场爆炸。茶杯碎了一地，守护神被踩平，椅子也都解体了。一棵蓝花楹树的树干上插了草耙。

"噢，亲爱的。噢，亲爱的。"老女人在喷水池旁边抽噎，"这次的茶会可真出色。"

"胡说！我对那个老家伙感到厌烦。"马池·沃辛汉太太说。手臂认出她就是将军所提供的照片里的人。米勒人母亲为老女人倒了一杯琥珀色的饮料，"这给你。把它喝下肚，会让你觉得好很多。"

"你认为我应该喝吗？"

"其他人都喝了。"

这老女人环顾四周。在花园里的每个女人都拿到一杯镇定神经的饮料。"你可真强悍，你竟然用草耙攻击那个怪物。"

"我希望我手上有一把涅瓦纳枪。"马池·沃辛汉太太突然发现到那几个在紫藤树下耐心等待的侦探。"谢绝商人！"她大声说。

"我们不是来卖东西的。"耳朵说。

"慈善救济也一样！我们刚经历过恐怖的下午。走开！嘘！我不会捐钱给残障基金的。"

"对不起，对不起，对不起！"机器人冲向他们，头歪向右边，不停地眨眼睛。它被一条紫藤树根给绊倒，躺在地上，轮子在空中打转。

马池·沃辛汉太太闭上眼睛。"拜托你们说清楚来历，然后请走吧。"

"我们是来找马兹卡将军的孩子。他们被绑架了。"手臂仔细地看着这女人的脸。

"是啊，是啊。我听我儿子提起过。可怜的家伙！我真心希望你们能找到他们。现在，如果你不介意的话……"

"啊,他刚刚是不是提到'孩子'?"在喷水池旁的那个老女人说。

"亲爱的,快躺下来。你被吓到了。"

"但是,我看到……"

"别说话,雪莉酒把你灌昏头了。"马池·沃辛汉太太把她推进屋内,"我可不想让你着了魔。否则我不会原谅自己的。"她们进到屋内。

"她在说谎。"手臂说。

"连我都看得出来。趁着她现在忙着掩饰,让我们到处走走看看。"眼睛礼貌地跟动物育种协会的成员打招呼。那些女人们假装不在意,但手臂看到其中有几个人用眼角偷瞄他们。

"砰!"他大叫一声,身体打了个转。那些女人失声尖叫,摔破手中的雪莉酒杯。

"你真是丢人现眼。"耳朵说。

"我可是很会扮妖怪的。"手臂恭敬地向她们鞠躬,那些女人转过身去。

他们继续走来走去。两只杜宾犬从灯笼果树的篱笆那边不安地望过来,它们一看到手臂,便发出绝望的哀嚎,往叶子里钻进去。

"瞧?"手臂说。

"到了万圣节,我们会把你租出去的。嘿,看我找到什么?"耳朵捡起一小块黑布碎片。那是一个被扯下来的口袋,里头装了纸板火柴。

"星光厅,嘿嘿,有人可是过着高档的生活。还有,你看!"手臂在倒塌的花园守护神旁边捡到小布袋,"这跟我们在地铁找到的一模一样。孩子们在这里!"

"太好了!要不要来搜看看?"耳朵朝着穿紧身骑马裤的女人摇耳朵。她畏缩地退开。

"把这工作留给将军吧。我们的任务是找到足够的证据,给他一张搜索令。"

他们看到马池·沃辛汉太太从房子走出来,说:"我想现在不是说话的好时机。我们才刚遭遇一起最重大的窃盗案。"

"噢,是啊。"另外一个女人说,"那是一个体形庞大的女人,身穿一件黑衣服,她让我不由自主地颤抖起来。"

三十四

"我头好痛。"那个穿着紧身骑马装的女人说,"可不可以再给我一杯刚刚那种药?"

马池·沃辛汉太太把侦探们赶到大门口。"我真的很希望你们能找到那些孩子,真是个悲剧。"她看着他们走到街上,并且举起手来,仿佛在把门给关上。之后,她才发现原来门早已没了。她转过身,轻快地走回屋里。

"我对这起窃盗案有不祥的预感。"手臂说。

眼睛走向警用电话。紧接着,骚动的警员和特种武器攻击部队封锁了这块区域。他把那出自于瑞斯海凡的小布袋拿给马兹卡将军,此时,他正像是一朵雷云,笼罩在马池·沃辛汉太太房子的边缘。

就差了一点点!手臂不禁扼腕。警方到达之前,母象才刚离开没有多久。动物育种协会的成员们很快就把她们所知道的事全都招了出来。马池·沃辛汉太太被送往监狱。米勒人把自己关在衣橱里,连沙卡大哭都没办法把他引出来。

"我一点都不讶异。"手臂告诉正躺在侦探办公室沙发上的母亲,"他根本不是当父亲的料,太优柔寡断。"

"得了,得了。"眼睛说。

母亲忧虑地望着手臂,说:"我以为快找到他们了,现在一切又要从头开始。"

"不,不是这样的。"手臂坚定地说,"事实证明,孩子们比我们想象的要勇敢。他们从死人沼泽里逃出来,进出瑞斯海凡,并躲开地铁里的假面人。而且据马池·沃辛汉太太说,他们长完水痘之后,她的家务实际上都是交给他们去打理的。"

"这可恶的女人!"母亲怒吼说,"你有没有看到那个小库普?"

"那个账以后再算吧。重点是每当面临危险时,孩子们都展现出智慧和勇气。我确信他们会继续努力。"

沙卡在手臂胸前醒来,身上有一种归属感。"你不喜欢过米勒人,对吧?"手臂想。

"他是坏人,你不是。"她忠心地附和。

耳朵搅拌着一杯为母亲冲泡的茶。他可不想给她喝他们常喝的东西。口渴先生送来一包乌龙茶，眼睛拿出从祖母那里传下来的金边杯具。手臂希望蟑螂家族晚一点再出来活动。

"嗯！这味道真是不错。"母亲边喝边说。

"这母象究竟去星光餐厅做什么？"眼睛说。

"嘘！"手臂警告他。

母亲放下杯子。"没关系，我可不像米勒人那样容易崩溃。只要不在那里惹是生非，任何人都可以自由上下哩高·玛卡温的电梯。母象大概偷拿了那个纸板火柴当纪念品。"

"或者是从曾在那里用过餐的人那边偷来的。"手臂说。

"没错，"母亲同意说，"我实在没办法想象她会认识什么有头有脸的人物。"

"她有所谓的有头有脸的'客户'。"手臂这句话才说出口，就觉得后悔。母亲的嘴巴往下一抿，眼睛里全是泪水。

"如果我知道孩子们一切安好，我——就不会——这么——在意了。目前对我来说，只有一件事最要紧——那就是知道他们安全，而且快乐。"

"这听起来也许很不舒服，但是母象正打算把孩子卖给别人，买家一定很想把他们弄到手。"手臂并没有提及他听到的关于假面人的事。

之后母亲稍微振作起来，甚至还吃了一片眼睛放在杯子旁的美味饼干。

"我们得去看一下哩高·玛卡温。"手臂说，"问题是打从哪里开始？"他想到上次去星光餐厅那件事。

沙卡尖叫。手臂这时才想起他们的心是紧密相连的，只是太迟了。她脑海中一定浮现电梯"咻！"地如火箭般往上冲，他的脚底快速抽离地面的情景。他试着转换念头，但是沙卡过于惶恐。她的恐惧让他陷入困境。"把她抱走吧。"他喘着气说。母亲把婴儿从育儿袋抱出来，然后把她带到房间的另一边。耳朵在手臂脸上泼冰水。

"啊啊。"他深吸一口气，甩头不去想那急速飞驰的电梯。

"怎么回事？"眼睛问。

三十四

"像是在一间到处都是镜子的房间。只要一想到什么可怕的事,沙卡会把那影像反射给我,这样一来我就更害怕,然后她会更加生气……我不想知道这样下去,还能撑多久。"

顿时,大家陷入沉默。然后,母亲迟疑地说:"我不介意帮忙照顾她一阵子。"

"好主意。你明白的,就照顾到我们找到天泰和其他人为止。"

手臂走到窗户边往外看。天色已晚,那些乞讨者刚回到乳牛胃区。他们升起炉火,一个缺脚的人把自己推进一辆小推车里,然后把蔬菜运送到一个大炖锅。一对眼盲的小孩刨着马铃薯皮,快乐地唱歌给聚集的人们听。这不公平!连乞讨者也有小孩。甚至连口渴先生回到家也看得到三个可爱的女儿,他们大概不知道自己的父亲是靠什么维生的。

眼睛和耳朵未来有可能会找到能够接纳他们奇特长相和能力的妻子。只有他无法谈恋爱。这是他从沙卡那边学到的。假设他和另一个人把心思集中在恐怖的念头时——谁不会偶尔这样呢?那么他们势必互相影响,到最后,不是死掉就是发狂吧。

"我希望你能照顾她,"他强迫自己说,"别让卑鄙的米勒人接近她。"

"好啦,好啦。"眼睛说。

"不可能。他母亲被送进监狱时,他也把自己关起来。"母亲把沙卡包进毯子,谢谢大家请她喝茶。当她钻进大礼车时说:"明天是天泰的生日。不知道他是否会为自己庆祝。"

三十五

手臂蜷缩在沙发上,用身上那条毛毯盖住头。他听见眼睛和耳朵走出门外的脚步声。他们大概是要前往乳牛胃区的一间济贫院。

最好都不要来打扰我,他恨恨地想。他们会跟女服务生谈天、说笑话。至于我,则希望他们消化不良。手臂发着不平的牢骚,同时正如窝在库达的旧摇篮里头的沙卡一样,他也睡着了。

他走在一条森林小径上。手臂经常会梦见他的故乡万基那一带的乡间,但这次不一样。这个森林比他之前看过的还要原始,且年代久远。树木笔直地往上长,远远超过他的头。林间还布满了寄生兰花,以及大小足以跟晚餐盘子相比的菌斑。夜猴①在树冠层一掠而过,当他试着要看清楚时,它们早已遁入夜色中。手臂留意到这些树从未遭到砍伐。

接着,他来到一个庄严的树林。

一群林间的精灵像是发电机的线圈般围绕着他。连空气中都充满了能量。这个地方察觉到他的存在。从树冠层的影子,到干草上面马塔贝列蚁②的窸窣声,整个树林因为戒备而颤动。

手臂记得他母亲跟他说过一条巨蛇栖息在这样一个地方的故事。你看不见它。在你察觉到一个跳跃的影子时,它正解开身子,把毒牙渗入你的颈后。

手臂转身。夜猴在暗处动也不动。树叶摆动着,沙沙作响——但还是看不到任何东西。

"当你进入森林里的神秘地带,不要忘了赞美。"他母亲曾经这样告诉他,"你可不想触怒任何你看不见的东西。"

"多么美丽的树。"他心中猛然一跳,那躲在树丛后面的庞大身影

---

① 夜猴(night-ape),一种体形娇小,眼大耳大的丛猴。
② 马塔贝列蚁(Matabele ant),一种大且具侵犯性的蚂蚁,行军蚁的近亲。

是什么?"青草如此茂盛,捻角羚①每晚睡觉前一定都可以吃得饱饱的。"还有狮子,他心想。手臂继续赞美这座神圣的树林,突然间,他发现这里不只他一人。他转过头,接着大叫。

有一个人站在小径上。

他很高大,穿着一件及膝的树皮,上面有锯齿状的花纹,脚踝上戴着金脚镯,脖子上有一个很大、仿佛会发光的恩多罗。最让手臂感到惊奇的是他身上佩带的武器。这个人的腰际有一把短刀,肩膀上悬挂着一只古老但依旧锐利的战斧,战斧旁是一把弓以及装满箭的箭袋,一把镶了铜丝细工装饰的棍棒,一袋也许涂上毒药也说不定的标枪,以及一只手臂所见过的最神气的矛。

很显然地,这人已经对周围不友善的一切有所提防了。

当他以猎人轻缓的步伐接近时,手臂神情恍惚地站在原地。这人嘴部的线条相当冷酷,眼神非常沉稳,是一双狮眼。"如果你和我单独在丛林的小径相遇,我绝不会让你有一丝存活机会。"那双眼睛透露出这样的信息。这人就是出现在将军书上的摩洛曼塔巴,也就是绍纳帝国的创立者。

手臂双膝跪在地上,他了解到眼前这个人的身份。他是摩多罗神,也就是大地之神。他选择以古代王者的形体现身。

"伟大的首领。"手臂小声说。

"雅可夫②。"那神灵用一种低沉、命令式的语气说,"一个能力非常高超的人。"

"君王,你有什么指示呢?"

"我们的人民有危险了。外来的恶灵入侵。他们隐瞒着本意来到这里,真正的意图是把我们打垮。"

手臂嘴巴干涩,不知道该说什么。

"他们打算控制我们的孩子,利用他们来展现决心。你一定要阻止这件事。"

---

① 捻角羚(kudu),外皮棕色的大型羚羊,公羚羊的角呈螺旋状弯曲,体表有密集的直线白纹。

② 雅可夫(Nyaokorefu),绍纳语,指长臂人;传统的赞美词句。

"我？要如何……"

"登上制高点。往下看，你就会看到他们。"这神灵把恩多罗取下来，挂在手臂的脖子上。那感觉很像是一条活生生的蛇在他身上蠕动。真是难以忍受！手臂伸手把项链扯下来——结果那种感觉没有了。他盯着摩多罗神，说不出话来。

"雅可夫，最糟的情况是我们将一起毁灭。"神灵低声说。

接着，整个庄严的树林开始解体。树叶成漩涡形打转，树木劈啪一声折断，夜猴发出惨叫，到处逃窜。整座森林出现了一大道裂缝，手臂坠落到黑暗之中直到……

他被耳朵给摇醒。他伸手去摸恩多罗，但是那东西已经不在了。

"做噩梦了吧！"眼睛说，"我在街上都听得到你的叫声。"

"这就是空着肚子睡觉的下场。"耳朵把精心挑选的外带食物摆好，"蒜头汤、咖喱明虾、酪梨沙拉——如果这些还不能让你有个好梦的话，我不知道还有什么法子了。"

但是手臂不想吃。他走来走去，把梦中的景象描述给另外两人听。他心里烦躁，想要走出去，做点什么事。"摩多罗神对我说话。我！一个来自乳牛胃区的无名小卒。"

"我们一直都知道你有天赋。"眼睛说。

"很多人会感应到家族精灵，但每个世代只有两三个人能够和摩多罗神说话！他告诉我这个国家正被掩藏起本来面目的外来恶灵侵入。"

"听起来很像戴了面具。"耳朵为自己舀了蒜头汤，然后把汤勺递给眼睛。

手臂停下脚步，盯着他的朋友看。"耳朵，你真是一个天才。他刚刚指的应该就是假面人。"

"你知道的，我也有天分。"耳朵舔舔指头上的咖喱酱。

手臂继续在办公室走来走去。"假面人是最先成立，同时也是最具破坏力的帮派，而且他们为其他帮派做出示范。当将军重建秩序时，假面人存活了下来。他们跟其他帮派不一样。他们根本不在乎金钱，引起恐惧才是他们的唯一目的。"手臂努力要让自己的想法成形，"他们就像是一支入侵的部队。"

三十五

他走到窗边,看着乞讨者。他们已经吃饱了,正坐在火堆旁,听一个扒手说故事。即使手臂在办公室里,都可以看到他们沉醉于幻想的满足表情。在对街,口渴先生坐在他的店门口,身上绑着一条白色酒保工作裙,似乎很享受这傍晚的微风。

之后,手臂明白了一个道理:当几千万人挤在一座城市里,里头总是会有少数的麻烦制造者。有的像母象一样暴力,有的则像马池·沃辛汉太太一样不老实。有的人像米勒人,还有很多人都像口渴先生一样贪心。

里头当然也有好人。好人和坏人好比蔬菜一样,在一个大炖锅里一同熬煮。马兹卡将军一发现有坏掉的蔬菜,就会把它舀出来,但他并不打算找出所有坏掉的蔬菜。

马渥伊神才有这样的能耐。

口渴先生转头一看,原来他的窗户被人用一个桶子砸碎了。他叫来一个体型像热水器一样的壮汉,把那个丢桶子的人拖到一个停车场,讨论他的反社会行为。

酒保这种缺点没什么大不了,但假面人则不同。这就是问题的关键。假面人像是一种精神上的污染,全国上下都被他们施放了毒物。他们试图杀害大地之神——摩多罗神,津巴布韦的灵魂也将跟着消失。

"我被告知要前往最高的地方。"手臂说,边把母象口袋里的纸板火柴翻过来。"除非我错得离谱,否则那便是指哩高·玛卡温。"

当他们搭电梯往上时,眼睛再度昏倒在电梯里。手臂也因为感受到他朋友的恐惧而有点不安。他和耳朵合力把战友拖到星光餐厅外面的沙发上。他们看到走廊尽头有一个巨大的、加上钉子的门,外头还有五名带着武器、长得很像恶棍的彪形大汉。

"那些不是涅瓦纳枪。"耳朵小声说。

手臂很仔细地研究他们。"那就是所谓的偷灵魂器①。我曾在书上

---

① 偷灵魂器(Soul Stealers),由激光制成的武器,会突然发出一种与闪电内在物质类似的电浆体,公元2194年是非法的。

耳朵、眼睛和手臂

读到过，据描述，被击中的感觉很像是被雷打到。而且，那东西是非法的。"

当眼睛醒来，他们带他进餐厅喝杯茶。"你看看这价位！"眼睛大叫，看来似乎又要昏过去了，但餐厅领班①坚持要免费招待他们。

"只要是将军的朋友，就是我的朋友。"这个圆胖矮个子的男人说。

"走廊尽头那些彪形大汉是谁？"手臂问。

"是他们！"餐厅总管抿了嘴唇说，"冈瓦纳人。愿马渥伊神保佑我们，免受这些邻居的侵扰。自从他们进驻之后，我们的生意掉了五成。他们既粗鲁又傲慢……"

"而且很小气。"一位正巧经过的服务生说，"从不给小费。"

"要不是他们具有外交豁免权，我会以窃贼的罪名把他们通通抓起来。他们拿走银器、玻璃杯，甚至……"这餐厅领班气得发抖，"连我的皮包都偷。我看见有个人把我的皮包放进他的口袋，但你认为我能说什么呢？一旦他们进入大使馆，那就是冈瓦纳的领土。警方也爱莫能助。如果说这是他们的作客方式，我真不敢想象他们在自己家会是什么德性。"

"真有趣。"手臂说。在坐在星光餐厅最著名的全景窗户旁边之前，他仔细察看了一下冈瓦纳大使馆。

天空很清澈，除了偶尔有几朵云从窗户下方飘过去。手臂可以看到哈拉雷的尽头，在那里，城市光芒已换成了田地阡陌。高楼间的航空路线十分繁忙。电梯里来了一群准备享受晚餐的人，并被安排坐在离他们不远的位置。这些男人身穿昂贵的达西基②服装，女人则穿着典型的埃塞俄比亚长袍。

手臂感受到这晚宴充满了一股慵懒的好兴致，而服务生在打量客人衣着时，还不自觉地散发出一股高涨的忌妒。除此之外，还有别的东西。那不是一种情绪，而是没有情绪。对手臂来说，眼前的世界化成了一座人性欲望翻腾的海洋，他试着大概地勾勒出那个景象。海洋

---

① 餐厅领班（maitre d'），法文，是 maitre d'hotel 的缩写，指旅馆或餐厅的总管。
② 达西基（dashiki），一种宽松的套头男装。

三十五

的中央有一个洞。

他全部的注意力都被吸引到那上面去了。那洞把他吸了过去。到里面去,它说。这里很平静,不需要抉择,也无需挣扎。手臂感觉自己的心智飘向了那个洞口。能够休息是一件多么棒的事啊。

不!他体内发出这样一个声音。那不是一个洞,而是一个嘴巴。手臂急忙往后抽动一下,不小心打翻了桌上的水壶。结果水全洒在地毯上,隔壁桌的女客人连连抱怨。一个服务生赶过来,用布吸干她们长袍上的水滴。

"怎么回事?"耳朵说。这时,眼睛站在远离窗户的一张桌子旁边。

"我不知道。我以前从来没有这种感觉,问题出在那里。"手臂指向冈瓦纳大使馆。跟隔壁桌客人道过歉后,他走回窗边往外看。这是全城最高的点,现在他要做的就是等待。

"雅可夫,如果你再像个傻瓜,我就要另找他人附身了。"他体内有个声音说。

"摩多罗神?"手臂吃惊地问。

当然是我。不然我为什么要把恩多罗给你?有时我会觉得人类的智慧一代比一代来得少。

对不起,手臂说。

哩高·玛卡温饭店有屋顶。到上面看看。

"是的,阁下。"手臂不开心地咕哝着。

"你刚刚说什么?"耳朵问,但这时手臂已经去找餐厅领班。

"当饭店在建的时候,他们在屋顶留了一个观景台。"矮个子领班解释道,"他们原本希望用它作为招揽游客的景点,但是……"他手指向一个堆满箱子的楼梯。

"很吓人,是吧?"耳朵问。

"我只上去过一次。"餐厅总管耸耸肩。

"我快要吐了。"眼睛呻吟。

手臂打电话给马兹卡将军,告诉他关于摩多罗神,以及他看到冈瓦纳大使馆的奇怪景象。

将军迟迟没有搭腔,手臂还以为连线有问题。终于,他说:"我不是要浇你冷水，不过目前只有两个人能够跟摩多罗神接触。他们两个都是经过多年研究才成功的。"

"正如我说的，他真的跟我说话。"

"你要我闯入一个外国大使馆，就因为你在灵魂的波动中看到一个洞。这是什么证据？"

"我现在就要给你证据。我唯一希望你做的就是在外头等着。"手臂说。

"人们身心受到压力时，会看到奇怪的景象。"

"这不是我捏造的！"手臂大吼，耳朵、眼睛和餐厅领班都吓了一大跳。

"冷静下来。我会相信你看到你的家庭祖灵，但是摩多罗神不会处理这些日常琐事，无论他对我们有多么重要，他只会管国家紧急情况……"

"这就是国家紧急情况！"手臂大叫。餐厅领班脸上出现惧色。他准备抓过电话，但耳朵和眼睛拉住他的手。"这件事不只关系到你小孩的失踪，而且还意味了外国恶灵准备要攻击我们。这件事跟假面人有关，冈瓦纳人大概也脱不了干系。"

"控制一下。"将军冷峻地说，"我没有指出冈瓦纳人跟这件事有所牵连的证据。"

"我觉得大使馆里大有问题。这也是为什么摩多罗神要我来这里的原因，你这个值得称颂的训导员！"

"拜托，"母亲突然插话。当她拿起分机时，她的影像出现在屏幕下方的小方格，"大家深吸一口气。我知道一个跟手臂说的一模一样的例子。"

将军和手臂彼此互瞪，就像站在一只羚羊面前的两只狮子，只不过两人都不出声。

"曾经，很久以前，津巴布韦被来自莫桑比克的恶灵侵入。"母亲解释说，"这是我在一本历史书上读到的。一群纳笃人[①]搬到一个绍纳

---

① 纳笃人（Ndau），绍纳族的近亲，但具有独特的文化。

村落的隔壁。绍纳人便开始做一些非常可怕的噩梦。他们彼此争吵，又虐待他们的老人和小孩。他们的文化解体了，直到后来，有人发现纳笃人的神灵正在对绍纳人的神灵发动战争。一旦大家明白了这一点，纳笃人便被赶回到莫桑比克。"

"我不敢相信我听到的。"将军说，"你是要我发动战争，理由是这个人可以感应到灵界？"

"是的。"母亲说。

"我认为在大家搞懂你们两个的意思之前，你们都应该吃颗阿斯匹林，然后躺下来休息一会儿！"当母亲要开口反驳时，屏幕中的影像便啪嗒消失了。

"麦维！你一定要叫他训导员吗？"眼睛说。

餐厅领班的身体前后剧烈晃动。"我完了！将军不会再来这里。我就要关门大吉，我的孩子们将要到街上乞讨。"

"噢，安静。"手臂咆哮着，"拿一根长绳子给我。"耳朵和眼睛小心翼翼地看着他将餐厅领班从储藏室拿来的绳子，打上一个个的结。"眼睛，待在这里。你只会昏倒而已。耳朵跟我来。"

"你……说话的口气不像是我认识的手臂。"耳朵有点结巴。

"唔，当然不是。摩多罗神就在我这里。"手臂拍拍胸膛。他爬上通往哩高·玛卡温屋顶的楼梯，耳朵不开心地跟在后头。

三十六

在摇曳的烛光中,假面人就像一群从噩梦中跑出来的动物。他们围绕着这几个孩子,而孩子们则死命紧抓着母象不放。库达号啕大哭,把脸埋在垃圾工人用谷物袋做成的衣服底下。

"你们看,够了。"母象说,"我可不像你们埋伏在地铁的那些小娃儿。我是来谈生意的。"

"生意。"一个戴着大面具、还露出一口野猪暴牙的假面人语气轻蔑。"我们都知道你在死人沼泽那里的事业发生了什么事。警方光顾过那里!他们把你的小酒馆关了,连奴隶都带走了。你现在什么事业都没了,母象。"

"你答应过我,要以五万元的代价交换这个小的。其他两个我免费奉送。"

"既然我们能予取予求,那为什么要付你钱呢?不过你还是可以拿到钱的。我们只需要一头小羊。一次来了三头,我们也乐意接受。"

"羊?你在说什么?"

"大头目遭到警方枪杀——他们真该死!"野猪回答,"我们需要一名继承人,为此我们需要献祭一头羊。"

"我不明白。"在抖动的烛火下,母象的皮肤变得黯淡无光。

"大头目需要食物才能强壮起来。孩子们将成为我们派给神的使者。孩子们会带领他们到达绍纳神灵世界的核心。"

"不!"母象大吼,"那不是我带他们来这里的目的!"

"小心!小心!"所有的假面人令人晕眼花地舞动着,同声怒吼。"你现在并不安全。噢,不!你可能将跌落楼梯底下,扭断脖子。没人会为你而哭!"

"我不喜欢这样!"母象大叫。

"她不喜欢。噢,亲爱的!"一个有着狒狒般的尖牙和毛皮的假面人说。

"可怜的母象!"另一个有灰狼般的口鼻、上面还布满斑点的人嘲笑道。

"躺在楼梯底下,头还往后扭。"第三个人接着说,他毛发直立,像是豪猪身上的刺。

"我没有说不卖他们。"母象甩开天泰和丽塔的手,他们滑落到地板上,吓得不敢站起来。

库达把脸露出来,看着垃圾工人。天泰看到小男孩的表情从恐惧转为惊讶。接着他也看到垃圾工人开心地张大嘴巴,盯着这些假面人,就跟他在死人沼泽看足球赛一样。库达立即模仿他的英雄。这是好玩的余兴节目!这些人一定是小丑。小男孩笑得很大声。

"看来,小羊觉得这很好笑。"野猪不满地说,把身体用力挤向小男孩。小男孩冲动地抓住那突出嘴巴的暴牙,结果面具被他扯下来,掉落到地上。

"不要看面具底下的东西!"其他人大喊,抢着把面具捡回去。他们迅速把面具物归原主,但在那一瞬间,天泰看到一张人脸。他原本以为面具底下藏的会是恐怖的玩意——也许是一颗骷髅头或是一堆蛇。相反的,他看到一张中年人的脸,有着松垂的下巴和眼袋。

"你是人!"他大叫。

"没错,是人。"豪猪说,"不戴面具时,我们是人。但是一戴上面具,我们就有了灵界的力量,而力量势必要补充能量!"

"我们是在浪费时间。"野猪说。天泰和丽塔被一把抓起,两人的手被绑在一块。他们又从垃圾工人手中把库达抱过去。垃圾工人马上想要把他抢回来,却被用一条浸了氯仿麻醉剂的破布给迷昏了过去,就跟刀子和拳头在玛巴·姆兹卡使用的手法一样。之后垃圾工人被滚到角落,假面人在手提箱里装进他们需要的东西:香草、晾干的动物尸体、难闻的油和各式刀组。

"我认得野猪。"天泰小声对丽塔说,"他是欧邦柏·奇瓦立,冈瓦纳大使。"

"你确定?"她小声回问。

"我在星光餐厅见过他。"

"我想起来了。他故意开玩笑绊倒一名端汤的服务生……啊!"

"怎么了?"

丽塔朝日历点点头。那日历本被钉在满是晾干的动物尸体的墙壁上。上面有一幅津巴布韦的遗迹,中间被一把刀笔直地刺穿,而底下的日期被整齐地划掉。天泰看到今天的日期正是他生日前一天。

"过了午夜,你就十四岁了。"丽塔说。

天泰咽下口水。时间过得真快!他想起去年生日时,拿到一个村庄模型组合和玩具标枪,那时的他还是一个被宠坏的无知小孩。天泰因为难为情而满脸通红。他以前真的像个小孩吗?当他把蛋糕上的蜡烛吹熄时,是不是许了这样一个愿望?我想要一个冒险。

"站起来。"欧邦柏·奇瓦立说。他们被带往一个乘车平台,然后被押进一辆加长型礼车里。假面人戳戳母象,把她推进另一辆车子。接着他们发动车子,驶进夜空。车窗加装了帘幕,引擎盖上贴了冈瓦纳国旗。这些车子是大使馆座车,没有交通警察敢把他们拦下来。

车子驶过一片漆黑的津巴布韦天空,呼啸的警报声告诉大家:"让路!不然我们会把你碾过去!"这列车队擦撞到一辆计程车,那辆车子被撞得直打转,差点失去控制。假面人蹲在车子底下,将自己隐藏在着上颜色的车窗后。

天泰往下看着城市里交错纵横的美丽街道。一年前,他只会赞叹这样的景色。如今,他知道这一切是如此的脆弱,毫无防备,敌人早已捣入核心。丽塔和库达不了解成为冈瓦纳灵界使者是什么意思,他却心知肚明。因为他们没有听到很久以前,父亲和武术老师在图书馆里头的对话。

成为使者意味着死亡。

意思是当痛苦地死去时,一个人的灵魂会充满可怕的能量。唯有这样,这使者才能引起反应迟钝的冈瓦纳神灵的注意。

天泰非常害怕。他发觉自己竟然如此愚蠢——而且还把丽塔和库达拖下水——经历这么一个个糟糕的情况。突然他脑中有一个声音说:"光看看你在玛巴·姆兹卡的作为。你应该照顾你的弟妹,可是你没有做到,你只想到玩乐。而在死人沼泽又如何?你选择了放弃,而丽塔努力跟他们对抗!在瑞斯海凡,你只想到要得到大家的认同,而没有想办法怎么回家。最糟的是你在马池·沃辛汉太太家里的表现。你一知道她图谋不轨时,就应该跟她面对面地对抗。你害怕那样做。承认吧!这是为什么母象有时间找到你们。一年前你还是个婴儿,而现在你依旧是……"

"够了!"天泰对这些挤满脑袋的念头大吼,"我知道你是谁?走开,你这肮脏的冈瓦纳恶灵!我是绍纳勇士。我的木图波是狮子,我的奇达是心。当心了!"

一想到这里,他记起米勒人以前曾经在摇篮曲里引用过的一首诗。那是在上战场之前,用来鼓舞战士的传统诗歌。米勒人总会一边来回昂首阔步,用拳头瞄准影子,然后凶狠地皱着眉。

> 我是唯一视危险为玩物的人!
> 我将挖空人们的力量
> 就像把坚果从壳里挖出来一样。
> 我将破除你施用的魔咒
> 把它当成我粥里的开胃菜。
> 当心!
> 我是致命的眼镜蛇,
> 擅于角力的豹,
> 一箱大黄蜂,
> 一个人上之人!

这首古老战歌让天泰的胸膛暖和了起来,暖意从他衣服底下的恩多罗扩散到的手指和脚尖。刚刚那些坏念头已经如火堆中的烟一样消散。它们还在外头等待天泰勇气减弱,只不过这一刻,天泰已经被这充满力量的感觉给征服了。

加长型轿车突然往下开,驶向靠近哩高·玛卡温顶端的一个私有停车处。天泰很讶异假面人竟然会藏身在这么一个公众场所,不过这当然不能算是公有地。这是在津巴布韦唯一不受法律管束的地方!冈瓦纳大使馆。

停车坪并不大。在停车坪边缘立着一些矮栏杆,强风呼啸而过,云絮从停车坪和广大的哈拉雷城之间飘过。母象被从加长型礼车拉出来时,嘴里不断地咒骂。

停车坪在移动!

哩高·玛卡温像是在一根大茎干上的花朵,吱嘎作响地摇摆着。停车坪渐渐往前移,底下一堆大楼全消失不见。当停车区挪回原位时,又看得到那些大楼的踪迹。风扯着假面人的长袍,豪猪身上的刺也随风摆动。天泰突然伸出脚,把抓着他的野猪绊倒了。他们一起跌在地上。野猪的面具就这样掉了下来,也许是之前因库达的袭击已受到损坏的缘故。

假面人齐声哀号。在停车坪灯光照射之下,野猪的暴牙轮廓被背后一块云彩给衬托出来,之后云便飘走了。"我的力量!"欧邦柏·奇瓦立尖叫说。他把天泰拉到栏杆前,但是其他假面人把他们拉回来。

"不要做傻事!"豪猪在风中大叫,"这男孩将成为一名出色的使者。当我们把他做掉时,他越是勇敢,就越有力量。"

"无论如何,今晚你将会被大头目的神灵给附身。"狒狒叫嚷着。天泰的头又被拉了回来,然后他被推入一个玻璃门,进到一个铺了波斯地毯的神奇房间。

镶金桌子上摆满了巧夺天工的玉石和象牙雕像。墙上挂了丝质窗帘。细致家具披盖着豹皮和虎皮,珠宝在货真价实的塑胶碗里闪烁着。

"如果你问我,我会说这样的摆设有点太过头了。"丽塔轻蔑地说。在她背后的假面人推了她一把。库达走近其中一个塑胶碗,把手伸进碗里。绿宝石、钻石和红宝石从他粗短的指缝间滑下来。他把一个大黑色珍珠耳环放进嘴里,但丽塔叫他把它放回去。"你不知道它是打哪来的。"她说。

房间的尽头有一道黑色帘幕。欧邦柏·奇瓦立使劲一拉,露出房间的另一半空间。在那里,地毯和镶金边的桌子没了。巧夺天工的艺术品也没有了。天泰只看到暗淡的水泥地板上用螺丝栓固定了一张椅子。墙壁四周和地板都是人性沉沦到最低点的证据：我们不能把献祭称作兽性的行为，因为野兽也有尊严。人性灵魂里扭曲的或病态的部分，全都在这个房间里呈现出来了。

丽塔别过头大哭。她搂着库达。母象往地上一跪，把两个小孩抱进怀里。

最引起天泰注意的是在远处墙壁上，挂在椅子正上方的东西。房间这头的光线勉强能照到它。那东西又大又诡异，仿佛是由幻影和弥漫四处的恶心恶臭味所形成的。天泰着迷于那神秘的样子，直往那方向走过去。

"不要。"丽塔啜泣说。

那是一个面具。

它比其他面具大上一倍，是一个表情痛苦而扭曲的人脸，让人无法直视。嘴巴里头框上许多牙齿。那些牙很小，不是成人的牙齿。头上的带发头皮编结在一起，形成了一顶假发。脸颊上文着一条黑色纹路。眼睛……

则是中空的。至少这一刻是如此。天泰感觉到那原本栖息在面具里的幽灵还在某处徘徊。它正在等待附身的时机。接着，面具的眼睛睁开了。

假面人从四面八方伸出手来，把他放到房间正中央的椅子上。

三十七

当爬到屋顶时,他们遭到强风的猛力拍击。手臂急忙低头,手脚着地,沿着水泥地爬行。耳朵捂住耳朵。金属台架上的交通信号一明一暗,断断续续地发散出红色的灯光。

"光是想象要换那个灯泡就……"耳朵在呼啸的强风中大喊。

"这里的景色从屋里看来是如此祥和。"手臂也叫回去,"我倒没想过这个问题。"

"我们……我们在移动吗?"耳朵全身趴在冰冷的水泥地上。

"是的!随风摆动就是哩高·玛卡温的设计重点。这跟建筑的稳定性有关。在这种的高度下,东西必须要随风摆动,否则就会被吹歪。"

"我快要晕船了。"

手臂慢慢地沿着平台,爬离耳朵身边。他很庆幸自己没有吃蒜头汤、咖喱明虾和酪梨沙拉。过了一会儿,耳朵也恢复正常。"冈瓦纳大使馆就在这边。"手臂从栏杆那边大声说。他从一英里的高度,朝下看着哈拉雷。底下大约六十英尺的地方,有一个上下车用的停车坪。

耳朵在后头爬行。"如果大楼倾斜,我们会不会滑下去?"

"我们不会从栏杆间的缝隙滚下去的。要像我这样抓紧栏杆。你有没有听到什么?"

"真是奇怪,这大楼竟会嘎吱作响。这声音听起来很像我父亲那艘经常出没在卡里巴湖①的帆船。我希望自己现在就在那里。"

"专心点。我要知道有没有人在大使馆。"

耳朵稍微张开他的耳朵,但随即被风给吹阖起来。"我听到星光餐厅里盘子铿锵的碰撞声。厨子刚切到手指。他说……"

---

① 卡里巴湖(Lake Kariba),位于津巴布韦和赞比亚边界的人工湖,由于在赞比西河筑堤坝而形成的。

"不是那里！你能不能把耳朵再张大一点？"

"我怕它会被风给扯断。"不过耳朵又试了一遍。这一次他听到冈瓦纳大使馆外头的警卫测试灵魂窃取激光的保险栓。"我想里面没有人……哇！"大楼突然倾斜，耳朵滑到栏杆旁，双脚滑出屋顶边缘。他使劲地踢来踢去，一路爬回安全地带。

"你看到了没？你的肩膀太大，不会从栏杆缝隙之间滑出去。"手臂说。

"我又快吐了。"

手臂望着从他们及城市顶端飘过去的云。风又吹过来了：哩高·玛卡温再度吱嘎作响，停车坪稍微往外面突出。如果手臂爬上栏杆，几乎可以从那里滑到大楼的边侧，伸手就可以碰到停车坪。"我听见嗡嗡响的声音。"

"那不过是一辆计程车。我们现在可以进去了吗？"耳朵说。

"计程车营业处在大楼对面。听不是你的分内工作吗？"

耳朵哀怨地爬回栏杆边，稍微把耳朵张开，并用手挡着，作为保护。停车坪的灯亮起来了。

"嗯，嗯。有人来了。"手臂说。有一长串的加长型礼车从夜空那端开过来了。他们穿越层层的云絮，交通信号灯把车窗染成一片红。这些加长型礼车紧密地停在冈瓦纳大使馆的停车坪。手臂身体站直，靠着栏杆。"过来这里。"

"我做不到。"耳朵哀号。

"你一定要做到！"现在说话的这个人不是耳朵的战友，而是摩多罗神。这神灵因为看到他的敌人而醒来。它是由绍纳族人的共同梦想与记忆所组成的，同时是津巴布韦的神灵。上千个世代的男女珍惜着这块土地，因而赐予它发声的力量。耳朵既无法违抗这个命令，也没有翅膀，能让他从哩高·玛卡温往下飞。他站在栏杆旁，把耳朵张得大大的。那对耳朵像帆一样，被风吹得鼓胀起来。

他会受伤，手臂对摩多罗神说。

安静，这部落的祖灵命令他。

两个侦探分别用他们的特异功能往下看。母象一边咒骂抓她的人，一边被赶出车外。天泰、丽塔和库达则从另一辆车被拖出来。

"终于。"手臂喃喃自语。在停车坪的假面人阵仗让他为之丧胆。虽然只有眼睛才能看得到他们的可怕脸孔，但是连手臂都可以感受到他们身上散发出来的恶意。这些人很野蛮，但自他们头上飞掠而过的恶灵更恶劣。这些恶灵身上带满了下场凄惨的动物祭品。由于愤怒和恐惧，才造就出这样的怪物。这些被献祭的动物一死，它们那神圣一面也消失了，进入了马渥伊超自然神的国度。只有那些罪恶，像是被扭曲的自然力，才能够继续苟延残喘下去。

手臂看到这些人和非人的恶灵凑在一起，他的脑袋一片昏眩。

勇气，雅亇夫，摩多罗神在他脑中低声说。

突然间，天泰把那个抓住他的人绊倒了，他们两人都跌在地上。那人的面具被风吹落，快速地在水泥地上翻转。手臂可以感受到那恶灵：一个老而堕落的肥野猪，附身在一个年轻的野猪身上。那恶灵急忙追着在地上翻滚的面具。失去面具的人怒吼，把天泰拖到栏杆边。

"不！不要！"手臂大叫，但是风把他的声音吹散了。还好，其他的假面人阻止了那人把天泰往下丢的举动。

"他们说这男孩将成为一名出色的使者。当他们把他做掉时，他越是勇敢，就越有力量。"耳朵向他报告，"有人今晚将会被大头目的神灵给附身……啊！"耳朵尖叫，结果跌到屋顶上。一直看着天泰和其他人被赶进屋内的手臂在他的战友身边跪了下来。

耳朵在水泥地上缩成一团。在交通信号灯光之下，他的那双耳朵已经被风吹裂了。血从伤口渗了出来。"啊，麦维。"手臂小声说。

"我现在可以进去了吗？"耳朵问。

"噢，耳朵，对不起。"

"我想星光餐厅里头有绷带，因为我刚刚听到厨子切到手指时，跟他们要了一个。"

手臂流下了眼泪。他知道耳朵差一点就要休克了。他对着往下的楼梯大喊，叫来帮手。餐厅领班和两名服务生把耳朵抬进屋内。"打电话给将军，跟他说我们找到证据了。"手臂说，"孩子们现在在冈瓦纳大使馆里，假面人也在里头。"

"假面人！"餐厅领班倒吸一口气。

"告诉他情况紧急。他们即将把天泰作为祭品。"

"你要去哪里？"当手臂坚强地要爬回屋顶时，这个矮个子男人大叫。

"我要潜入后门。"手臂拉开从储藏室拿来的绳索，再次爬进咆哮的风中。

母亲心想自己就快昏过去了。她在家里和阿玛迪斯激烈地吵了一架后，便火速驱车前来星光餐厅，现在刚刚抵达。她不确定手臂说孩子们即将成为使者的真正含义。不过她确实明白：在冈瓦纳大使馆里头有重要的线索，而手臂即将找出真相。

阿玛迪斯可能会吼她吼到声音沙哑，但她没办法待在家里。当其他人任意地把她的孩子带来带去时，她早已厌倦了等待。对母亲而言，如果手臂想要把大使馆的墙壁炸出一个洞，她也会帮他。

一路上风非常大。加长型礼车奋力穿过狂风，而且到处都是救护车。事实上，玻璃电梯上升时，有好几次停摆下来。但是这样的状况还不至于吓到母亲。

餐厅领班冲出来，和一大群服务生合力抬着耳朵。眼睛也跳过去要帮他们。他们让受伤的侦探平躺在沙发上。"打电话给将军！打电话给将军！"餐厅领班大声叫嚷，"孩子们在大使馆里头！那里都是假面人，他们即将把天泰当做祭品！"

听到这样的话母亲差一点昏过去。但她深吸一口气，走到声音全息纪录器旁边。屏幕一片空白。电脑也死机了。

"这是因为大楼摇摆所造成的。"餐厅领班大叫，"有时电线会被扯松。必须有人坐电梯往下。"

两三个服务生志愿帮忙，然而电梯动也不动。餐厅领班把马铃薯和洋葱布袋拖出工务电梯，然后自己爬进去。只是那里也停电了。

"那为什么灯还亮着？"母亲问。

"我们有一部紧急发电机。"他一边喘着气，一边拔掉身上的泥土和洋葱皮，"这栋饭店的设计师认为我们只需要灯光和烤箱的电力。该死的官僚作风！"他用脚踢着一袋马铃薯。

"嘿,服务生!怎么不来招呼我们?"正在窗边参加晚宴的某个人说。

"丢一袋苏打饼干给他!"餐厅领班大吼,"你们这些娇宠的有钱人听好,我们现在有紧急状况。假面人窝藏在冈瓦纳大使馆里,他们抓走了马兹卡将军的小孩。如果我们不闯进去,他们就会把孩子们给杀掉。如果你们想吃东西,就到厨房自己去找吧!"

他吼完后,现场鸦雀无声。这些穿着达西基服和埃塞俄比亚长袍的食客睁大眼睛盯着他。

"啊……你之前为什么不说呢?"刚刚开口找服务生的那个人开始结巴。

"我们也想帮忙。"一名身穿丝质长袍,上头还加了碎钻的女人说。

"啊,很好!这比一般的晚餐聚会来得有趣多了。"另一个女人大声说。

突然间,大家都来回奔忙。一名医生弯腰察看不省人事的耳朵,用消毒剂擦拭他的伤口。服务生冲进厨房,拿出切肉刀、烤叉、铁锅、平底锅,给大家当武器。这些人一字排开,里头包括了主厨、三名二厨、负责酱汁的厨师、沙拉师傅、制作蛋白酥的点心师傅和十几个洗碗工人。他们冲向门口。

"等等!"眼睛大叫,"冈瓦纳警卫有灵魂窃取镭射。"

这话才说出口,服务生、厨师、沙拉师傅、制作蛋白酥的点心师傅和洗碗工人立刻停下脚步。

"我们需要制定策略。谁有枪?"母亲说。

"我有一把涅瓦纳枪。"眼睛说,"耳朵也有一把,不过他没办法用了。"

"把他的枪给我。"母亲命令道,"现在我们需要转移他们的注意力。"

"交给我们。"主厨和沙拉师傅说。

说完,体型庞大的主厨追赶着个子瘦小的沙拉师傅,跑向通往冈瓦纳大使馆的走廊。"我会教你不要洗掉菠菜里头的蜗牛。"大厨怒吼

"不要打我!那不是我洗的!"沙拉师傅举起一个平底锅作为掩护

"你这没用的东西！你之所以会得到这份工作，是因为你哥哥在服务台的缘故！"主厨大吼大叫，手拿切肉刀在空中挥舞。

"你看看。"一名冈瓦纳警卫笑着说。

"我赌厨子会赢。他体型比较大。"另一个冈瓦纳警卫说。

"不，不。个子小的动作比较敏捷。跑得很快。"五名警卫都跟着这两人走到走廊。

"我压一百元，赌厨子会逮到矮子。"

"我压两百赌矮子会赢。我喜欢他的样子。"

眼睛爬到走廊，站在警卫和大使馆门口之间。母亲沿着墙，轻轻地移动。

"现在！"厨子大叫。眼睛和母亲拿着枪，对警卫展开攻击。他们解决了两个。厨子用他的大拳头，朝其中一人的头劈下去。沙拉师傅也用平底锅敲昏一个。剩下的那个警卫躲到装饰花瓶后面，朝眼睛开枪。

灵魂窃取镭射发出噪音，整个餐厅仿佛被雷电击中一般。服务生和食客一个接一个倒下来，寻求庇护。沙拉师傅扔掉手中的平底锅，主厨也握不住手中的切菜刀。灵魂窃取镭射发出的子弹射到耳朵头部旁边的墙壁。那子弹在墙壁里四处乱窜，穿透壁纸，融化了底下的油漆。

眼睛把枪丢掉，举高双手尖叫："我看不见了！"冈瓦纳警卫大笑，从花瓶后面走出来，瞄准这个行为怪异的侦探。

——结果被母亲当场击中了。

"好！"餐厅里的服务生和食客高声欢呼，立刻过来把这些警卫五大绑起来。主厨和沙拉师傅相互给对方打暗号。医生和那个衣服上钻石闪闪发亮的女人跑到跪地摇摆的眼睛身旁。

母亲冷静地研究着冈瓦纳大使馆的大门。看到耳朵和眼睛受伤，深感难过，不过他们将得到最妥善的照料。她的战斗才刚开始。大馆的门和墙壁紧密相连着。那门就连塞得下金属铁丝的缝隙都没有，没铰链可拆除。它跟津巴布韦银行里的保险箱一样坚固难破。

现在该怎么办？母亲问自己。

三十八

"唔，我猜是这么做吧。"手臂测试着绳子是否确实绑在了栏杆上。

"没错。"摩多罗神赞同。

"告诉我，如果我……掉下去了，结果将如何？你会怎样？"

"我不会有事。我已经在灵界了。"

手臂看着从他上方飘过的云。风使劲地吹着他的上衣，那衣服几乎要和他的胸膛黏在一起。外头温度很低，而且越来越冷。"那我会怎么样？"

"你会加入你祖先的行列，成为玛祖穆，也就是家族精灵。你应该知道的。"

"有多少的我会在那里？我的意思是说，我会记得这一生吗？我还能再看到沙卡吗？"

"雅可夫，你在拖延时间吗？"

"我想是的。"手臂再次测试绳子是否绑紧。他回头看着哩高·玛卡温的屋顶。虽然之前那屋顶十分吓人，但现在它看起来却像是安全避难所。

"雅可夫，也许我这样说，你会感到些许的安慰，我也是在你身上下了很大的赌注。从高楼下坠并不会使我受伤，但是冈瓦纳的神却伤得到我。他们会践踏我，我将成为他们充满仇恨且变态的计谋下的牺牲品。然后，我们的父母会虐待子女，老人会饥饿死去，兄弟会相互残杀，大地则自行腐败。如此一来，沙卡会活在什么样的世界里呢？"

"你说得对，我们要奋力抵抗。"手臂说。

"她正在睡觉，做着一个好梦。"

"谢谢。"手臂等待着大楼再次发出吱嘎的声音。他脚踩在先前打好的绳结上，站在哩高·玛卡温大楼倾斜那一边，底下就是停机坪。

风来了!

他才从大楼顶端往下滑了几公分,就受到强风猛力拍打。身体才一发热,那热度随即便被风给吹散了。他的体型原本就比别人来得瘦长,身上没有半点脂肪足以保护自己,他的手开始刺痛发麻。

哩高·玛卡温又晃回原来的位置。这时的他够不到墙壁和停车坪,绳子在半空中摆动着。手臂继续往下爬,一个绳结接着一个绳结。他的手完全没有知觉,但他必须全神贯注,握紧双手。脚滑到下一个绳结,他强迫自己继续往下滑。

"很好,还有一半的距离就到了。"摩多罗神说。

手臂整个人就像是钟摆似的,在风中摆荡。他一会儿往外荡出去,然后又荡回来。每次摆动弧度越大,他就越荡得头昏目眩。他的手……还在绳子上吗?应该是吧,不然他人早就掉下去了。他因为用尽力气而全身疼痛,根本没力气抬头往上看。

"那样做也是浪费时间。"摩多罗神做出评论。

手臂往外荡出去。这一次,发出很大的吱嘎声响。接着他又往里荡,结果又"砰"地撞到大楼的侧面。他放开了手,腿也跟着松开。他整个人往下掉,绳子从身上滑过。然后,他沿着大楼倾斜那侧一直滑下去。粗糙的墙面划破了他的上衣,擦伤了他的皮肤。接下来速度加快,他整个人"砰"的一声,摔到冈瓦纳停车坪上面。

天泰听到丽塔和库达窝在母象怀里的抽泣声。他整个人被紧紧地绑在地面的椅子上面。"听着,你也不希望跟津巴布韦发动战争吧。"母象说,"不如我来找一头上好的羊,当做你的祭品吧?而且不收你半毛钱。"

"大头目不喜欢羊只。"欧邦柏·奇瓦立说。天泰听到后院传来刀子在磨刀石上擦来擦去的刺耳声。"津巴布韦永远不会知道这里发生的事。他们是一群傻瓜,容易相信别人的家伙。"磨刀的霍霍声再次响起。接着又是金属铿锵声,可能是有人在翻找工具箱。

"我不喜欢这样!"母象大叫。

"啊,她不喜欢。"狒狒假面人说,"她想要到停车坪去散散步。"

耳朵、眼睛和手臂

"我可没有说我会惹麻烦！"

"算你聪明。"欧邦柏·奇瓦立说。冈瓦纳大使打开天泰的上衣，结果他仿佛被烫到似的，身体突然往后倾。"那是什么？"

母象身体往前。"啊，那不过是一个古老的恩多罗，在旧村落里头的灵媒佩戴的。人们以为那东西有神奇的力量，如果你问我的话，我会说那是迷信。虽然这一个看起来不太一样。"这女人又朝天泰靠近了一些。天泰用从父亲那里学来的冷峻目光盯着她瞧。"这是真货！古代的帝王会戴贝壳做成的恩多罗。即使是在当时，这东西也很值钱。为什么你们不干脆把它给变卖了，然后把孩子们放走？我可以帮你……"

"笨女人！你怎么会以为我们缺钱？"欧邦柏·奇瓦立怒吼着，"这男孩会成为神的最佳使者。他是马兹卡将军的儿子，有狮子的心，身上又戴着一个崇敬津巴布韦神灵的象征物。再也没有什么比这个更加完美的了！当我们把他解决掉时——我们即将这么做——他的灵魂将会像火热的煤炭，在神的国度里发光发热。啊，这么一来，他们一定会注意到他。"

天泰把他的严峻目光从母象转移到欧邦柏·奇瓦立身上。"看到没？"冈瓦纳大使说，"那神情真像他父亲。"他把一盒工具箱放在一个天泰看得到的架子上。暗淡的烛光投射到墙壁上，映照出那些长长的、锯齿状以及钩状器具的轮廓。

当心！
我是致命的眼镜蛇，
擅于角力的豹，
一箱大黄蜂，
一个人上之人！

天泰在脑中吟唱这首战歌。恩多罗的温度扩散到他的全身。即使现在无法移动手臂和腿，他依旧是一个战士。他会用灵魂与他们对抗，永远不会为他们传达那令人厌恶的信息。

"太好了！"欧邦柏·奇瓦立咯咯笑道。

停车坪有东西掉落的声音。假面人立即往声音的方向望过去。"一定是其中一辆加长型礼车松绑了。"豪猪说，"是风，今晚整栋楼晃得真厉害。"

"去把它固定好。"欧邦柏·奇瓦立下令。但突然间，一个衣服破烂、高得出奇的男人从玻璃门外冲进来，开始朝着房内扫射。

手臂因为坠落而饱受惊吓，但是摩多罗神立即命令他站起来。

"继续行动！里头的人现在正如土狼般有了警觉！"

手臂蹒跚地走着。他的身体因为冰冷和擦伤而抽痛着。他抽出涅瓦纳枪，用力把门撞开，以最快的速度朝屋内扫射。里头全都是目标物。在对方还来不及出手反击前，他便解决掉三个假面人。假面人头上趾高气扬的恶灵抖出上千个愤怒死去的动物所怀有的恨意，排山倒海地朝他而来。整个房间充满了吼叫、哀号、狂吠以及咩咩等动物的叫声——不过只有手臂自己听得见。这些幽灵围成一圈，紧跟在他后头。他们在他耳边吹热气，还把有毒的唾液滴在他的皮肤上。他转过身，不知所措。

"拿出战斗力！不要被他们迷惑了！"摩多罗神大叫。

手臂看到天泰被绑在一张椅子上。丽塔和库达蹲在母象的脚边，冈瓦纳大使就在站母象旁边。他举起枪，然而椅子上方有黑影晃了一下，引起他的注意。

那是手臂先前在星光餐厅看到的东西——欲望之海中间的洞。

"不！你这个笨蛋！"摩多罗神大叫。

"哈啰，手臂。"墙上那个面具背后的幽灵跟他打招呼。面具很大，但却出奇地模糊难辨，而手臂怀疑是自己不想仔细看的缘故。"你从来不知道什么叫做安宁，对吧？"幽灵低声说，"一直要察觉到别人的情绪，总是在意别人的喋喋不休。你最需要的是稍作喘息。"那幽灵用和蔼可亲的老爷爷般的眼神望着他。

"那是陷阱！"摩多罗神大喊。

"你是谁？"那幽灵说，"你这个只会吱吱叫的假好人，甚至连自己的子民都没教好,他们连你都不怕。"

"朝冈瓦纳大使开枪!"摩多罗神下令。

手臂往前一步,但他突然觉得好累,非常疲累。那个洞在他面前盘旋,那深沉而宁静的深渊召唤着他。枪从他指尖滑落,掉在地板上。他往那洞口靠近,这时他体内的摩多罗神声音变得越来越微弱。太迟了,他看见大头目睁开眼睛。太迟了,他想起摩多罗神之前跟他说过:那不是洞口,而是嘴巴。

三十九

　　天泰看到一个奇怪的人破门而入。那人又瘦又长，像是一只墙蜘蛛，但他绝对不是敌人。这个人用涅瓦纳枪射中了三个假面人。天泰之所以认得出涅瓦纳枪，是因为他之前在警察射击练习场练习过一次。

　　这个奇怪的人用枪瞄准欧邦柏·奇瓦立，然后突然倒下，像发高烧似的开始全身发抖。拜托，现在不要停下来啊。这个人像是被催眠一般，直盯天泰头顶上的大头目面具看。现场没有半个人动。

　　天泰明白此时此刻正上演着一场无声的挣扎。他不知道那究竟是什么，只是大家似乎都感受到了。尽管房间这一头根本没有半丝微风，但烛火却发出劈啪声。天泰虽然听不见那渐渐增强的沙沙声，但他的皮肤却感到刺痛。

　　那紧绷的气氛一下子没了。那人丢下枪，往前倒下，头部狠狠地撞击地面。天泰很清楚这人在倒地之前就已经死掉了。

　　还来不及因为事情演变至此而难过，他便感觉到胸膛有些不对劲。从恩多罗发出的热度比之前要高上成百上千倍。这种力量带给他的震撼，就好像一个人在面对火山般宏伟的自然之力时一样。

　　"你当灵媒还稍嫌太小，但非这么做不可。"他体内有股声音说。

　　"请问，"天泰结巴地问，"你是谁？"

　　"年轻的勇士，我是摩多罗神。嘿！我认得这个恩多罗。他是摩洛曼塔巴本人戴过的。能重回这里头的感觉真好。"

　　天泰充满好奇。摩多罗神！找上了他！他满心敬畏，差一点忘了自己正身陷险境，宗族神灵立即唤醒他。

　　"没时间自我赞扬了。你知道他们现在的诡计，对吧？"

　　"报告长官，是的。"天泰说。

　　"如同一般的神灵一样，我必须要借助人类的身体才能行动。因此我们俩要联合起来，找出冈瓦纳人防御上的弱点。最差的情况是你可能会面临死亡。你应该知道的。"

天泰吞了口水。是的，他心知肚明，但这就是战士有时必须面临到的情况。重点是要死得有意义，而且要死得有尊严。

"没错，小狮子。看来我找对人了。"

天泰满心骄傲。他抬头看着这些包围他的假面人。很明显，他们在等待那几个被怪人用涅瓦纳枪射中的冈瓦纳人从昏睡中醒过来。

"先等他们完全清醒再说。"欧邦柏·奇瓦立说，"这些人没醒过来之前，仪式就没办法进行下去。"

当时间一分一秒过去，天泰瞥见了摩多罗神的真面目。他是男神也是女神，往前追溯起来，他是第一个出现的人类，他/她抬起那多毛的头，脱离了最原始的觅食方式。他/她留意到大地的存在，看到肥沃的红土、流经过的清澈之水、生气勃勃的植物以及从植物上头一跃而过的动物。这时候他知道这就是他的归属之地，这就是家乡。

从那时候开始，所有关照过这块土地的男女，都陆续加入摩多罗神的行列。在晦暗的远方，天泰看到津巴布韦这个国家以及在这里生活过的上百万个灵魂。当他的注意力从那广袤的大地回到这个房间时，他的视力变敏锐了。他看到库达坐在地板上，丽塔用手臂环抱着她。他这个小弟正计划要绊倒站在他旁边的假面人。丽塔则在想办法拿到那把掉落的涅瓦纳枪。

最后，天泰的目光落到母象身上。"她？"他说，"她那种人不可能是你的子民。"

"他们全都是我的子孙。"摩多罗神说。

透过这个宗族神灵的引导，他看到母象的过去：一个又肥又没人要的小孩。她既得不到照顾，也没有半个朋友。无知、粗野、暴躁，最后离家出走。"在世上唯一的生存之道就是趁别人还没动手打你之前，先主动出击。"年轻的母象说。

天泰看到她在死人沼泽建立一个帝国。沼泽居民就是她真正的家人。她并没有刻意把他们引到那里：他们都是自愿前往的。她欺凌他们，又压榨他们的劳力，然而对这群悲惨没人要的沼泽居民来说，她就是家的象征。

他用奇妙的眼神望着她。要真正了解摩多罗神对她的想法并不容易，天泰找到了最贴切的形容，那便是：她是我们的一员。那一瞬间，母象注意到他在看着她。她的眼睛睁得大大的。天泰发觉自己的脸上绽放出一个微笑。她害怕得身体发抖，并把脸转向别处。

"该是举行仪式的时候了。"欧邦柏·奇瓦立宣布。冈瓦纳人恭敬地把那个大头目面具从幽暗处移到天泰面前。面具上笼罩着一股阴森，烛光下，它的外形似乎有些残缺不全。天泰只能专注在其中一部分——比如细小的牙齿或是一块带发的头皮，这时其他地方就变得模糊不清。当他转动眼睛时，那面具似乎又变完整了，但在一瞬间，其他部位又变朦胧了。

"那东西还没有完全存在于这个世界上。"摩多罗神解释说，"这个仪式会把他给实质化。"

"在所有我们崇拜的东西里头，大头目面具是最古老而且最有力量的一个。"欧邦柏·奇瓦立的嗓音低沉，"它经历了一千多年，是一代代传承下来的。"那面具会让人联想起其他的假面人以及无数次的献祭。唯独它，才有能力唤醒沉睡中的冈瓦纳神。

"他们才没有睡着。他们是懒骨头。"摩多罗神加上注解。天泰扮了鬼脸，他多么希望自己能像他一样轻松自在。

"你这个津巴布韦小孩将成为我们意志的使者。往上仰视这个面具，你将感到恐惧。"

"我才不会帮你们带任何信息呢。"天泰说。

"这说明了他……啊唷！"当豪猪拉扯丽塔头发时她大叫起来。

"很好，很好。"欧邦柏·奇瓦立愉快地说，"尽管摆出不屈服的样子吧，这会让你最后折服时更有力量。"

天泰充满恨意地瞪着他，他的心跳得很快。现在一切都将成真了，他将面临痛苦了。

假面人绕着椅子围成一圈。欧邦柏·奇瓦立没办法加入，他不再拥有野猪的神灵。冈瓦纳人吟诵起来。那种吟诵天泰第一次听到，一开始声音非常低，像是在地下的蜂窝里，有一群生气的蜜蜂在嗡嗡叫。接下来，它们窜出地表，越来越接近。天泰知道是这群人发出的声音，但那声音却不知何去何从,在空中不断环绕。那就像是一群聚集在黑暗森林里的幽灵发出的声音。

"停!你长大了,不要再想那些鬼故事。"摩多罗神说。

"对不起。"天泰说。

但是那吟诵声还是让他感到烦躁。最后,那些假面人的恶灵现身了。当他们被恶灵附身时,他们的身体猛然一动。声音越来越大。空中全都是狗吠声、哀号声、呼噜声以及灰狼的笑声。那全是之前被抓来当做献祭品的动物。他们在椅子上围成一圈,呼唤着他们那个靠吃人类过活的主子。那原本潜伏在幽暗处的幽灵开始从大头目面具上苏醒过来。面具的外形逐渐变得明显。但是在它即将清晰起来时,有些部位却又模糊了。

"这是因为你把野猪面具弄坏了。"摩多罗神说,"那些动物的声音减弱了。干得好,天泰。你当初怎么会想到这招?"

"我不知道。我只是不想要一切都如他们的意。"天泰回答说。

欧邦柏·奇瓦立握紧双手,看着大头目无法现身。动物使者越跑越快,喘息声震耳欲聋。那些被恶灵附身的人扭动身体,仿佛被什么怪病缠身似的。大头目的五官突然变得很清楚。那栩栩如生的样子,比任何梦魇都还要可怕。那眼睛睁开了。

天泰大叫起来。

"又是你。"那幽灵说,"这次你可找到好勇士了。顺便说,刚才那家伙很可口。"

"事情还没结束呢。"摩多罗神说。

"勇气可嘉!你只能找到傻瓜和小孩来当士兵,那津巴布韦被吃掉也是无可厚非啊。"

欧邦柏·奇瓦立挑了一把刀,向天泰走过来。他举起刀子,准备划下第一刀。大头目的眼珠子贪婪地盯着刀锋看。

"喀嚓!"

在那可怕的瞬间,房间里每个人都像石头般静止不动。但母象除外。她把折成两半的大头目面具扔到地上,然后拍掉她膝盖上的灰尘。

"女人也可以成为战士。"摩多罗神骄傲地说。

每个人都陷入了疯狂。假面人被他们的恶灵抛弃时，个个慌张逃窜。动物使者们大声哀号着跑开。丽塔试图抓起那把涅瓦纳枪，却被欧邦柏·奇瓦立给击倒了。丽塔不甘示弱，用力把狒狒假面人底下的地毯拉起来，让那个假面人摔了一跤。甚至连库达也挥舞着他的小拳头到处跑。母象则是找来一大堆雕像，然后把它们当成飞弹来攻击敌人。

"母象没办法摧毁大头目，除非大头目确实现身出来。"摩多罗神解释说，"我就是在等待这一刻的到来。顺便一提，你跟她沟通得很好。"

"是吗？"天泰说。假面人看到他们强而有力的崇拜物神被摧毁，个个显得惊慌失措。他们蹲在地上，用手抱住头。欧邦柏·奇瓦立试图用涅瓦纳枪对准母象，但后来却必须忙着闪避那些朝他丢掷过来的笨重雕像。

"当你对她微笑时，让她想起遗忘许久的事。这也是她的土地，以及她的人民。"

冈瓦纳大使用力捶打母象，她却像是被蚊子叮了一口似的，轻易地将他一手挥开。她放声怒吼，直接朝着他冲过来。"我们需要帮手！"原本瘫在一旁的豪猪大声嚷嚷，一边跑去把门打开。有一瞬间，他想要把门再关起来，可惜已经太迟了。

兴奋的服务生、厨师、洗碗工挥舞着木棍、餐叉和各种令人意想不到的武器冲进来。

"下流的杀童凶手！"大厨大骂。

"杀人犯！"沙拉师傅也大吼。

"不给小费的小气鬼！"服务生尖叫。

假面人四处乱窜。"奇瓦立大使，请醒醒啊。"他们哀求着。但是欧邦柏·奇瓦立倒地不起，头部以一种可笑的角度贴在地板上。当周围的人都打成一团时，母象冷静地把珠宝一一塞进口袋。两个穿着华丽的女人跪在那个从停车坪冲进来的怪人旁边。

"我得离开了。"摩多罗神对天泰说，"你该考虑以后成为灵媒。你有天赋。"

"我会想念你的。"他说。

"年轻的狮子啊,只要津巴布韦还在,我就会一直陪在你左右。"接着他就消失了。

天泰觉得很孤独,有些受不住。恩多罗的温度冷却下来了,变成了一块稀松平常的贝壳。泪水从他脸颊滑落下来。

"这时哭真笨。"丽塔忙着用献祭刀,切断绑住他的绳子,"我们都会没事的。"

四十

当门打开时,母亲几乎不相信竟会如此幸运。她的临时部队早在一旁待命。这时他们蜂拥而入,左右开弓。母亲自己也解决了几个假面人。之后,她看到这几个月来日夜期盼的孩子。丽塔把被绑在椅子上的天泰身上的绳子割断。库达也拿了一把造型奇怪的牛排刀要帮忙。天泰使劲想站起来,膝盖却往下弯。

转眼间,母亲来到他的身边一把抓住他,不让他跌到地上。他的体重让她感到讶异,他似乎也长高了一些。她把他扶坐在地上,他茫然地望着她。

"母亲!母亲!"丽塔又是尖叫,又是拥抱。

"母亲?"库达说。这是她最心酸的一刻:小儿子竟然不认得她了。

"当然了,你这个猪头。"丽塔生气地说,"我猜你以为垃圾工人是你父亲吧。"

"我早就知道她是谁了。"库达小心地抱抱母亲。

这时天泰恢复了神智,想站起来。"没关系。"母亲说,"你不用站起来。"但天泰坚持。在他们背后,有一只平底锅发出铿锵的声音,最后一个假面人倒地不起。一个身材庞大的女人走向门口。母亲身体紧绷,把枪举起来。

"不!"丽塔大叫,拉住母亲的手臂。这时,子弹失去控制,母象急忙往外逃跑。

母象一路撞倒服务生和晚餐客人,冲向电梯。电梯门一打开,一队警察拥了进来!电梯终于可以正常运作了。他们扑向母象,当混战结束时,她已经被牢牢绑起来,活像一捆棉花。从她口袋搜出的项链、手镯和戒指在她旁边堆成一堆。母亲在她周围走来走去,称赞这些绳结打得好。

接着,电梯再次打开,来了第二组人马——医护人员,后头还跟着拉长脸的阿玛迪斯。当他惊讶地看着走廊时,那神情让母亲几乎要大声笑出来。

服务生把哀鸣的冈瓦纳人拖到星光餐厅前面,叠成一堆。他们的衣服被扯破了,看起来不过是一群傻瓜。服务生拿着烹调锅当做武器,站在这些人面前。墙壁被灵魂窃取镭射弄得满目疮痍。那位身穿镶钻长袍的优雅女士正在喂眼睛和耳朵吃点心。另一位女士拍手大叫:"这不是很令人兴奋吗?我好几年没有这么开心了。"餐厅领班用托盘端着芒果汁走来走去,庆祝这次的胜利。

"我的马渥伊啊,这到底是怎么回事?"父亲说。

"你没有收到我的留言?"母亲问。

"什么留言?你从家里冲出去,我就应该要跟在后头,确保没有出乱子。"

"那些警察和医护人员又该怎么解释?"

"啊。"父亲神情羞怯,"我认为他们应该再次确认星光餐厅的安全和健康设施。"

"爸爸!"丽塔大叫,"来吧,你这个笨瓜。"她拖着库达,从冈瓦纳大使馆跑出来。母亲心里想,眼前这个全身上下都佩戴了武器、全副武装的阿玛迪斯,很难让人跟"父亲"两个字联想在一起。但是丽塔和库达一点也不在乎地往他的身上扑过去。他蹲下来,把他们抱进怀里。警察藏住他们的笑容。

"你一定不相信我们去过哪些地方。"丽塔说,"我们遇到一只蓝猴子,然后在一个塑胶矿坑里当奴隶。天泰和我被控告是巫师。啊,我们还得了水痘。"

"我自己用一只大人的铁锹、吃白蚁,甚至还在一个假面人身上跳来跳去!"库达指着那群被服务生看守、并且愁容满面的人说。

"等等,你们这两只小狮子。我也要欢迎我的另一个孩子。"父亲站起身。天泰站在大使馆门口。他们严肃地看着彼此。母亲心头一缩。她的儿子离家时是个男孩,回家时已是个男子汉了。

"父亲,几分钟前有个人试着要救我们。我想他快死了。"天泰说。

这跟他父亲根本是同一个模子出来的,母亲心想,令人欣喜的团

四十

圆被搁到一边,凡事先想到责任。

这两个人走近一个长沙发,医护人员正在那边忙碌着。母亲哀伤地猜想那人应该是手臂。他的双眼睁开,而且目不转睛。父亲轻轻地把它们给阖上。

"我摸不到脉搏。"医护人员说。

天泰取下脖子上的恩多罗——母亲这时才留意到这个东西——然后把它戴在手臂的胸前。他把手放在恩多罗上面,接着闭上眼睛。

母亲打了一个冷战。这个房间里究竟发生了什么事?现在打斗已经结束了,她总算可以好好察看一番。她看见墙边堆着一叠令人憎恶的面具。地板上还有——一样东西。它一分为二,搁置在地面上,但这两半似乎逐渐朝着彼此移近。这一定是在烛光下造成的幻影。

这些蜡烛真是可怕!它们燃烧时,会散发出一种很恶心的味道。现在那两半之间的距离比之前更靠近了——还是她自己记错了?不管这两半的东西意图为何,她绝对无法想象得到。那些蜡烛让她昏昏欲睡。如果你把这两半的东西并在一起,那不就是……

"哼!"父亲大叫一声,把这两个几乎要联结起来的脸给踢掉了。这两半往两边飞散开来,接着便开始瓦解。原本那些缝合在一起的配件也裂开了;小碎块散开来,成了碎屑。其他的面具也跟着崩解。

他把通往停车坪的门打开。呼啸的风吹进了冈瓦纳大使馆,地面上那些碎屑被风卷起,犹如一波灰色的潮浪。母亲连忙往后退,以免沾上那些灰屑。

动物的声音也在风里翻滚着:狗吠声、哀号声、羊叫声、猫叫声以及马的喘息声,此外还有男人、女人和小孩的声音。他们没有生气,相反地,他们的声音中带着欣喜,仿佛从漫长的苦役中被解放出来似的。

"那些是被假面人拿来当做祭品的人们和动物。"天泰说。

那灰浪在房里盘旋一圈,接着跨过停车坪,抛向空中。进入了马渥伊的国度。

"现在我摸到脉搏了。"医护人员说,"真是好笑。为什么我之前找不到呢?"

耳朵、眼睛和手臂

手臂张开眼睛,往上看着天泰,说:"我饿了。"

当手臂坐在走廊上的安乐椅,眼睛说:"你现在需要的是一杯热腾腾的蒜头汤。"

餐厅领班说:"我不知道你住的地方吃的是什么残汤剩菜,不过在星光餐厅,没人会吃蒜头汤。"

"那是他们的损失。"

"无论如何,我想厨房里还有一些美味的哈丽可浓汤。"矮个领班说。

"他指的是豆子汤。"耳朵翻译。餐厅领班皱起眉头。

冈瓦纳人和母象统统被押进警车。欧邦柏·奇瓦立则被送进监狱医院,看看能不能把他歪掉的脖子拉正。天泰原本想要帮忙服务生把走廊的椅子摆好,但是他们要他坐下来。

"你是我们尊贵的客人。"他们对他说。因此他和丽塔、库达,以及父母亲围坐在一张桌子前。耳朵、眼睛和手臂因为受了伤,三人共坐在安乐椅上。晚宴客人和餐厅里的工人则纷纷随便找个位置坐下来。

"我的眼睛几乎快要恢复正常了。"眼睛说,"所谓的正常是以我自己的标准来说。很快地,我还是得戴上深色的眼镜。"

"我的耳朵很痛,不过医生说几天后就可以复原了。"耳朵的耳朵被扎上一层厚厚的绷带,隆起的绷带很像是耳罩。

"算你幸运,因为我随身带着急救箱。"医生说,"手臂,你感觉如何?我必须承认我不知道该如何帮你治疗。"

"真是奇怪。这一辈子我总是能感觉到别人的情绪。但现在,我再也感觉不到了。"

"这样不好吗?"母亲问。

"有些……寂寞。"

"假面人到底发生了什么事?"父亲问。天泰希望他父亲没有问这个问题。他光想到藏在大头目面具底下的幽灵,就浑身不舒服。

手臂在回答这个问题之前,一直往下盯着自己的长手指。"在我们的世界里没有东西和它一样。"他慢吞吞地答道,"就像燃烧中的火却没有热度,一片漆黑叫人看不见,人却也无法得到放松。我只能说就

四十

像是被人丢进一个装满酸性物质的桶里。所有让一切成真的东西都被侵蚀光了。我无法形容下去了！那实在很可怕！"他把脸埋进双手里。

"如果你再也不能读人心思，就可以把沙卡留在身边了。"母亲安静地说。

手臂把头抬起来。"你说得对。对了，现在是谁在照顾她？"

母亲有些难为情。"唔，今天米勒人第一次走出房间……"

"就知道！他会在她奶里加盐，会让她从桌子上滚下来。"手臂想站起来，但全身无力。

"我保证米勒人知道该如何照顾小孩，毕竟他带大了我们三个孩子。"母亲说。

天泰不想提及他和丽塔、库达总是看到他脸上盖着报纸在睡觉。

"谁是沙卡？"丽塔问。当大家解释给她听时，她跳起了之前天泰打败格斗小子凯旋时，瑞斯海凡的女孩们所跳的庆祝舞蹈。"耶！万岁！这个故事有个快乐的结局！"

电梯旁有一个老式时钟，那齿轮在转动时，发出了唧唧的声响，接着清脆地报时。"现在是十二点！"丽塔大声说，"天泰，今天是你的生日。"

"真的吗？"餐厅领班说。

"我十四岁了。"天泰答。

"那我们该庆祝一下！"餐厅领班、厨师们和服务生跑去把食物储藏柜里头的东西拿出来。他们端来了火腿和鸡肉冷盘、水果沙拉碗、焦糖布丁和冰淇淋。一个插上十四根蜡烛的蛋糕出现在天泰面前。

"许愿！许愿！"库达大喊。

天泰想起他去年的生日。人不应该胡乱许愿。天知道有什么样的神灵在旁边听你许愿？他考虑了一会儿，然后想到：我希望有勇气。因为有勇气，就不怕知道真相。既不怕提问，也不怕做对的事。

"年轻的战士，选得好。"远处的摩多罗神轻声说。

"那现在我们要来唱生日快乐歌了。"丽塔宣布。天泰发出呻吟。他妹妹站在一张椅子上，指挥大家唱歌。现场每个人都加入合唱，从最年轻的洗碗工到餐厅领班。父亲唱得最大声，他低沉的嗓音几乎要压倒所有人的声音。合唱的效果很棒，所以他们又唱了一遍。这时，从电梯里走出一群要来用宵夜的客人。

"这里真是一团糟。"其中一个男人抱怨，"你们看走廊上那些乱七八糟的桌椅。"

"厨房员工竟然跟客人一起吃东西。"一个女人说，"我只能说管理不当。"

"那我要说的是你们可以回家去，然后开一罐豆子罐头来吃。"餐厅领班大叫。

"哼！我再也不来了！"女人生气地说。这一群要来吃宵夜的客人又坐电梯离开了。

"垃圾工人呢？"库达突然问。

每个人都停下交谈，转过来望着他。"说得对，我们都忙着庆祝，结果把他给忘了。"丽塔说。因此父亲打电话给警方，调派一组车队来冈瓦纳停车坪接他们。

父亲、天泰和库达搭车前往穆法库斯，其他人则留在原地。"那是一栋很高的大楼，离中央市场不远。"这一路车队往下开时，天泰说。穆法库斯现在一片漆黑。居民们都已经上床睡觉，原本嘈杂的市场也安静无声。"就是那里！"天泰大叫，一边借由明亮的车灯指着那栋高得不寻常的大楼。"瞧！大楼最顶端有一个停车坪。"

他们下车，警察拿着撬棍，设法把门打开。"希望他没事，他没东西吃。"天泰说。

"我帮他带来了一大块蛋糕。"库达说。警察从洞口往里头瞄。

"唷！那味道真是……在门边放个照明灯。"父亲拿着手电筒检视屋内。

"这……跟之前不一样。"天泰看着那被填塞的土狼、干瘪的猫头鹰和蝙蝠全都被捣毁了，黑色的窗帘也被撕碎，撒得一地都是。圣坛垮掉了，那些干香料也成了灰烬。垃圾工人蹲在角落里睡得很熟。

"我猜他刚刚发过脾气。"库达看了看他，"我有时也会这样。"

"他吃了蜡烛。"一个警察嫌恶地说。

库达走到垃圾工人旁边，戳戳他说："吃点蛋糕吧。"

四十

　　这人醒了过来。"库达。"他张嘴大笑。然后他跟小男孩一起把蛋糕吃掉，并且叽叽喳喳地跟对方诉说过去这几个小时里所发生的事。

　　"这栋大楼里放的全都是赃物。"父亲把手电筒往下照，发现一个地板门。天泰看到里头有一大堆金子、珠宝和钱。这栋楼装满了来路不明的钱财，那是多年犯罪所累积出来的。

　　"我们该怎么处理这些东西呢？"天泰问。

　　"看我们能不能找到这些东西原来的主人。"父亲说，"其余的……嗯，你们知道这个国家有多少穷人：在乳牛胃区的乞丐、沼泽居民、被遗弃的孩子。还有那些辛勤工作的人们，他们也需要帮忙。这些东西一下子就会被用光。"

　　天泰点点头。他父亲用大人的口吻跟他说话，让他觉得十分自豪。

　　当垃圾工人递来一截蜡烛时，库达答道："不，谢啦。我吃饱了。"

后 记

欧邦柏·奇瓦立和其他冈瓦纳人被遣送回国。他们把面具弄丢了，结果下场很惨。

念在出力帮忙的分上，母象只判了两年刑期。坐牢期间，她还进修烹饪课，原本的好手艺更加无懈可击。她出狱后回到死人沼泽，沼泽居民在马兹卡将军兴建的避难所待了一段时间后，又回去跟她一起生活。

天泰十六岁时拿到第一张飞行员驾照。他低空飞过死人沼泽，饭锅冒出腾腾热气，刀子和拳头也服满刑期，两人懒散地躺在椅上。老奶奶不在他们旁边，她去了莫桑比克的修道院，在那里，她花了很多时间列举众人罪行，并且祷告。

天泰没看到沼泽居民，地面上有闪光，也许有人走动。母象从洞窟里跑出来，对着一辆小跑车挥舞拳头。天泰赶紧飞走。

马池·沃辛汉太太终于可以回家了，但得做满一千个小时的社会服务。她被派到乳牛胃区的衣物救济院。她得仔细查看，确定没有人多拿东西。垃圾工人每隔一阵子都会为了丁骨牛排和浆果而去她家。马池·沃辛汉太太会开门让他进来，因为她怕马兹卡将军。当垃圾工人一边嚼着食物，一边在花园昂首阔步时，她便退到房里喝雪莉酒。

要犒赏垃圾工人根本不可能。对于别人给他的一切，不管应不应得，他都照单全收。无论马兹卡一家人对他多么好，他总喜欢把草堆当床，而且起床时没人找得到他。他在城里到处游荡。有时甚至消失无踪。天泰猜想他一定找到了通往瑞斯海凡的路。

天泰有时会去瑞斯海凡大门，在那里仔细聆听。只不过从没听到半点声响。大门再也没开过，按铃也没人回应。没人知道里头的人是否活着，也许垃圾工人是例外。但是天泰相信他们都在。

摩洛曼塔巴的人依旧耕田、打猎，每当草长高时，便用它们去盖屋顶。到了夜晚,他们会聚在达尔说故事。或许这只是天泰的幻想。某一天,当津巴布韦神灵出了岔子,或是摩多罗神失去了活力,这道门会再度开启,提醒世人过去的生活面貌。

到了上大学的年纪,天泰学习医药,也抽出时间,跟在哩高·玛卡温的狮神灵媒身边。那人答应特别训练他,教他和摩多罗神对话。既然他曾经一度受到大地之神的青睐,未来还是有机会被选中。

丽塔变成了优秀的数学家,至于库达则被战士首领的曾曾叔父附身,没人觉得意外。同时他也学会了军事策略。

眼睛很快便恢复神奇的视力。耳朵的耳伤也好到除非他把耳朵用力撑开,加上阳光从后面照射过来,否则几乎看不到伤痕的程度。但是手臂原本的心智超能力再也没有恢复。他当然还是比一般人来得敏感,不过再也无法透视他人的心思。

总统颁赠人民勋章给这三位侦探,还给了终身俸禄。知名度一打开,顾客就多到他们无法应付。他们变得很有钱,于是在穆法库斯买了一栋房子,环境比之前好很多,很适合把沙卡抚养长大。

米勒人有新任务,他陪着孩子们去学校,学生们都被他的古津巴布韦传说迷住了。老师们竞相把他请到教室。但不管是在那里,还是家里,都不准再歌颂了。

马兹卡将军说太多歌颂会跳脱现实问题。但既然歌颂会让米勒人愉快,偶尔可以去拜访这三位侦探。

他赞扬眼睛的绝佳视力和耳朵的超级耳力。他举出手臂的优点,描述这三人了不起的机智。耳朵、眼睛和手臂听得心花怒放,满心欢喜。

就像手臂说的,太多的赞美会害人,但是,适度一些就跟维生素一样。这是维持健康身心的必需品。另外,当沙卡爬上他那瘦削的膝盖,当她以爱慕的神情往上看她父亲的脸时,那模样真是有趣极了!

附　录

恩多罗

恩多罗最原始的含义已不可考，唯一可以确定的是，它是某种阶级或特权的重要象征。摩洛曼塔巴的额头也戴了一个恩多罗。在古代津巴布韦，有一个国王命令他的战士佩戴恩多罗，结果赢得了一场胜仗。敌方的国王被恩多罗所展现出来的力量给折服了。

最原始的恩多罗是用海洋软体动物的平壳（科学名词称作芋螺属，Conus virgo）做成的。陶器制品是葡萄牙人在他们的印度西部领地果阿大量生产的，用来交换金子。

有时候，在祖灵附身子孙之前，会先借助于恩多罗。破掉的恩多罗可用做占卜。

绍纳族的灵界

根据津巴布韦的文献记录，绍纳族的灵界相当复杂，而且经常被错误解读。把宗教解释成单一的系统大致上是不正确的，因为每个部族对信仰都有着些微的差异存在。简化解释只是为了让外人对非洲的宗教有些概括性的了解。

马渥伊是超自然神，但是他或她比较适合称作自然力。如果自然力不协调将会招致不好的结果，而且必须将之修正。而马渥伊神并不介入日常生活事务。

摩多罗神，或叫做狮神，是跟土地以及在该土地上生活的居民有关。绍纳族是由几个不同部落所组成的，因此每个部落都有其个别的摩多罗神和狮神灵媒。公元2194年的津巴布韦，把这些摩多罗神都结而为一。摩多罗神处理一般生活事务，像雨水或饥荒。

玛祖穆是家庭神灵，可处理纠纷和治疗疾病。每个人都可透过灵媒，和某位男性或女性祖先沟通。某些家庭神灵可能会对他们的子孙有兴趣，把技巧传授给他们。这也是为什么某些家庭会一直延续某些特有技巧的原因。

恩高辛是愤怒的神灵，会导致愤怒、疾病及死亡。一个被谋杀的受害者、被孩子虐待的老人家或者任何带着不满而死去的人都有可能变成恩高辛。唯有将过错改正，这神灵才会同意离去。

雪夫是一个死在异乡的人，因而得不到适当的埋葬仪式。雪夫会附身在任何一个他喜欢的人身上，把知识传授给这个被附身的人。这说明了有些不寻常的技能之所以存在的原因，比方说在一个以打猎闻名的家庭里会出现一位电脑天才。附身与否，跟种族或血缘无关。

巫术

据说巫术跟家族遗传有关，但巫术也可以通过学习得来。有些情况是人们不愿意变成巫师，但是却被祖灵给缠住了。

在津巴布韦，指控某人是巫师是重罪行为，因为这会导致严重的后果。这样的指控，有时会引来当事人自杀。有可能自己身为巫师却不自知，因而觉得对任何疾病或死亡都产生愧疚感。

在众多行为当中，巫师会将死婴尸体变成所谓的奇多玛（chidoma，复数为zvidoma）。这方式介于还魂尸以及欧洲巫师最常使用的黑猫之间。

一个专业的"搜巫者"可以靠嗅觉辨认出巫师，或者利用毒药进行试罪法。木提忧便是一种试罪的毒药，经常致命，该人死亡便证明了他巫师的身份。

奴隶

若有人对冈瓦纳的奴隶感到惊讶，请参见大不列颠出版的 Sudan Democratic Gazette（1993年3月）其中的一篇报告。

根据 Gazette，在苏丹南科尔多凡省的努巴山脉，过去三年半期间已被孤立并进行破坏。位于首都喀土穆的政府执行了一连串的种族清除政策，目的是把努巴人从有钱的地主中除名，并且把他们迁移到阿拉伯游牧民族地带。

这期间，六十个以上的努巴村落被毁，二万五千多个小孩被迫带走，迁移到集中营。这些小孩在十四个阿拉伯以及包含喀土穆等北苏丹的城镇被当成奴隶。

歌颂

歌颂是许多非洲文化中很重要的一环。本书中大多数的歌颂都相当传统，包括拳头和刀子歌颂母象的那一段。对我们大多数人来说，"一个长脖子的美人儿，虱子都要休息一下才爬得上去。"不见得是赞美，但是三百年前，大多数的人都对虱子习以为常。今天的女人或许也不会用母象这个称呼。然而母象这线条相当优美的高贵动物——是常见的歌颂主题之一。丰满是现代才不盛行的。历史中大多数的文明人都把丰满当成健康、富裕的表征。

津巴布韦种族

绍纳族：约在公元1000年至1200年之间，绍纳族祖先从北方而来，是使用同一种语言的许多部落集结而成的。到了19世纪，这个种族才被称做绍纳族。许多皇族的轶事常见于口述诗歌里，其中，摩洛曼塔巴是最有名的国王。公元1980年，当津巴布韦宣布独立时，绍纳族便占了总人口的百分之八十，成为该国最有权势的政治族群。

马塔贝列族（或叫恩德比利人）：马兹利卡兹是沙卡祖鲁手下的一名将领。他被允许带着三百名战士离开祖鲁部落。他建立了属于自己的部落，即马塔贝列，后来却被入侵的白种人从南非给驱逐出去。大约在公元1836年，他移居到南津巴布韦。马兹利卡兹带着祖鲁部落中最强大的军队组织，使用了绍纳的资源，建立了自己的王国。在津巴布韦独立之际，马塔贝列族大约占总人口的百分之十九。绍纳和马塔贝列这两支民族长期以来都是处于敌对状态。

英国人：英国人是由几个族群所组成的——苏格兰人、爱尔兰人、威尔斯人和英国人。几个世纪以来，都是英国人居于主导地位。约在公元1890年，英国人控制了津巴布韦，绍纳族和马塔贝列族当时都提出异议。公元1965年前，当地发生几次的暴动，之后英国人终于失去了对该国的控制权。公元1965年至1979年之间，津巴布韦是由英国部落中的少数民族所控制的。

葡萄牙人：葡萄牙人是15世纪时进入东非。他们采取征服和贸易政策，往内陆扩展长达五个世纪，在西元1600年发展出奴隶买卖。公元20世纪，大量的葡萄牙人移民到非洲殖民地来。公元1975年，莫桑比克和安哥拉独立之后，很多人便转迁入南非、津巴布韦，或移回葡萄牙。

其他种族：津巴布韦存在几个少数民族。有些是从其他国家移入的，包括印度人、欧裔非洲人、通加人、科萨人、茨瓦纳人、文达人以及一个白人和有色人混血的棕色民族。这群棕色民族起源于南非好望角省。他们属于混血儿，其中有些人的祖先是多年前因为仆佣买卖契约被引进南非的马来人。这些棕色民族对音乐、文学以及精致烹调有着极重要的贡献。书中的眼睛是棕色民族。

大津巴布韦

这座古老城是公元11至14世纪之间建立的。建立者是谁无人得知，但是大多数人都认定该城是绍纳族建立的。这座遗迹位于一座山丘上面。这座城市从底下几乎看不见，很容易防御。周围围绕着许多肥沃的农地，而且雨量适中。这地区从来没有出现过舌蝇，舌蝇是一种寄生在牛只的吸血昆虫。此外，古津巴布韦人也会淘金，淘出来的金会用来交易远从中国进口的玻璃串珠项链、瓷器以及丝绸。

从遗迹中挖掘出许多栖息在柱子上的鸟雕像。这些鸟不确定是老鹰或兀鹰。有些柱子上刻画的是鳄鱼。津巴布韦鸟是这个现代国家的国徽。

大津巴布韦是这个地区里许多著名的古城之一。从莫桑比克到南非都有许多遗迹，但不确定他们是否同属于一个大王国，或者分别代表许多小王国。

摩洛曼塔巴

摩洛曼塔巴生于15世纪，他的威名显赫，往东传到在莫桑比克海岸的第一批葡萄牙商人耳中。他统治的大帝国西起喀拉哈利沙漠,直至东边的印度洋。他帝国的雄伟和领土都被夸大了,夸张程度不亚于亚瑟王传说中的卡米洛。

沼泽居民

  21世纪初期,哈拉雷西部的一块沼泽被拿来倾倒有毒的废弃物。这带来一种前所未有的混乱状态,也引发了意想不到的危险后果。这些化学物质的散播范围远远超出原本的污染区,使得市中心一大块土地形成了永久性的损害。这块区域便成了所谓的死人沼泽。

  该地原本的居民早已迁离此地。其他被一般社会所排挤的人们却对此地产生兴趣。每一年都有少数的弱势族群搬进了这块忧伤的废弃地;每一年也有少数的年老居民死在这里,归于尘土。

  随着时间的流逝,沼泽慢慢恢复了生息。动植物又回来了,但是只有这群被社会所遗弃的人们——如果他们也能被称作人类的话——才敢住在这里。

  多年的与世隔绝以及长期生活在怪异的化学物质中,让他们的身体起了变化。他们不太说话,但是却可以了解彼此的想法。当其中一个沼泽居民生气时,其他人都感受得到。他们如蚁窝般,已演化出一种群体情感。但是他们还欠缺一项元素才能得到完全地改变,那便是精神领袖。母象便扮演了这样的角色。母象的活力让他们像寒冬中的蜜蜂扑向太阳。她把他们当成奴隶使唤,但也为他们带来一种家和家人的归属感。

  这是沼泽居民长久阴郁的生活以来,初次体会到一种近似快乐的感受。而母象也是第一次在生命中感受到被需要,甚至是被爱的感觉。

国际大奖儿童小说系列

第1辑

1. 兔子山
2. 胡桃木小姐
3. 信鸽花脖子
4. 居里夫人的故事
5. 本和我：本杰明·富兰克林的传奇一生
6. 牧牛马斯摩奇
7. 杜利特医生奇航记
8. 一岁的小鹿
9. 城堡镇的蓝猫
10. 耳朵、眼睛和手臂